インディアス群書

15

ルルヒオ・ガビラン

ある無名兵士の変遷

ゲリラ兵、軍人、修道士、そして人類学者へ

黒宮亜紀＝訳

現代企画室

ある無名兵士の変遷／ゲリラ兵、軍人、修道士、そして人類学者へ

エリック、エステラ、エリフ。私の子どもたちへ。
情熱をもって生きること。そして幸せに毎日を過ごすこと。

ロサウラとルーベンへ。
その体は忘却の中に眠る。

ある無名兵士の変遷／目次

〔凡例〕

・本文中、数字を付して示した註は原註である。原註の中の〔　〕で括った文言は、著者または編集部による補足である。

・本文中、＊を付して示した註は訳註である。日本の読者になじみが薄いと思われる用語、人名などを中心に註を入れた。

第二版への序文

ルルヒオの名は、『エル・ペルアノ』紙のカリナ・ガライとカルロス・レサマが書くコラムのタイトルを何度も飾った。『ある無名兵士の変遷』の第一版（リマ市、メキシコ市、二〇一二年）は幾度となく売り切れ、ペルーでは三度も増刷された。多くの読者──子どもやその親たち、政治家、研究者──からの感想を参考にすると、この作品は、はっきりと白黒がつくものはどこにもないこと、そして暴力は──長い間ずっと存在しているものなのだが──どこまでも深くあいまいなものであり、結局どちらか一方によって、その暴力が正当なものであるか邪悪なものであるかが決められるということを示唆したものになったようだ（私自身、作品を書いている最中にはこのことに気づかなかったが）。それでは一体、善と悪という視点を超えて、人生における生と死の意味において暴力をどのように考えることができるだろうか。

抗争とその行為者の問題は、それほど簡単に解決できるものではない。これらを理解するには、考えうるあらゆる方向からの視点が必要となる。和解の抱擁が行われたからといって、その先に平和のアーチが待ち受けているとは限らないのだ。そのアーチにたどり着くには、一人ひとりが沈黙することなく、言葉を飲み込まずに、そして忘れることなく歩んでいかなければならない。善も悪もすべてが一つになった、あのまったく異なった日常を悼み、そうして他者とだけでなく自分自身との対話が可能になるように歩まなければならない。相手を単なる犯罪者にすることで私たちの気持ちが萎えてしまわないように。それよりもその括りを外して、一人の人間のありのままの姿、そして人類として私たちが犯してきたことに目を向けることを本書は目指している。ルカナマルカ*、カヤラ*、イグアラ*、ヒロシマだけでなく、その他多数の場所で起こった悲惨な殺戮の記憶に彫り込まれた冷酷な暴力という毒を吐き出し、私たちが同じ仲間として生きていくことを願っている。

この第二版には、語り尽くすことのできないこの物語にエピローグを加え、私がロス・カビートス*の一員であった時の体験を記した。あの戦争の時、一九八〇年代に軍事基地で生活した青少年のことである。私たちの記憶には火薬が刻み込まれている。暴力の渦中に生きざるを得なかった少年兵、青年兵の物語は、衝撃的なものである。そして、それだけではなく、私たちの子ども、この国の子どもたちのために作り上げている世界において、我々自身を深く考察させるものとなっている。

同様に、命を生み出す者の命に敬意を表して、ペルー女性の物語も加筆した。暴力のすべての痛みをその身で経験した元女ゲリラ兵（当時、このように呼ばれていた）の声である。彼女は約一〇年もの間、センデロ・ルミノソの兵士として生き、その戦争の中で、一人、また一人と家族を失ってきた。それはまるで、アンデス文化の生き残りから言葉を奪う恐るべき戦法のようにも思える。彼女は、三〇年も前からアヤクーチョの街の家々を訪ねては洗濯をして生計をたてている。また、第一版では暗示的に示唆しただけの表現にも、今回手を加え、土地の名前や人の名前なども加えた。新しい写真もこの作品に彩りを加えるために掲載した。

この手記は一九九七年に執筆しはじめたが、当時はサンタ・ロサ・デ・オコパのフランシスコ修道院で生活していた。そこでは、風のささやきを感じることができ、ユーカリや松の木のはためきに心を休め、何百という鳥が空を舞っていくのを眺めることができた。奇数の時間になると古い鐘が鳴り響き、辺り一面にあふれる友愛の情を感じることができた。そこでは誰もが一人の生身の人間でしかなく、創造の神は目に見えない世界に住むのではなく、すぐそこの角に、同胞の中に、そして一人ひとりの中に存在しているのだった。

そのためか、マンタロ峡谷に行くたびに私はその深遠なるペルーを取り戻し、そしてもう一度生まれ変わるかのように自分の原点を感じることができる。あの戦争の時代に対して抱く郷愁の念が、私に筆を持たせたが、これは読者を意識したものではなくむしろ私自身が自由だと感じるためであった。美しい、しかし分断された国に生まれ、憎しみが蔓延るこの国で抱え込んだ深いフラストレーションを吐き出すために、忘却の土地に眠るロサウラやルーベンのことを考えるために、そしてその記憶が時間と共に薄れるのではなく、火成岩のようにそこに存在し続けることを願って、書いたのである。

本書はメキシコで書き終えた。友人や同級生、教師（ジェルコ・カストロ・ネイラ）に支えられ、ペルーで起こり得るであろう反響を話しあった。事実を証言する文書としてこの手記で明らかにされる、平和の構築についてずっと考えを巡らせている。これは、ホセ・カルロス・アグエロ*も考えていたことだが、とても困難なプロセスである。痕跡、共謀性、不名誉といった私たちの体の中に根づいてしまっ

ルカナマルカ　一九八三年四月、アヤクーチョ県ルカマルカで、センデロ・ルミノソは六九人の農民を虐殺した。

カヤラ　アヤクーチョ県のカヤラにて、一九八八年五月から約一〇か月にわたって約四〇人の農民が軍隊によって拷問、虐殺された。

イグアラ　二〇一四年、メキシコ・ゲレーロ州のイグアラ市からアヨチナパ市に向かう道中で、四三人の学生の集団失踪事件が起こった。真相は闇の部分もあるが、地方警察と犯罪組織による仕業とみられている。

ロス・カビートス（エル・カビート）　Cabito（カビート）は少年兵のこと。Caboとはスペイン語で伍長の位を意味するが、これに縮小辞-itoをつけて、小さな伍長の意味となる。戦争中、アヤクーチョ県のカビート部隊とその軍事基地は対テロリストの拠点となっていた。

ホセ・カルロス・アグエロ　センデロ・ルミノソのメンバーであった両親のもとで生まれた。両親ともにその戦争で亡くなった。二〇一五年に、ペルー内戦をテーマに『降伏せる者たち』を刊行し、同じテーマを扱ったルルヒオの著作ともども注目を浴びた。

たものたちが、できるだけ早いうちに、事の真実について、または真の事実について話し合い、再考することの必要性を訴えている。子どもたち、私の同郷の者たち、メキシコのアヨチナパの友だちは、われわれは過去を見つめることによってのみ前を向くことができるということを知っている。

街ですれ違う人や、政治家、研究者そしてメディアなどのさまざまな人々からコメントや評言をいただくことができた。それによって、無名兵士は可視化された。私たち自身を考え直すために、その起源に立ち戻ることを可能にしてくれたことに非常に感謝しており、こうして平和の文化が構築され新しい道ができることを願う。

最後に、カルロス・イバン・デグレゴリに特別な感謝の念を伝えたい。彼がすでにいないということは、私にはとても重大なことである。人類学を続けるように最期まで私に言い続けた彼は研究者としての義務も厳しく指導してくれた。バランコ地区のフィデル通りにある彼の家に最後に訪れたのは二〇一一年八月のことだった。生きようと長い間必死に戦っていた彼は、自室で衰弱しきっていた。グスタボ・グティエレス*は、病にむしばまれた彼の顔を覗き込んだ。するとカルロスは「すごい物語ができあがるぞ」と言った。その少し前に、彼は私宛てに、まるで思考が旅をしているような一連のメールを送って寄こしていたが、私の父が亡くなったことを知った時のメールには次のように書かれていた。「君の悲しみをぼくも分かち合おう。病身に鞭を打って、チュングイとアンダワイラスの境にあるクティナカチャまで来ているよ。何もない、驚くべきところだ。アンダワイラスには昨夜到着したばかりだが、すぐにリマに戻るよ」。これを彼の不死の証明として、この序文に残す。

ルルヒオ・ガビラン・サンチェス

ペルー、アヤクーチョにて

緒言　激流を生き延びて――ルルヒオ・ガビランが歩む多彩な軌跡

カルロス・イバン・デグレゴリ

この本は特別なものである。もっと正確に言えば、これは、一つの特別な人生の物語である。ルルヒオ・ガビランは、センデロ・ルミノソ*（SL）に入隊した少年兵だった。ルルヒオが入隊してから後にSLの主要な手段となった強制的な入隊や連行、誘拐によって参加したわけではない。一二歳とまだ幼かったルルヒオ少年は、SLの部隊が通るとわかっていた山道で彼らを待ち、これに加わったのである。世界を、少なくとも自分を取り巻く世界を己の目で見て、これを変えようと思ったのだ。彼の世界はペルー国内のなかでも辺境の地にあったが、決して外部の世界から疎外され、孤立していたわけではなかった。

生まれ故郷の村で、ルルヒオは、川を行き来するボートを見たことがあった。「僕らはボートに近づいて、エンジンがどんなふうにできているのかを熱心に見ていた。時々、遠くに光る飛行機を見たこともあった。幹線道路を通るトラックも……」[1]。彼の記憶から見える風景は、そのころ発表された、ウチュラハイ村に関するバルガス・ジョサ報告書が伝えたような、進歩が止まった「いまだ先スペイン期時代

グスタボ・グティエレス　ペルー生まれのドミニコ会のカトリック司祭。解放の神学の提唱者。邦訳書に『解放の神学』『神か革命か――甦るラス・カサス』（いずれも岩波書店）など。

センデロ・ルミノソ　Sendero Luminoso とは日本語では「輝く道」の意。

1　一九八三年一月、ルルヒオが産まれた土地からさほど遠くないウチュラハイ村（アヤクーチョ県）の農民に

のように生きる人々」が生息する「時代遅れの、非常に暴力的な」[2] 世界とはまったく異なったものである。

山道の端で待ち伏せをしている少年に話を戻そう。中学生だった彼の兄はすでにＳＬに入隊していた。時々、兄の友人がルルヒオの村の近くを通ると、ＳＬ内で体験した冒険話を――とても表面的ではあるが――彼に聞かせていたという。ルルヒオはこれに耳を傾けた。そして、すでに母親を亡くし、これといった将来の希望もない自身の毎日の生活のことを考えた。そういった背景に押されてＳＬの一員となり、当時、アヤクーチョやペルー国内のその他の地域からこの熱狂的な集団に入隊した多くの若者の中で一番下の階級のメンバーとなったのである。「僕は一人ではなかった。ほかにも、志願兵となった子どもはたくさんいた。僕たちは皆、いつ死んでもおかしくないことはわかっていた」。

一九八三年の幕が開けた。ＳＬは「農村をしらみつぶしに」していた。多くの農民たちには、この時はまだＳＬの全体主義的な性質が明らかになっていなかった。そのため、初期のころは、不当な秩序を正すため、または存在すらしていないと考えられていた秩序を取り戻すために、厳格な独裁的権威の「厳しい手」が必要だと農民たちにも受け入れられていた。ペルー軍はこの時、アヤクーチョに介入し始めたばかりだった。[3]

〈少し脱線しよう〉。この類の物語を取り上げなかった軍隊、ペルー国家、そしてメディアの合唱隊はどこにいるんだ？　実際、こういった物語は何十とあるはずなのに！　自己を憐れみ自分たちこそが犠牲者という見方の論説ばかりが流布し、少しでも批判をうけようものなら軍隊や国家、メディアは暴力的にこれに反応し、ＳＬ兵の生き残りからの不当な攻撃を受けたり、屈辱的と思われる行為の的になったりする度に同じような泣き言――「人権団体やＮＧＯはどこだ」――を上手に繰り返している。なぜこうなってしまったのだろうか。この一冊はその他にも多く存在する物語の一つでしかないが、少なくともペルー軍の何人かに関しては、その名誉が回復されるだろう。

ルルヒオが少年兵だった時の話を続けよう。

読めもしない小さな〈赤本〉を脇に抱えて、ルルヒオは山や谷を歩き回った（実際は山のほうが多かった。アヤクーチョの北部にある最も重要な山、アプ・ラスウィルカ[4]も含まれる）。火事も死人も目にした。武装衝突にも参加したし、彼と同じような少年少女の「処刑」の仲間にも加わった。彼らは、夜間警備の間に眠ってしまったというような違反に問われ、または料理をしたりシラミを取ってくれたりした少女は「タンボの警察官に恋をした」という噂のために、党から処刑された。たくさんの兵士がようやく、恐怖と残酷さの中にいることに気づいた。「少ししてから、党はほかならぬ同胞を殺害する

よって、八人のジャーナリストとそのガイドが虐殺された。この事件に関する世論の反響は大きく、当時のフェルナンド・ベラウンデ政権は調査団を結集し、これを作家、マリオ・バルガス・ジョサが率いた。この調査結果として *Informe de la comisión investigadora de los sucesos de Uchuraccay*, Lima: Editora Perú, 1983. が出版された。なお、ジョサはこの事件をテーマとして「ある虐殺の真相」という作品を書いている。〔『集英社ギャラリー「世界の文学」』第一九巻（ラテンアメリカ）、集英社、一九九〇年に所収。〕

2　“Después del informe: conversación sobre Uchuraccay: Entrevista a Mario Vargas Llosa”, *Caretas*, No. 738, 7 de marzo de 1983. 同氏は一九八三年八月に『ニューヨークタイムズ』に寄稿した、残虐事件に関する長文「アンデスでの調査」でも、類似した描写をしている。この長文はスペイン語でも出版された（“Historia de matanza”, *Contra viento y marea, 3 (1964-1988)*, Lima: Peisa, 1990, pp. 139-170.）。この中で、バルガス・ジョサは、例えば以下のような表現を使っている。「同じ時代の一つの国に、二〇世紀を生きる人々と、ウチュラハイの農民のような人間、つまり一七世紀と言っても過言ではないが、一九世紀を生きる人々が暮らしていること。これら二つのペルーの間にある非常に重大な差が、われわれが調査したこの悲劇の実態なのである」。

3　最初の介入は一九八二年のクリスマスの後に行われた。ペルー真実和解委員会『最終報告書』第I巻第一章（*Informe final*, tomo I, capítulo 1, Lima: Comisión de la Verdad y Reconciliación, 2003.）参照。

4　アンデスでは、アプはケチュア語で「聖なる山」を意味する。

猛獣だということに私たちは気づいた」。仲間同士では脱走することを話すが、一体どうやって、どこへ逃げるというのか。そのころにはもうすでに、多くの農民から憎まれていた。その農民がふるう暴力もまた、同じように残虐を極めた。「もちろん、僕たちが彼らの村を焼き尽くしたからだ。憎まないはずはない」、とルルヒオは回想する。SLに入隊した三年後、ルルヒオは戦闘の中で負傷する。軍の士官は最後の一撃を打ち込もうと近寄るが、三年間、山の雑草の中で何とか生き延びてきた、まだ成人もしていないやせ細った少年が彼の目に映った。処刑のために彼を立ち上がらせた。ルルヒオは恐怖に震えていたが、強がった。「万歳をしながら」死ななければならなかったのだ。

ルルヒオはこう記している――党に「血の会費」を払う時が来た。他の党員が、逃げ切って生き延びられるように。僕の足に手榴弾の破片がいくつか飛び散って、少し血が流れていたと思う。それから、銃が数弾撃ち込まれ、よれよれになった僕の服をかすっていった。僕を殺しはしなかった。涙目の僕を見て、この世で最も憐れで無害な生き物と思ったのかもしれない。死に恐怖を抱いているかどうかを試すために、いくつかの銃弾で脅しただけだった。

結局、軍の士官はルルヒオを不憫に思ってか、彼を連れて帰ることにした。その道中、自警団[5]はそのテルコ[6]を殺すか、彼らに引き渡すように懇願していた。ルルヒオは、当時ほとんどスペイン語をしゃべることができなかったが、最終的には士官についていき、サン・ミゲルにある基地、ロス・カビートスで生活することになった。ワマンガにも同じ名前の基地があったが、その基地には、捕虜を秘密裏に処分するための火葬場があり、そこに入った者はすべての希望を失った。[7]

ロス・カビートスでは、士官がシラミでいっぱいになったルルヒオの服を焼き払い、その背丈には大きすぎるサイズの制服を支給した。ルルヒオは、自分が唯一の避難兵ではないことをそこで知った。彼と同じ元テロリストの少年・少女に出会い、同じ扱いを受けるのである。彼は今日までその扱いには感謝している。ただ「ＳＬの捕虜として捉えられ、兵士たちの性欲を満たすために利用されたあげく殺された女たち」も、もちろん存在した。

ペルー軍隊の少年兵として、ルルヒオはワンタの学校に通った。学生として優秀で、若い士官たちの信頼を得ることになる。そして、軍隊の生活に適合していく。一八歳の誕生日を迎えると軍隊に召集され、そして、二等軍曹になろうとするころに、新たな人生の岐路に立ち別の道を選んだ。ルルヒオは時々、「神の御言葉と犠牲者」修道会の尼僧と一緒にパトロールに出ることがあった。修道会の活動は、その当時のアヤクーチョの荒廃した農村地帯に住んでいた反体制集団や戦争の生存者に会い、彼らに付き添い、慰め、また秘跡を施すというものだった。ある日、洞察力の鋭い一人の尼僧がラバに揺られながら、突然「あなたはきっと神父になれます」と呼びかけたのである。ルルヒオは笑って冗談を言って返したが、その言葉が彼の頭の中で繰り返され、どこへ行っても思い出された。彼の中に長い間残ったその言葉が、彼をアヤクーチョの司教区の事務所まで向かわせた。そこで本当の神父になれるのかどうかを尋ねたのだ。彼を迎えたのは、当時、司教区の大司教であったフアン・ルイス・シプリアニ[8]で、ルルヒオの質問に、別の質問で返した。「君は純潔か？」と。「いいえ」とルルヒオは答えた。「それなら神父にはなれない」。高位聖職者の彼はそう宣告した。

5　軍隊と同盟を結んだ農民たちのこと。
6　ケチュア語とスペイン語の合成造語で、テルコは、テロリストのこと。
7　Uceda, Ricardo. *Muerte en el Pentagonito: Los cementerios secretos del Ejército peruano*, Lima: Norma editores, 2004. を参照。
8　オプス・デイの有名なメンバー。現在はリマの枢機卿で、ペルーの首座大司教である。〔一九九六から九七年、首都リマの在ペルー日本大使公邸占拠・人質事件に際しては、同司教が政府とゲリラの「仲介役」として、しばしば登場した。〕

この返答をもってしても、主人公の兵士がおじけづくことはなかった。結局リマの「跣足のアラメダ」というコロニアル風の修道院にて、純潔であることを問わないフランシスコ修道会の修練期を終えた。本書が記す彼の自伝では、これらのことが詳細に書かれているので、私がここでこれ以上広げる意味はないだろう。ただ、人生の最後の方向転換で、ルルヒオは再度修道会から離れ、軍隊にいる間に生まれた子の世話をしながら国立サン・クリストバル・デ・ワマンガ大学（UNSCH）で人類学を学ぶことになる。当時、その大学は失われた一〇年を取り戻しているところだった。[9] ここでも再び、ルルヒオは学生としてとても優秀な成績を収め、すぐに教授助手に任命された。数年も経たないうちに、フォード財団がペルー研究所を介して提供する奨学金助成に合格し、現在では、メキシコシティのイベロアメリカーナ大学で勉学に励んでいる。この素晴らしい自伝を発行する大学でもある。

ペルーの歴史の中でも最も著名な三つの「完全なる組織」で過ごした後、ルルヒオは今、自由な一人の人間である。控えめで、内気で、物腰が柔らかな小声で話す男である。「その声で、どうやって二等軍曹まで上り詰めたんだい?」と聞くと、「私も叫んでいましたよ」と教えてくれた。修道院で、奇数の時間に本を声を張り上げて読む間に、福音の風景やその日の使徒書簡が、彼にいつもきっぱりとした声で話さなければならないと強いる軍隊のやり方はもう必要ないことを少しずつ教えたのだった。今では控えめな声で、それは彼の表情にも言えることだ。一度だけ、涙ぐんだ姿を見たことがあった。それは彼がメキシコに発つために挨拶にきた時で、私は病床に伏せていた。

彼の自伝もまた彼の人となりに似ているところがある。ペルー全土が苦しんだ暴力によって最も打撃を受けた郡——ラ・マル、ワンタそしてワマンガ——に集中して記述されているものの、血なまぐさい出来事の詳細はあまり多くない。すべて、いやほとんどすべてを話しているが、最も残虐な側面を前面に押し出しているわけではない。それよりも、出来事と同じくらい風景が、彼が目にした風景が語られており、それぞれの章は歌で始まり、歌で終わる。まるで物語のバックミュージックや音楽隊のようである。そして、それはアンデスの伝統に伝わるもので、もっと断定的に言えば、アルゲダス風[10]の手法である。

もう一点だけ、はっきりと書き記しておきたいことは、ルルヒオはゴーストライターを使わなかったということである。[11]彼の母語はケチュア語であるが、彼の話すアンデスのスペイン語はとても豊かで、文章をより味わい深くする地方の言い回しや独特のリズム、韻が使われている。

本書の特徴はさらに、センデロ兵たち、主に武装基地にいた兵士たちを生身の人間として描いている点にある。[12]「悪の権化」と言ったシンプルな見方を拒否したのである。多くの場合は一時的ではあったものの、SLの言説と活動に賛同していったのは何百という少年兵と、そして何千という青少年または若者たちであったのだ。決して、遠くの別の銀河系からやってきた宇宙人ではなかったのだ。いったい彼らが誰だったのか、なぜあのような活動を繰り返したのか、そして、――少なくとも、ある一時期[13]――彼らを支配していた権力は何だったのか、全体主義的なイデオロギーとテロリストの部分が一人歩

9　暴力が横行していた時のUNSCHについては、ペルー真実和解委員会『最終報告書』第Ⅲ巻第三―六章（*Informe final*, tomo III, capítulo 3-6, Lima: Comisión de la Verdad y Reconciliación, 2003.）を参照。
10　ホセ・マリア・アルゲダスのこと。ケチュア語とスペイン語のバイリンガル。アヤクーチョ出身。人類学者。ブーム世代以前における、最も卓越したペルーの小説家。〔作品の日本語訳に『深い川』『ヤワル・フィエスタ』などがある。ともに現代企画室刊。〕
11　例えば、ノーベル賞を受賞したグアテマラ人女性のリゴベルタ・メンチュウの自伝に関して巻き起こった論争を参考にするとよい。Arias, Arturo (ed.). *The Rigoberta Menchú controversy*, Mineápolis: University of Minnesota Press, 2001.
12　繰り返しになるが、「センデロ兵を人間的にする」ことは、彼らの計画を許容するということではないことは明らかにしておく必要があるだろう。それ自体は厳しく罰せられるべきものである。

きしてしまった彼らの計画を、より詳細に認識し、これを理解しなければならない。すでに十分すぎる時間が過ぎた。彼らの多くは社会復帰しており、刑務所に入ったことすらない者も多い。暴力とはすでにまったく関係のない生活を送る一方で、ノスタルジーを感じたり、過激な考えや活動を続けていたりする者もいる。それでも、政治的暴動には参加していない者がほとんどで、政治的活動を続けているのはほんの一握りである。[14]

この状況は、この自伝でも述べられているように、別の論文で私が命名した「センデロ兵のピラミッド」をよく表している。[15] ルルヒオはピラミッドの一番下の基盤の層にいた。他の多くの者のように自警団にはならなかったが、軍の兵士になった。決して選択肢があったわけではない。村に戻ればすべてが破壊されていた。学校もなく、未来もない。すべてがこれから（再）構築されるのだ。

少年兵の自伝は少ない。イシメール・ベアは、シエラレオネ出身の若者だが、陽気で、おしゃべりで、ドレッドヘアーで、すべてが完璧だった。子どものころに彼の家族がよく言ったように、「秀才」で、彼に知り合ったころはニューヨークで幸せな生活を送っていた。オネでの戦争が本書で描かれているものとは異なったものであったように、ルルヒオの物語もまた彼が語るものとまったく違っているが、それでも共通する部分もいくつかある。

テロ行動を行った者たちの自伝はほかにもいくつかあるが、レイ・パイネの本のタイトルのように、それらは『錯乱する証言』[17]であり、後悔の念もなければ和解の意図さえ垣間見れないものもある。ルルヒオ・ガビランの本は、そしてとくにその最後の章「二〇年後」では、少年兵として歩き倒した土地へ戻った時のことが描かれており、暴力がすでに過去のものであることが明らかになる。この自伝を書き上げた経験や、フランシスコ修道会での時間が過去を乗り越え、彼自身と和解することを可能にしたことがわかる。「誰かを恨んだりはしていない。少しずつ、私も成長していったのだ。この人生は、始まったばかりである」。

13　多くの者がある一定期間の後にＳＬから脱走したことを忘れてはならない。たくさんのものが自警団になったり、戦争の中で行方不明になったりした。また、ルルヒオのようにペルー国軍に助けられ、その後宗教団体に参加した者などもいる。

14　政治的活動を続けている者たちは「恩赦と基本的人権のための運動（Movadef）」を再編成し、センデログループのリーダーと、さらに、矛盾しているが、人権侵害で有罪判決を下されたアルベルト・フジモリおよび軍兵の恩赦を要求している。両極端にいる者たちは手を組む仕組みになっている。武装衝突を続けている者たちは、コカ栽培がおこなわれている渓谷にいる少数グループで、麻薬組織とも関係があり、その複雑さは日に日に増している。

15　ピラミッドは、原理主義者たちがトップに立ち、その下に、特に最高指揮官であるアビマエル・グスマン（ゴンサロ大統領）から浸透していった世界観をイデオロギーとして度を越えて崇拝した者たちやこれに非常に感化された大学生による中堅層、または第二層があり、最後に、基盤となる農民層があった。この基盤にいた者たちは、党の世界と農村における日常生活の間で苦しんだ者たちだった。Urbano, Henrique (ed.). *Poder y violencia en los Andes*, Cusco: Centro Bartolomé de Las Casas, 1991. 収録の Carlos Iván Degregori. "Jóvenes y campesinos ante a la violencia política: Ayacucho, 1980-1983" を参照のこと。

16　Beah, Ishmael. *A long way gone: memoirs of a boy soldier*, New York: Farrar, Straus and Giraux, 2007.〔イシメール・ベア『戦場から生きのびて――ぼくは少年兵士だった』忠平美幸訳、河出書房新社、二〇〇八年。現在、河出文庫〕

17　Payne, Leigh. *Unsettling accounts: neither truth nor reconciliation in confessions of state violence*, Durham: John Hope Franklin Center Book, 2007.

序章

Verba volant, scripta manent.[1] ラテン語のことわざと、リマ市の教皇庁立神学・民事大学の教授の「自伝を書いてみたらどうか」という言葉に背中を押されて、私が一二歳から――その年、私は兄を追って、センデロ・ルミノソ（SL）の一員となった――これまでに経験してきたことをここに記すことにした。もちろん、私の話なんかに誰が興味を持つのだろうかと何度も迷い、自問した。ペルーがゲリラ兵の一生を知ることに貢献できるだろうか？ ペルーが人間の苦しみを憐れむために役に立つのだろうか？ それとも二度と同じことが繰り返されないために？ いったい何のためになるというのだろうか？ 何度も自分にそう問いかけてきたが、ホセ・カルロス・マリアテギ先生[2]がいったように、この作品自体にその答えを出してもらうことにした。

こうして私の個人的体験を書き留めることにした。この先、人々が私や私がここで描く人物と同じ感情を持つことができるように。私たちの人生はまるでシャボン玉のようなもので、空に向かって飛び立つと同時に死に向かっているが、そのつかの間の道のりで、人はさまざまな偶然に出会うだろうから。

本書の自伝は、一九九六年から一九九八年の間と、二〇〇〇年の初めに書いたものである。[3] 二〇〇七年から二〇一〇年の間に、不足していた部分を書き足していった。このような形で回想録を完成させ、数少ない私の記憶を文字で残すことができた。これは暴

1　ラテン語のことわざ、「言葉は飛び行くが、文字は残る」。

2　ホセ・カルロス・マリアテギ、一八九四年七月一六日ペルーのモケグア県に生まれる。一九一四年より、『ラ・プレンサ』や『アマウタ』などの新聞の編集に参加する。一九二八年、ペルー社会党を設立。多くの著書を残した。〔著作の邦訳に『ペルーの現実解釈のための七試論』原田金一郎訳、大村書店、一九八八年。日本で編まれた論文集に『インディアスと西洋の狭間で――マリアテギ政治・文化論集』辻豊治、小林致広編訳、現代企画室、一九九九年がある。〕

3　一九九六年と一九九八年に『ある無名兵士の変遷』の第一部と第二部を執筆し、一九九七年から二〇〇〇年の間に、フランシスコ修道会での生活を執筆した。

力の歴史ではない。劇的な展開も犠牲者擁護もなく、私が生きた日常の物語である。

もちろん、ＳＬやペルー国軍、そして農村自警団によってなされた残虐行為を正当化しようとしているわけではない。単に、起こった出来事をそのまま記しただけである。これを書いた著者、つまり私にとっては、まるで昨日までその生活の中にいたかのような鮮やかな記憶に残っている毎日の生活である。名もなき兵士の身に降りかかった境遇はまだ多く残っているかもしれないが、すべてがここに書き留められているわけではない。おそらく、記憶があまりにも遠いものになってしまったからか、それともあまり重要ではないからかもしれない。

少年だった私たちがまだ青年にもなり始めていないころ、もうすでに人民戦争と呼ばれた戦争の先駆者の民兵として戦っていた。当時の党のスローガンは、「人間による人間の搾取」が存在しない、発展した、正当で平等な新しい国家の建設に貢献することであった。しかしこれは、*homo homini lupus*[4] となり、〈苦しみの時間《ワカイビダ》〉[5]へと変わっていった。

これらすべては、私がこれまで常に、そして今でも問い続けている疑問と関係している。ペルーとは何か。新世界にたどり着いた初期の修道士が言ったように、魂のないインディオなのか、それとも、アントニオ・ライモンディが言ったように、金の椅子に腰かけた物乞いにすぎないのか。[6]

ホセ・マリア・アルゲダスが主張し続けたように、ペルーは多彩な国で、変化に富んでいる。あらゆる人種が存在し、さまざまな文化が混ざり合い、それぞれが異なった特異な気質をもつ。われわれが一つのペルーとして統合された国家だったことがあるだろうか。多様性の中で共生することを学んできただろうか。

サッカーの代表選手が赤と白の「ロヒブランカ」のユニフォームを身にまとい、ゴー

4　ラテン語、「時に人は人にとって狼である」。

5　ケチュア語を母語にする人々にとって、忘れがたい大事なことがらを、著者はケチュア語で表現している。以下、〈　〉で括られ、ルビが付された表現は、ケチュア語である。

6　アントニオ・ライモンディは、彼の伝記によると、イタリアのミラノに生まれ、一八五〇年にペルーに渡った。その生涯のほとんどをペルー国内を巡ることに費やした。「ペルーは金の椅子に腰かけた物乞いである」というのは彼の有名な一文。

ルという言葉と共にペルー全体が歓喜の叫びに包まれる時や、高く掲げられた赤、もしくは赤と白の旗が懇願するようにはためく時にだけ、私たちは〈団結している《ウクジャ》〉と思う。どういった感情が私たちを興奮させるのだろうか。それらのシンボルマークはどの時間軸に有効となるのだろうか。永遠のものだろうか。それとも、ペルー北部の音楽グループが奏でるクンビアが歌うように——愛の歌であるが——「なぜ、現われたと思ったら消えてしまうのだろうか……」。[7]

ペルーはとても複雑な国——貧しさ、暴力、差別に加え——で、それは、独自の特異な性質や、自国民の憤慨に関してもそうであるし、もしくは地域間の闘争にも見てとれる。そう考えると、いつ怒りや復讐、反逆精神が生まれるのであろうか。ペルーが欺瞞の中で生きていることに気づいた時だろうか。毎日の生活を送ることもできないほどに飢えが達した時だろうか。それとも、空想的な民族主義や嘘つきの政治家たちに疲れ果て、国民が行動を起こし、それすらも限界となった時だろうか。

確かに私たちの国の政府は憲法をでっちあげてきた。[8] われわれは皆不安の中で生きていた。自分たち自身を奮い立たせて、いつも「ゼロ」からはじめ、貧乏人として終わる。政治家や、救いの手を差し伸べるその男たちの良心を信じ切っていたし、彼らが発する心地よい、「政府はすべてのペルー国民のためのもの」という建前や、「人間の顔を持つ」政府といった言葉にも酔いしれた。[9]

アッシジの聖フランチェスコ[10]の言葉で締めくくろうと思う。「同志よ、始めよう。私たちは少しのことしか、もしくは何も成し遂げてはいない」。もしくは詩人セサール・バジェホ・メンドサ[11]の一文を書き留めておこう。「そして残念ことに人間たちよ〔……〕、ああ、同志よ、やらなければならないことが山積みだ」。

7　ファン・デ・ディオス・ロサダによってペルーのピウラ市で一九七二年に結成された音楽グループ「アルモニア10」の歌「愛は現われ消えていく」のフレーズ。

8　ペルーの憲法は、今日までで一七つあり、一八一二年から異なった年にそれぞれ発布されたものである。http://www.congreso.gob.pe/ntley/Constitucion.asp.（二〇一〇年三月閲覧）

9　アラン・ガルシア・ペレス大統領、および元ペルー大統領アレハンドロ・トレド・マンリケが、大統領選挙キャンペーン中に発した言葉。

10　聖フランチェスコは一一八二年にイタリア、アッシジに生まれ、一二二六年に同地で亡くなる。フランシスコ修道会の祖。

11　セサール・バジェホ・メンドサはペルーのサンティアゴ・デ・チュコ出身。一八九二年三月一六日生まれ。一九三八年四月一五日、フランスのパリで永眠。詩人、小説家、新聞記者。〔作品の日本語訳に『セサル・バジェホ全詩集』松本健二訳、現代企画室、二〇一六年がある。〕

記憶をたどると、ある種のノスタルジックな感情に襲われるというのは確かである。しかし同時に、魂が休まるのを感じた。SLの兵士として、軍隊で、フランシスコ修道会で、農村コミュテニティで、そして大学で過ごした時期は非常に長い年月だった。

私の両親、フランシスコ・ガビランとエバリスタ・サンチェスは、すでに亡くなってしまったが、いまでも常に私の中で生き続けている。彼らが生前私に示してくれたその生き方になによりも感謝したい。それから、本書を出版するにあたって支援いただいた方々と機関に謝辞を述べたい。

まず私の兄弟。マルシアル、マリオ、そしてデシデリオに。たゆまず協力し続けてくれたことに感謝する。飢えと、追跡と、悲しみ、喜びそして恐怖を一緒に体験した、少年兵だった者たちへ。ロサウラには特別に感謝したい。確かに彼女はもう生きていないが、素朴で、芯が強く、勇気があり、そして美しい彼女の姿はこれからもずっと私の記憶の中で生き続けるだろう。そして、ペルー軍にも感謝しよう。歩兵隊、副士官と士官たちへ、私に手を差し伸べてくれたことに。ショウグンという名前の中尉にも。彼のおかげで、教育を受けることができ、また生き延びることができた。フランシスコ修道会と、ペルーのサン・フランシスコ・ソラノの修道士たち、ダンテ、ルベル、マリオそしてマウロに。私の人生のそれぞれの段階で支えてくれた師たちへ。彼らと共に、許すことを覚え、寛容、そして団結を体験した。国立サン・クリストバル・デ・ワマンガ大学（UNSCH）にも、私に専門の教育を施してくれたことに感謝する。親しい友人たち、マリナ・デラウナイ、ホセ・ルイス、ビクトル、ハイメ・ヒメネス、ヨランダ、ビセンテ、レンソ、イサック、マリベルとジェルソン夫妻、エディルベルト・ワマン、マリオラ、エドガー、ノリー、デグリス、パトリシア、イグナシオ、ロサ・ベラ、ルイス、アナ・ルイサ、アドリアナ、エウヘニア、オルガ、マリアノ、エディルベルト・ヒメネス、そしてディアナへ。多大なる後押しをしてくれたアビリオ・ベルガラとドローレスへ。セシリア、イスラエル、エルサ・エリアス、ホルヘ、アニータ・ロハス、ブランカ・セバジョスそしてソチトルへ。大学院課程で支援してくれたことに感謝して。私の二人の娘の母であるイサベル・ガルシアには特別な愛情を送りたい。我が親友であり、ペルーの詩人であるエフライン・ロハスへ。私に学業の道を示してくれた、ポンシアノ・デル・ピノへ。カルロス・イバンへ原稿を届けてくれたルドウィグ・ウベル。私の専攻分野の最初の教師であり、今では同僚であるウルピアノ、フレディ・フェルア、ロシオ・ソサ、ネルソン・ペレイラ、ウォルテル・パリオナ、フィロメノ・ペラルタ、マヌエル・マヨルガ、ホセ・オチャトマへ。そして、大学院へ進学する機会を与えてくれたフォード財団へ。イベロアメリカーナ大学のすべての教授へ。ダビッド・ロビショウ、カルメン・ブエノ、ロジャー・マガジン、ファン・パブロ・ベラスケス、マリソル・ペレス、エレナ・ビルバオ、アレハンドロ・アグド、そしてエレナ・バレラへ。セルヒオとリラにも。チリ出身の人類学者、ジェルコ・カストロ・ネイラへ、素晴らしい友人であり、教師でもある彼には、計り知れないほど支えてもらった。カルロス・イバンへ。[12] 彼の支えがなければ、この作品を終えることはできなかっただろう。

私に命を授けてくれた故郷へ。

メキシコ市にて

12　カルロス・イバン・デグレゴリは、残念ながら、二〇一一年本書が発行に向けて編集作業に入った時期に亡くなった。

第一章　センデロ・ルミノソの兵士として

私の生まれ故郷、アウキラハイ村
写真：ルルヒオ・ガビラン個人アーカイブ、2010年

共産党への入党、そしてセンデロ・ルミノソでの初期の体験

一九八三年一月、私は叔父であるフリオ・ラモスと一緒にアウキラハイ[1]に住む親戚を訪ね、その地域で採れる農作物（ジャガイモ、カタバミ、そら豆）を持ってくるために熱帯地域《セルバ》から山岳地域《シエラ》まで旅をした。それは徒歩で二日間の行程だった。私たちはいつも歩いて山岳地域から熱帯地域、そして渓谷を移動していた。

アウキラハイに旅立つ日の前日に、父は「明日の今ごろは、お前はどこにいるだろうね」と言った。父の視線は、〈夕《パンタク》暮れ《パンタク》〉[2]の時間、遠くに青みがかって現れる孤独な山々に向けられていた。西に無限に広がる空が、望郷の思いに赤く染まり始めているころだった。

村を出たのは、ウチュラハイ村で虐殺事件が起きた数週間後だった。[3]雨季で、ピーナッツの播種期だった。マンゴーやオレンジ、ミカンが熟れてくるころで、アプリマク川沿いの青々と茂った密林に映る光のように、神々しい色をまとっていた。センデロ・ルミノソ（SL）も、南からやってくる黒い雲のように、この時期に私たちの地域周辺にやってきた。学校では、平等の時代が、貧乏人がこの国の行き先を先導する時代がやってきた、というゴンサロ大統領[4]からの喜ばしい知らせを説いていた。しかし、向かってくる大きな黒雲はいつも恵みの雨を運んでくるわけではなく、しばしば農耕地を水没させたり、農作物を破壊したりした。センデロ・ルミノソもこうして私たちの村へ

1　農村や人物の名前は、プライバシーなどの観点から中には仮名にしたものもある。物語は、アヤクーチョ県、リマ県、ワンカベリカ県そしてフニン県で起こったことである。第二版には、実名にしたものもある。

2　pantaq pantaq　昼でも夜でもない時間。昼と夜の間。

3　ウチュラハイ村はケチュアの農村である。一九八〇年から二〇〇〇年にかけて、暴力、死そして多くの悲劇が繰り返されてきた土地である。ペルーのアヤクーチョ県ワンタ郡に位置し、海抜は四〇〇〇メートル。一九八三年、同地で八名の記者が虐殺された。

4　アビマエル・グスマン・レイノソが自ら名乗った仮名。一九三四年、ペルーのアレキパ県のモジェンド市に生まれる。一九六二年、UNSCH

やってきた。まるで、恵みの雨のように。確かに、最初の雨は人生に希望をもたらし、社会的正義を夢見るものだった。しかし、雨は日に日に強さを増し、降り続け、次第にそれは恐怖へと変わっていった。「雨」は物を破壊し、「すべての古いもの」を一掃し始めたからだ。そして徐々に、豪雨となって人々を飲み込んだ。ＳＬの箱舟に乗るか、それとも農村自警団[5]に加わるか、どちらかの選択肢しか残されていなかった。ゴンサロ大統領の「血で洗い流すことが必要だ」という言葉が現実となっていた。彼が言うには、血でできた河を渡らずして、真の革命はありえないからだった。そうして「豪雨が去った後には」[6]、新しい社会主義の国家に、汚染されていない新しい種が撒かれるはずだった。

その雨の中（一九八三年）、アヤクーチョのセルバ地域が始まる辺りから蛇のようにうねってのびる険しい道を歩いて、アウキラハイまで叔父と一緒に向かった。その道は、プンキ、ワルッカ、アニアイ、そしてアンコの農民たちが移動に使う道だった。彼らはシエラとセルバを、荷積み用の使役動物と一緒に行き来する。ジャガイモの播種期には冷たい山々に向かい、その後すぐにセルバに戻ってピーナッツを植え、またはコカの葉を収穫する。私もジャガイモを植え、そこに住む親戚を訪ね、そして農作物を持って帰るためにアウキラハイまで行ったのだ。

セルバからシエラまでは、くねくねと曲がった道に沿って、寒冷山脈と温暖山脈を通っていくのでそれぞれの場所で生態環境が変わっていく。〈高地の藁《イチュ》〉は独り、山の冷たい風に吹かれ、賞賛に値するほどの美しい蘭の花に加え、甘酸っぱい木の実やキイチゴの実が道端に生い茂り、野生の動物だけでなく、農民たちの食糧にもなっていた。

（国立サン・クリストバル・デ・ワマンガ大学）に教師として着任。ここでペルー共産党―センデロ・ルミノソ（ＰＣＰ-ＳＬ）を旗揚げ。一九八〇年より人民戦争を開始する。アルベルト・フジモリ大統領政権中の一九九二年に逮捕された（真実和解委員会『最終報告書』二〇〇三年を参照）。現在も受刑中である。

5　ＳＬ内では〈ヤナウマ〉として知られていた。一九八四年、ＳＬおよびペルー国軍から防衛する目的で農民たちが組織したもの。

6　ヘブライの神ノアが豪雨に備えて箱舟を作らせたという聖書との比較。

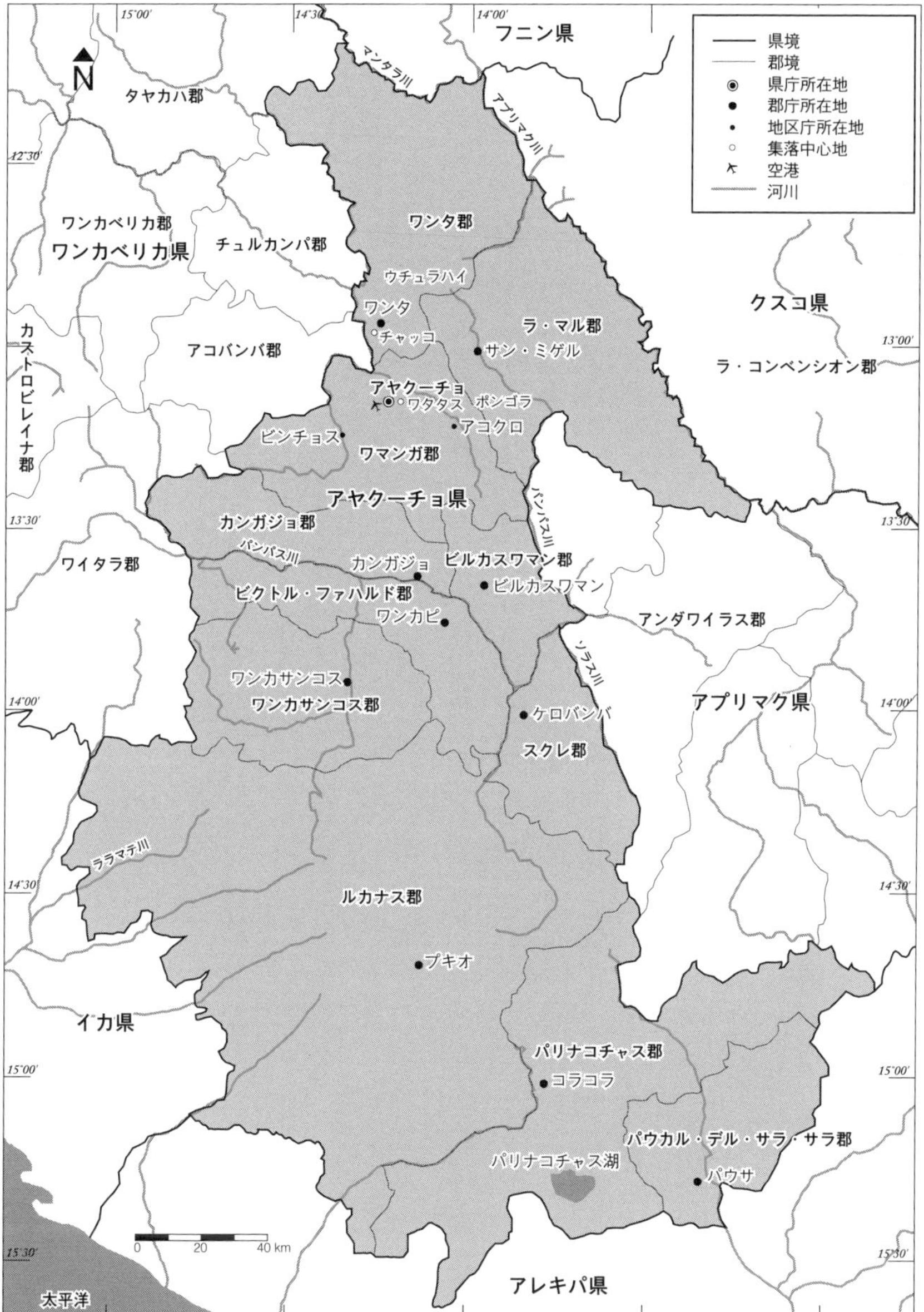

アヤクーチョ県行政区分図

この周辺を、農民たちはもうずいぶん昔から行き来していて、毎年、道の清掃や整備を行う。道の整備は一つのお祭りだった。それぞれの村が整備を担当する部分があり、そうして村同士で〈トゥパイ〉と呼ばれる出会いの祭りを行う。女たちは〈祭りの歌〉を歌って、働く男たちを奮起させ、テニエンテ[7]は手に鞭をもち、さぼっている者がいないかどうか監視する。醸造されたチチャは男たちの食糧で、酔いつぶれるまで飲むのが当たり前だった。そして必ずケンカが起きた。これは一九七〇年代のころの昔話で、現在はもう変わっている。

　私たちがまた幼子のころ、セルバからシエラまでの旅の途中で私たちが歩き疲れると、父がよく馬に乗せてくれた。移動は二日か、時々馬が歩き疲れている時は三日もかかった。馬に乗って心地よいトロットと共に、私たちは野生の風景を楽しんだ。「見て、父さん。そこの鳥」。そんな会話が続いた。この土地の自然は素晴らしい世界を見せてくれる。例えば、透明で冷えた甘い水が「ぶら下がって」いる滝もあった。父は馬の後ろを歩き、おそらく家のことを考えていた。家ではきっと母が、玄関に座って靴下やセーターを編みながら私たちの帰りを待っている。[8]母はプンキカサの山のほう——セルバからやってくる人が通ってくる山——に目をやって、私たちが森からたくさんの果物をもって帰ってくるだろうかと考えているだろう。もしくは「子どもたちと夫が元気で戻ってきてくれさえすればいい」と思っているかもしれない。父は私たちに何度も「もうすぐカビルド[9]だよ」と言いながら、コカの葉を口に含んでいた。

　そのころ、SLの勢力は拡大しつつあった。あちこちで社会的正義について話し合われていた。ラジオでは、青年たちや学校の教員たちが人民戦争と口にしているのを耳にしていた。私たちの父や地元の人々も、「〈もうここ《カイピニャス》に共産《カチカン》党がいる《パルティド》ぞ〉！」とか、

7　農村の権力者、村長。

8　当時の農村の女性たちは、編み物や家畜の世話、または料理などで、必ず何かしら働いていた。

9　旅行者の休憩処。シエラとセルバの境目。

「〈むこうで誰々《ワクピス》が殺されたらしい《ワニュラチンク》〉」とかをしきりに話していた。

アウキラハイは私が産まれた場所だ。私たちがとても幼いころに、両親は私たちを連れてアプリマク川の流域にあるキジャ村に移り住み、そこに家を建てた。

セルバに戻る予定の日の一週間前、一九八三年一月の日曜日に、叔父のフリオ・ラモスと一緒に、アウキラハイから、毎週日曜日に市場[10]がたつニュニュンガまで足を運んだ。そこで、靴と服を何着か買った。その帰り道、私の兄、ルーベンの友人であるラウル[11]に出会った。彼らはレチェマヨの学校で同級生だった。ラウルに兄について尋ねると、社会正義のために遠くで戦っているよ、と教えてくれた。ラウルは、ペルー共産党の幹部から家族に面会にいく許可をもらってセルバに向かうところで、一週間後には戦闘に戻る予定だった。

あっという間にアウキラハイは、夕方の黄昏に包まれた。その夜ラウルは私の叔父の家に泊まった。翌日、セルバに向かうラウルに途中まで付き合った。その時、ラウルは「もし兄さんに会いたいのなら、僕が戻る時に一緒に行けばいいよ」と私に言った。そして、それは現実となった。

アウキラハイの村から出発する日のこと、叔母であるセレスティナ・サンチェス[12]の家を出た時のことを、私は鮮明に覚えている。叔母は涙目で「行かないで、ここにいなさい」と私を説得しようとしたが、もう決心はついていた。覚悟をもって、帰りの日程さえわからないまま、これまでに体験したことのない冒険に出たのである。それは、一二歳の時だった。[13]

その日、アウキラハイの山々にはたくさんの霧がかかっていた。この村は私の幼少のころを思い出させた。というのも、小学校の一年生をこの村で過ごしたからだ。先生が、

10 アヤクーチョの農村で行われる取引市場。一週間に一度行われる。

11 一九八〇年、PCPに入党。どこで亡くなったのかわかっていない。

12 母の妹。

13 キジャの村を出た時の年齢は一二歳か一三歳であった。その当時、多くの農民たちは身分証明書を持っていなかった。出生書もそのほとんどがSLによって処分された。一九九〇年、ワンタ市でマヌエル・ベンデズ先生の協力のもと、出生書を取得した。一九七三年三月一六日生まれ（日付は変更されていない）となっていた。実際はもう二年ほど前に生まれていたと思う。

まるで軍の新兵のように私たちの髪の毛を切ったことを覚えている。ここで、同級生たちと一緒に鞭で打たれながら母音を覚えた。その後、学校の中庭で頭を上げて大きな声で歌を歌った。「われわれは自由である、これからもずっと」。この言葉の意味をほとんど理解しないまま、機械のように繰り返した。ここで三か月だけ勉強をして、その後セルバに移った。あのころの生活、勉強と言えばこんな風だった。霧が出たその日、アウキラハイの山頂で人生の岐路を迎えたことをかみしめながら立っていた。隣には墓地が広がっていた。そこから思い出の場所が見渡せて、郷愁の思いが強まった。友だちと羊や豚を牧草地で放牧しながら、青々とした芝を滑り落ちていく遊びをした思い出がよみがえってきた。

　里帰り[14]をしてセルバから戻ってくるはずのラウルを、落ち着きなく待っていた。彼とは早朝に落ち合うはずだった。「もし来なかったら?」そうしたら、私はセルバに戻って、その後の運命は違ったものになっていただろう。しかし、すぐに〈綿《キピ》〉の大布を背負ってラウルは現われた。挨拶を交わして、コチャス村に向かって歩き始めた。コチャス村には、ラウルと私の兄が所属しているローカル部隊[15]の分隊がいるはずだった。

　人影のない山々と霧の間を一日中歩いた。午後五時ごろ、コチャスの渓流にたどり着き降りていくと、道具や家畜を連れて、畑から戻ってくる汗臭い人々とすれ違った。何人かはラウルと顔見知りで、「やぁ、党員。〈元気かい《アジンジャチュ》〉」と言葉を交わしていた。党員（コンパニェロ）は、叔父や祖母、父、兄と呼ぶ代わりに、相手を呼ぶための新しい言葉だった。ローカル部隊の分隊は、すでに村にいなかった。おそらくワイジャイにいるだろう、という知らせがあった。ウラスの村の老女の家で一晩過ごした。その家はサン・ミゲルやその他の地域に行くための幹線道路のそばにあった。彼女は〈乾燥ジャガイモ《チュニュ》〉

14　一九八三年まで、ＳＬの隊員は、事前に幹部の面接を受ければ、最大一五日間の里帰りをすることが許されていた。その年以降、日常化していった暴力行為によって、里帰りは禁止された。

15　ペルー共産党は、当時、党員、ローカル部隊、服属地域部隊の三つに分割されていた。服属地域部隊は、農村を組織・監視すること、また罰則を課すことを担当しており、ＰＣＰの一員になるために共鳴者を取り込む活動も行っていた。

アウキラハイ村の墓地の様子。
ここでセンデロ・ルミノソに入隊するために、ラウル党員を待った。
画：エディルベルト・ヒメネス、2013年のスープを作ってくれて、私たちは〈台所《トゥジバ》〉の横でそれを食べた。どこの出身かと聞かれたので、セルバから来た、と答えた。

翌日、朝早くから分隊を探すために歩き出した。ウラスは、緑が生い茂った谷で――地理的条件から、ここはいつも緑にあふれていた――、果実の樹木が茂っていて、さらに何百というほどの鳥が絶え間なくお祭り騒ぎのように飛び交っていた。

枝がしなるほどのサクランボや黄色く熟したパッションフルーツがなっている木々でできた柵に沿って私たちは歩いていた。ある家の近くを通りかかった時、ラウルの顔見知りの党員が声をかけてきて、残り物のズッキーニとカッテージチーズのスープとこれまで一度も口にしたことのない香草をふるまってくれたが、これは実際のところ喉を通らなかった。あとちょっとで全部吐いてしまうところだった。その時ラウルが私を見る視線から、これからＰＣＰの中で送る新しい生活で、自分がどう立ち振る舞わなければいけないのかを教えてくれているのだと理解した。まず挨拶をすること、果たさなければならない義務があること。誰かが食事を振舞ってくれたら、黙ってそれを受け入れ、感謝の気持ちとしてすべて食べなければいけないこと。私はもちろんそれに倣った。食事の後、また私たちは歩き出し、川に到着した。川の水量は多く、濁っていて、渡るのにとても苦労したが、渡ったすぐその後には急な上り坂が続いていて、さらに苦労することになった。

ラウルは道中、「共産党の兵士は、それぞれ、特別な名前をもっているんだ」と話した。私も戦闘に向けた名前を決めなくてはいけなかった。兄は、私たちの家の近くを泡を立てながら流れていくアプリマク川で一緒に釣りをする時、私を「チェ」・ゲバラと呼んでいて、一緒に作った筏にも「チェ・ゲバラ号」という名前を付けた。それを思い出し、ラウルにその名前で呼んで欲しいといった。「あんまりいい名前ではないな。それよりもチェ・ゲバラと同じ名前のカルロスと呼ぶことにしよう」と彼は言った。こうして私は一九九五年までこの名前で呼ばれることになった。[16]

その日の正午くらいの時、サン・ミゲル市に近いジャチュアパンパという村に到着した。数名の女性が、軍隊に暴行され家畜である鶏も持っていかれたと泣いていた。すぐに銃声が聞こえてきた。兵隊に見つかる前に、私たちは急いで渓谷に沿って走り出した。十分遠くまで逃げたことを確認して、小麦農作地のそばで休んだ。畑では、子どもと一緒に母親が雑草を取り除いていた。挨拶をして、それから私たちは共産党の党員であることを告げた。彼女はその意味を理解して、「かわいそうに、こんなところまでやってきて!」と言いながら、ゆでたトウモロコシと乾燥肉をごちそうしてくれた。

その二時間後には、わたしたちはもうワクラッカ山の山頂にいた。遠くにヘリコプターが一台飛んでいるのが見えた。深い緑に囲まれ、藍に染まった空間の中を歩いていくと、ワヤナイ村に到着した。農民たちに分隊を見かけたかどうか尋ねて歩いた。皆、見ていないと答えた。「部隊は見かけてないよ。彼らは急に姿を現して、急に去っていくんだ」。ラウルはこの終わりの見えない捜索活動にいら立っているようではなかった。とても落ち着いていた。私は、もしかしたらさっき出会った軍隊に捕まったのではないかと思ったが、ラウルは、ゲリラ兵士の生活はこういうもので、時間的にも空間的にも農民を隠れ蓑にして生きながらえることなんだと説明してくれた。

ポケットの中には五ソルだけがあった。そのお金で、ワヤナイ村の店で炭酸飲料とクッキーを買った。すぐに夜がやってきた。農民たちが言うには、ここ数日、軍隊がやってきては〈小屋《チュクジャ》〉で休んでいるということだったので、彼らの提案に従って、私た

16　この年、フランシスコ会に入会したため、カルロスを名乗らなくなった。その時まで、SLでも、軍隊でも、カルロスと呼ばれていた。〔当時、ルルヒオたちはエルネスト・チェ・ゲバラの名をカルロスと誤解していた。〕

ちは村を後にした。〈小屋《チュクジャ》〉は、家畜を遊牧する時に農民が休む場所だった。

次の日の正午、ワジャイという別の村に向かって歩き出した。そこで分隊に会えるだろうということだった。ほとんど一日中休むことなく歩いて、午後にはユーカリの木と果実樹ばかりの森の中を下っていた。奥のほうに、赤レンガと藁の屋根でできた小さなみすぼらしい家が現れた。ラウルは「その家に皆がいる」といった。「僕らが着いたら皆挨拶をしにくるだろうから、その時に君を紹介するよ」。共産党の旗のように真っ赤に染まった水平線に向かって、日が落ち始めるころだった。

ようやく、ローカル部隊の分隊に出会うことができた。その小屋は閉まっていたが、警備員がラウルの知り合いだった。中には三〇人くらいいて、そのほとんどが一八歳から二五歳くらいまでの若者だった。[17] 半分が女性だった。情熱的に弦をはじいて鳴らすギターの音色に合わせて、ゲリラ兵の讃歌を歌いながら、皆、楽しそうだった。一人ひとりに挨拶をして、ラウルは、僕がルーベンの弟だと紹介してくれた。皆に注目された。数時間後、チーズの入った新鮮なトウモロコシのスープが入った大きな器で、夕食を済ませた。この夕方の出来事で、いつも必ず思い出すことがある。このスープの器が私に渡された時、ありがとう、と言ってしばらく食べ続けた。ゲリラ隊員の仲間は私をずっと見ていた。しびれをきらしたラウルに、もう隣の奴に渡せ、と言われるまで、この新しい生活でのルールに気づかなかった。つまり、一つの器から皆が食べるという規則があったのを知らなかったのだ。[18] 食事を済ませると、ゲリラ兵の讃歌を声を合わせて歌った。

峡谷とアンデス山脈の中をゲリラ兵は自由に行き交う

17 SLのグループは男女の性別に関係なく、子ども、青年、そして大人たちで構成されていた。赤軍の隊員になることは、その当時ポピュラーだったフレーズ「愛に年齢は関係ない」によく似ていて、年齢も性別も社会主義のための戦闘の前には関係なかった。

18 必ずいつも一つの器を皆で分け合ったわけではない。小皿がある時は、ほとんどの場合、それに取り分けて食事をした。しかし、それ以外の時には一つの大きな器に食事を盛り付けて、皆で食べた。

最高の戦士は農村から、街からやってくる
痛みも貧しさもわれわれを苦しめはしないだろう
後戻りは絶対にしない。前に進むだけだ
後戻りは絶対にしない。前に進むだけだ
われわれの村が、勝利まで戦えと言っている
同志よ行け、われわれの使命は勝つことだ
同志よ行け、われわれの使命は勝つことだ
最後の戦いで、ファシズムを打ち破るのだ
打倒、帝国主義！　死んでしまえ！　われらの自由に歓呼を！[19]

消灯の時間には、軍隊の制服を着ていた（いつもそうではなかったが、当時は黒いブーツに、深緑のズボン、黒のポロシャツという服装だった）軍事指揮官[20]が、われわれに中庭に出るように指示した。この時、部屋の中を掃除し、床に寝処を作った。その後、一人ひとり、靴を脱いで部屋に戻っていった。軍事指揮官はそれぞれに「横を向いて頭と足を交互にして寝ろ[21]」と言った。そうして、「ヤシ」のようなものの上に、男女が交互に横になっていった。上位指揮官はそれぞれの端で眠った。「足を伸ばして！」とか、「膝が当たってる！」という文句があちこちから聞こえてきた。

この後、軍事指揮官が座るよう命令して、眠りにつく前にこういった。

レーニン思想、毛沢東思想、そしてゴンサロ大統領の名において、下劣な者たち（敵である軍隊）がやってきて私たちを驚かそうとしたならば、次のようにグルー

19　歌詞のいくつかの部分（詩節）が不完全であったが、『ソル・ロッホ（赤い太陽）』という雑誌のホームページ（www.solrojo.org）を参照に、二〇〇〇年に加筆した。

20　ペルー共産党—センデロ・ルミノソ（PCP-SL）組織は、一九八三年当時、次のように構成されていた。ピラミッド構造の底辺に「民衆部隊」を据え、その次に、少数のグループから成る「服属地域部隊」があり、この部隊は農村や街で、情報機関のような役割を果たしていた。三番目は民衆部隊と直に接する部隊として「ローカル部隊」があり、最終的に、ゲリラ兵のグループである「中央部隊」が、軍隊や警察、農村自警団との武装闘争に直接参加する役割を担っていた。PCP-SLの上層権力構造は、当時、政治指揮官、軍事指揮官、そして兵站指揮官から成っていた。政治指揮官はゲリラ兵集団のすべての管理を担っており、軍事指揮官は、軍事的戦略に関して、そして最後の指揮官は食糧の確保の責任を負っていた。

21　われわれはいつも、横を向いて寝

プに分かれて行動するように。自衛担当の兵士たちは私と一緒にここに残ること。[22]
その他の者は二人ずつになって、静かにここから去ること。集合場所はプーナ（ペルー山脈の最も高い地域のこと）。今日の夜は、警備グループが三つある。三人で一時間、その内二人は一緒に警備し、一人が見回りをすること。料理係は明日の朝四時に起きること。何か提案がある者は？　それでは党員たちよ、おやすみ。

このように軍事指揮官は私たちに警告した。この光景は、ＰＣＰの兵士として活動していた間、すべての夜でみることができた。ゲリラ集団の兵士にとって、欠かすことのできない警告だった。いかなる時でも、戦いを続ける覚悟と死ぬ覚悟を持っていた。石と粘土、〈藁《イチュ》〉の屋根できた小さな部屋に四〇人ほどが集まって寝ていた。その夜は、寝心地が悪い上に、一時間ごとに回ってくる警備の交代でいちいち目が覚めて、ほとんど眠れなかった。しかし、その後この生活に少しずつ慣れていった。早朝四時ごろ、軍隊がやってきたという知らせがあった。皆あわてふためいて、一斉にあちこち、なんの秩序もなく逃げ出した。靴がバラバラに置かれていたので、手に持てるだけのものをもって外に出た。すると実際には、軍隊の姿はなかった。これは単なる軍事指揮官による一種の訓練で、戦争の準備ができているかを見るものだった。そして、おそらく、新しく赤軍にやってきた新人兵士のためでもあっただろう。

私が初めて警備をした夜は、ロサウラと一緒だった。私の初めての警備だった。その後、何千回と繰り返して、もう誰と一緒にしたか覚えていない。ロサウラと夜中の一二時から一時まで警備にあたった。その時間は、私の村では、〈治癒能力者《アンピック》〉*が目を覚まし、病に倒れている子の魂を呼ぶ時間だった。目を大きく見開いて、注意深く耳を澄ま

ていた。ＰＣＰの兵士は皆、一人ひとりの寝処はなく、一つのベッドに寝なければならなかった。そのため、寝ることに関しても、軍隊との武装闘争に関しても指令を下す任務を負っていた軍事指揮官は、扉に立って、私たちに指示を下した。私たちは列を作って、一人ひとり部屋の中へ入った。寝処は、床に広げられた毛布や動物の毛皮のみだった。まず男が入って横になり、次に女が入って横になったが、この時頭の位置を反対側にして寝た。このように順番に交互になって横になった。軍事指揮官は寝処の一番端で眠った。

22　自衛担当の兵士たちはいつも武装しており、軍事指揮官の指令のもと、必要な場合はすぐに行動を起こせるように準備していた。

Hampiq　アンデス地方の農村地帯にいる民間療法医のこと。儀式や薬草などを使って病気を治す。

していなければならなかった。一時間ずっと、私たちはとても小さな声で話をした。いろいろな言葉を交わしたが、その中で、彼女は、この戦いはいつかは終わることや戦うのには意味があると話して、始まったばかりのこの道に励むよう、私の背中を押してくれた。「いつでも準備しておくこと、そしていつ死んでもいいようにね」と言った。なぜならこの世界で永遠に生きる者はいないからだった。遅かれ早かれ、軍隊か自警団の銃に撃たれて、または彼らに拷問されて死んでいくはずだった。警備は二四時間続いた。飢えの中で、寒さの中で、雨に打たれて、そして時には暑さの中で。夜の警備はいつも疲れた。居眠りをしてしまえば、敵が襲ってくるかもしれない。戦略的に重要な地域では、それぞれの警備係をチェックする見回り警備員一名の他に、四人以上を使って夜の警備に当たった。日中は、警備はいろいろな場所で行ったが、視野が広い高い山の上から行うのが主流だった。

ロサウラと警備をしたその翌朝、日が昇ると、前の晩の夕食と同じようなスープを食べた。その後、何人かは、数冊しかないマルクスの本や、毛沢東の「五つの理論」などを読んでいた。私やほかの子らは、読んでいる内容をまったく理解しておらず、ゴンサロ大統領の絵と赤い文字を見ていただけだった。それでも、それらの赤本は私たちに強さを与えてくれた。そのほかの党員は、グループになって、近くの農村に食糧を集めにいった。これが、ゲリラ集団の兵隊の日常だった。読書をし、歌を歌い、雑談をし、食糧を探しにいく、そして、戦いの心づもりをしておく。

ある日、本当に軍隊がやってきた。早朝三時くらいだった。私たちは小屋から抜け出して、ワヤナイ山の一番高い山頂まで向かった。

その軍隊は、私たちの基地から歩いて四時間ほどの距離にあるサン・ミゲルの軍事基だ。

地からやってきた。その日は逃げ出したために食事を作ることができず、飢えに苦しんだ。

夜になっても私たちはまだ山の上にある農村に向かって歩いていた。村に着くと、共産党が組織している農民たちが、私たちに食事をふるまってくれ、また寝処も作ってくれた。農民たちが持っていたジャガイモとカタバミを料理して、その後眠りについた。

次の日、ジャガイモと皮をむいたソラマメが入った小麦スープを食べた後、軍事指揮官が私たちを集め、それぞれグループになって近くの農村から食糧を集めるように指示した。「党を代表して来ました」というと、食糧を寄付してくれた。この食糧を乞う行為は農村を通るたびに行った。支援の基盤となる農民たちはこのことをよく知っていた。私たちはまるで、フランシスコ会の修道士のようなゲリラ集団で、草履やゴムブーツ、ノートにセーターといった、いくらばかりの荷物を運ぶために、カバンもしくは〈大布《ジクジャ》〉を背負って、歩き回っていた。

指令をうけて一時間後、深い渓谷を降りていって、散在している家に向かった。できるだけバラバラの方向に分かれて私たちは歩き続けた。その下に、極寒のプーナから降りてくる透明な水が落ちてくる滝をみつけた。いくつかの雲が降りてきて、そしてまた上空へ消えていった。歩いている間、警備係をしていた時と同じように、ロサウラは私にいろいろなことを聞いてきた。学校には行ったことがあるか、なぜＳＬに入隊したのか、家族が恋しくないか、など。女性の象徴のような彼女の肉体が銃弾によって粉々になった時から――このことはまた後で詳しく触れるが――、ずっと彼女の笑顔と深みのある大きな瞳を思い出している。ロサウラは私の兄、ルーベンのことを知っていた。それは一九八三年二月のことだった。彼女はその当時一七歳で、私は一二歳だった。それは一九八三年二月のことだった。ロサウラは私の兄、ルーベンのことを知っていた。そしていつも私に「とってもよく似てる」と言った。山の高いところから泡を立てて下ってくる小川のそばに座り込んで、そのきれいで冷たい水で頭を濡らした。その日はとても暑かった。「なぜ、ここにいるの？」ともう一度私に尋ねた。「兄を探しにきたんだ」と答えた。歩き続けると、ようやく一つの家を見つけた。扉の前にたって中に声をかけると、犬がひとしきり吠えた後、とても年老いた男性がはだしの二人の子どもの後について出てきた。軍事指揮官からの指令を伝え、挨拶をして、彼の協力をお願いした。とても親切にジャガイモとソラマメを寄付してくれた。感謝の意を伝え、次の家に向かって歩き出した。ユーカリとヤナギ、そしてクルミの木の中を歩いていった。しばらくするとトウモロコシやジャガイモ、えんどう豆が栽培されている畑の端に出て、それに沿って進んだ。たくさんの鳥たちが飛び交っていた。オウムやノハラツグミ、トゥヤ、チワワク、チョウゲンボウなど。[23] 辺りの自然はまるで微笑んで、私たちに命を授けてくれたすべてを祝福しているようだった。サボテンの花が咲きほこり、とげの間に実を成すのに十分な理由がその時はまだたくさんあった。そして私たちも、この武装闘争の道を進んでいくのに、理由があった。

正午になるころ、ユーカリの木陰の芝の上で休んだ。二人の目の前には地平線が無限に広がり、雨季だったので、周りの自然は色とりどりの花と緑であふれていた。空には雲一つなく、宇宙にただ一つの孤独な太陽が浮かんでいた。下方では、峡谷の間を川がくねくねと曲がりながら、ウラス村に向かって流れていた。その向こうには、放牧された羊が斑点のようにまだらに見え、その反対側には、農民たちが小麦畑で草むしりをしている姿が見えた。午後三時ごろ、兵站指揮官に渡すための食糧をたくさん抱えた仲間たちと合流した。

23　いずれもこの地域の野鳥。

次の日の朝、とても早い時間にタンカルの村に皆で移動した。ゲリラ集団はいつも、日中、二人ずつの列を作って移動していた。列はだいたい一キロメートル近くに及んだ。この移動方法のおかげで、伏兵たちから何度も助かることができた。というのも、伏兵は列の先頭や中間を狙って攻撃してくるので、その他の者は逃げることができたのだ。反対に、軍隊はいつも縦隊を作って固まって行動していたので、待ち伏せするのが簡単だった。

タンカルに着くと、サン・ミゲルの山々に日が落ちて薄暗くなるまで眠りについた。午後五時ごろ、指揮官から、ウラスの村に移動するよう指令があった。その時、私は自分たちが戦争の真っ最中にいるのだということを思い出した。

黒い雲が空に広がっていて、夜はますます暗かった。二人ずつ離れてではなく、固まって、軍隊のような縦隊を作って移動した。誰も言葉を発しなかった。鶏の鳴き声とカエルのクワックワッという声だけが聞こえてきた。固まって歩くのは窮屈だった。突然、指揮官が私たちの歩みを止めた。小声で「敵が隠れている家を襲って、殺す。皆でそいつの家の周りを囲うんだ」と指示した。死に直面するのはその時が初めてだったので、私は恐怖を感じた。言われた通り、家を包囲した。あらかじめ選ばれた者が[24]、家の中に入ると、リボルバーの銃声が聞こえた。そして男が一人、慌てふためいて家から出てきて、女の悲鳴が家の中から聞こえてきた。指揮官が「捕まえろ」と言った。その男を棒や石で殴り足でけった。男は地面に倒れこみ、子どものためにも殺さないでくれ、と必死に懇願した。

軍事指揮官は散弾銃を仲間のサンドラに手渡し、頭に向かって撃つように言った。果たして銃弾は撃ち込まれ、男の命を奪った。「この男は密告者、ヤナウマだ」と指揮官た

24 その男を捕まえるのに直接かかわった者たちのこと。実際は、待ち伏せや捕獲、食事の準備などの活動一つ一つで、全員がなにかしらの役割を担っていた。

タンカル村で起きた農民の死
画：エディルベルト・ヒメネス、2013 年

ちが話していた。それを聞いて余計に怖くなったが、ほかの党員は落ち着いているようだった。私にとって、その夜はますます黒く、暗く、悲しい、そして憂鬱なものになった。フクロウの立てる羽音が、銃声に聞こえた。

私たちの目的は、農村に潜むヤナウマ、つまり密告者を抹殺することだった。タンカルの村に向かったのは、単なる散歩ではなかったのだ。指揮官たちは、「千の目と千の耳」[25]で、この村の住民のうち二人がサン・ミゲルの軍事基地に私たちの居所を知らせている事実を突き止めた。そういう人間たちは、即時に抹消されなければならなかった。

二月の泥だらけの地面を滑りながら何時間も歩いた。残りの二軒にヤナウマは居なかった。同志たちは「武器の音に驚いたんだろうな。でもそのうち見つかるさ」と話していた。ウラス川の水音が聞こえてきた。すでに早朝の三時くらいになっていた。ユーカリの丸太が一本かけられているだけの、川原の礫の間をとどろきを上げながら流れてくる濁った川を渡った。日が昇ると、皆でウラスの山頂まで上りそこで一日中眠った。

25　ゲリラ集団の中と外を監視し、罰するためのＳＬの脅迫的策略。

一九八三年の謝肉祭の時期

謝肉祭[26]は、サン・ミゲルの周辺で支持基盤を固めているころに行われた。私の村で

26　謝肉祭はアヤクーチョ県でも、ほかの地域でも一般的なお祭りである。

も、毎年二月に祝っていた。自分の村と同じような習慣で、共産党もこの祭りを禁止していなかった。むしろ、私たちは踊ったり歌ったりしながら歩き、訪れる農村ごとで、ユンサ[27]と呼ばれる木々の伐採の行事を行った。そして農民の歌を歌った。

〈たった今《チャイラクミ》、たった今《チャイラクミ》、到着したところさ《チャイアイナムチカニ》、党員たちよ
空気や《ワイラジャワン》風と《ビエントジャワン》一緒《パリ》になって
やあ、やあ！〉

ウラスとコチャの農民たちは私たちを快く受け入れてくれた。謝肉祭の時期になると作られる、牛肉、豚肉、桃、サツマイモ、ジャガイモ、そしてチョクロ（やわらかいトウモロコシ）からなる伝統的料理のプチェーロを朝食に出してくれた。パウダーと汚い水で遊んだ。午後になると、木の周りで踊りながら歌を歌った。「たった今、たった今、到着したところさ……」。ＰＣＰの指揮官たちは生えている木をどんどん切り倒していった。そのため農民は、翌年にはＰＣＰの兵隊はすでにそこにいないだろうし、もしくは戦闘で死んでしまうだろうから、新しい木を植える者がいないだろう、といつも文句を言っていた。[28]

密告者は必ず抹消しなければならなかった。訪れる村ごとに、彼らは必ずいた。農民同士の仲たがいなどで、密告者だという嘘が伝えられ、これを聞いて指揮官が捕まえるように指令しただけで、罪のない者が殺されることもしばしばあった。この中には、謝肉祭のユンサで一緒に踊った者たちもいた。彼らは酔っぱらって、自ら軍隊に密告したことがあると漏らしたからだった。その時は、その場で彼らを捕まえてから、だれにも

一月または二月に祝うもので、年によって異なる。農村では、家族で集まり、チチャやアルコールを飲んで、歌い、水で遊ぶ。

27　ユンサ、またはケチュア語でサチャ・クチュイ（木の伐採）はアヤクーチョ県の農村で行われる謝肉祭の祝い事の一つである。

28　この地域の習慣では、木を切り倒す行事（ユンサまたはサチャ・クチュイと呼ばれる）で、木を伐採した者が翌年に同じ祭りの主催者になることになっている。つまり、チチャや食事をふるまい、木を準備する係となる。

見つからないように、夜を待って殺した。暗い渓谷とエニシダ[29]、それにコスコサの山頂から流れてくる冷たい水だけが私たちを見ていた。

ある日の午後、謝肉祭で踊り、プチェーロを食べた後、指揮官たちは私たちを奮い立たせるために、サン・ミゲルの軍事基地に連れていった。その道は長く、とても疲れた。四時間歩いて、ようやく到着した。夜中のちょうど一二時ごろ、軍地基地の真正面から叫んだ。「くそ悪人ども！　ゴンサロ大統領に歓呼を！」「一対一で勝負しようじゃないか！」「反動勢力め、すぐに皆殺しにしてやるさ！」「なぜ政府《チュパサングレ》＊のベラウンデの野郎の言いなりになってんだ？」彼らは機関銃と手りゅう弾の嵐で応戦してきた。銃弾は漆黒の宇宙に、まるで流れ星のように飛んでいき、そして暗闇の夜の中に消えていった。私たちは攻撃が収まるまで地面に横たわり、その後もう一度ののしった。

こういう方法で、いつも軍隊を挑発していた。これは執拗な攻撃をするという作戦でもあった。毎週、もしくは毎月、異なった軍事基地に赴いた。その夜は皆、抑圧者たち、政府《チュパサングレ》の人間たちを思い切りいらだたせることができた、そのうちわれわれの村からも手を引くだろう、などと言いながら、満足な気持ちで帰路についた。

三月のある日の午後、雨が降り続ける中、ロサウラと、それに付き添う二人の戦友が旅立った。彼らはチュルカンパ（ワンタ郡）の山頂に送り込まれた。仲間が旅立つ時はいつも悲しかった。しかもその時は自分の感情を共有できる友人が旅立ってしまった。「カルロス、気を付けてね」とだけ言い残した。扉に立って、ロサウラの影が遠くなっていく様子をずっと見ていた。彼女の姿と怒りは私の体内に染み込み、銃弾に立ち向かう力となった。

29　ペルーのアンデス山脈の中の渓谷に生える野生の植物。黄色い花を持つ。リカルド・ドロリエルが作詞作曲し、マルティーナ・ポルトカレロ（両方ともペルー人）が歌った「エニシダの花」という歌がある。「みんな見においで、そうだ見にいこう／ワンタの小さな公園に、エニシダの黄色い花／黄色、黄色く光る、エニシダの花／村の血が／ああ、流れるところに／その場所に咲く、小さな黄色い、黄色く光る、エニシダの花……」

＊　Chupasangre　スペイン語で血を吸う者、の意味。政府の人間のことを指している。

謝肉祭とユンサ
画：エディルベルト・ヒメネス、2013年

中央部隊への入隊

ワクラッカの村で駐屯していた時、SLの同僚がやってきた。中背の真面目な顔をした男で、肩に銃をかけていた。彼は、中央部隊である第九〇部隊の兵士で、山（ワンタの山岳地方）の反対側にいる戦友からの友愛に満ちたメッセージを届けにやってきた。サン・ミゲルの農村地帯で活動していたわれわれローカル部隊の政治指揮官と軍事指揮官がこの男と何やら話し合いをしていた。正午くらいになって、第九〇部隊から多くの死傷者が出たため、新たに兵士が必要だと伝えられた。選出された者の中に私の名前もあった。そうして、同日の午後、タンボの冷たい山脈に向かって歩き出した。戦友たちに別れを告げた。残る者たちは悲しみにくれ、中には涙を流す者もいた。[30] 私たちは、五〇名の兵士の中から選ばれた二〇人だった。女が九人で、男が一一人。第九〇部隊がいるところに到着するまで二晩歩いた。日中は、戦友の家族の家で休んでいた。パタパタ、ワヤオを通過した。最も思い出に残っているのは冷たい水が流れるチャルワマヨの川を渡った時のことだ。この川を渡るために、服を脱がなければならなかった。裸で夜の川を渡った。その後、マシンガのサン・フランシスコ（アヤクーチョの密林）に向かう幹線道路まで坂道を上った。車は時々通過するだけだった。夜中の一二時ごろ、われわれはアッコと呼ばれる、タンボの街に近い農村にいた。その後、また歩き始めた。その夜は長く、歩いてきた距離も同じように長かった。しばらく進んでから、道端で眠りにつ

30　泣くことは普通だった。仲間が別の場所へ旅立つ時、戦闘で死んでしまった時、私たちは皆、泣いた。指揮官たちまでも泣いていた。私たちは農民やこの世界に住む人々と何一つ変わらない、人間だった。

いた。

ルーベンは、私の一番上の兄の仮の名前で、当時一八歳だった。戦友たちは彼のことを勤勉で、批判的な視点の持ち主で、そして反骨精神を持っていると言っていた。アヤクーチョ市で義務となっていた兵役の登録票を提出しにいった時には、すでにＰＣＰの思想に傾倒していた。ゲリラ集団にどのように参加するに至ったかを私たちに話したことはなかったが、彼が家を出た後、教員と一緒に旅立ったらしいと父親には伝えられていた。

ある日の午後、突然家を出ていった。私たちには、すぐに戻るよ、とだけ言った。私たちは皆、泣いた。それ以降、父は旅人が戻ってくる時に必ず通る道をことあるごとに眺めていた。コカの葉を見ながら「もうどこかで死んでいるかもしれない、いや、もしかしたら明日帰ってくるかもしれない」とつぶやいていた。しかし、彼が戻ってくることはなかった。

ルーベンに会った時、ポンチョとイキチャ村[31]で作られた〈耳あてつきの帽子《チュジュ》〉をかぶっていた。腰にはリボルバーを装着し、真面目な顔で、そして少しやせていた。私たちはほんの少しだけ言葉を交わした。兄は父について聞いてきた。

ウニオン・ミナスのその場所にはたくさんの人がいた。あらゆる地域から人が集まる所で、またここから、担当指揮官が指令したさまざまな場所に人が送り込まれていった。

私はアヤワンコ（ワンタ郡）で活動している第一一五部隊に配属されることになった。そのことを兄に伝えると、ルーベンはただ一言「いつでも会えるさ」と言った。その時、ようやく、兄弟間の愛情や血縁関係よりも、第一に党の命令に従わなければならないということを悟ったのだった。配属された場所に赴き、ＰＣＰの名のもとに自分の命を捧

31　ペルーのアヤクーチョ県ワンタ郡の農村。ウチュラハイと隣接した村で、ペルーの歴史学者は一八二七年にここで大きな先住民暴動が起きたと伝えている。その時のリーダーが農民のアントニオ・ワチャカで、スペイン王国への復帰を要求した。

げ、そうしてゲリラ兵の英雄として何世紀先までも皆の記憶にその名前を刻み永遠のものとすることが一番だった。

私は座り込んだ。ＰＣＰが下した決断を納得しようとはしたものの、とても悲しかった。ウニオン・ミナスのあちこちで起きている仲間の出会いや別れを見つめていた。指揮官でもあるルーベンの仲間の一人が、ここに残ればいい、と言った。

兄のその同僚のおかげで、偶然にもウニオン・ミナスに残ることができた。そして、今がある。というのも、第一一五部隊に向かって旅立った私の仲間は皆、ワイチャオの山中で、カルワウランの農村自警団に殺されてしまったのだ。

この第九〇部隊は中央部隊で、三つの分隊を持っていた。それぞれの分隊が一五人から一三人の男女で成っていた。また、多くの武器を配備していた。自動機関銃やさまざまなリボルバー（二二口径、三八口径、そして四八口径）、二つの銃身を持つ散弾銃、古いモーゼル銃、それに炭酸飲料水の缶で作られた爆弾など。それはいいことだった。農村を訪れる時も、集団で移動し武器に守られていたので、怖くなかったからだ。

私たちは群れを成していろいろな農村を巡った。タンボ地域からワンタの山の中まで。三日以上同じ農村にいることはほとんどなく、移動は夜だけだった。レーニンの本とゴンサロのパンフレットを読み、勉強しなければならなかった。食事は少しだけで、一日一食のみだった。しかし、ごくまれにたくさんの食事にありつけることがあった。その年、一九八三年は、一日に三回も食事を準備することがまだ普通だった。〈乾燥ジャ《チュ》ガイモ《ニュ》〉、トウモロコシ、大麦のスープや、麺類のスープ、時にはパスタのようなおかずや、プカピカンテ、カルネ・ベルデがあり、さらにマサモラスというデザートまであった。[32] その後、一日二回だけの食事になり、一九八五年には、食糧にありつける時だけに

32　乾燥ジャガイモ（Chuñu）のスープは、乾燥ジャガイモを石でできた鉢で粉々にしたものと、みじん切りした玉ねぎ、塩で作るスープ。通常、フレッシュチーズに香草（Payqu）と細かく切ったジャガイモを加える。大麦のスープは、石鉢で大麦を粉になるまで砕き、ぬるま湯にこれを入れ、その後浮いてきた皮をスプーンですくう。プカピカンテは主食で、たくさんの細切れのジャガイモとピーナッツ、唐がらしで作ったもの。マサモラスは、熟したカボチャとトウモロコシ、乾燥ジャガイモをあわせて砂糖煮したもの。

なった。私の兄は服属地域部隊[33]の別のグループに派遣され、その数か月後、兄の後を追って、私も同じグループに配属となった。

ヤワルマユの自警団

ヤワルマユの農民たちが蜂起して軍隊側についた、と指揮官たちはしきりに話していた。そういうわけで、彼らはヤナウマになってしまったから、これら〈極寒の地方に住む奴ら《チュトゥス》〉をすぐにでも抹消しなければならなかった。ヤワルマユを攻撃する日、われわれは、タンボに近い農村、ウニオン・ミナスやウラスからやってきた三〇〇名ほどの男女で隊列を成した。

一九八三年の冬の午後、例の村に向かって出発した。到着するまでに二日もかかった。というのも、日中は洞窟の中で眠り、移動は夜の間だけだったからだ。集まった仲間たちは、それぞれ違う村から五人、一〇人と、順番にやってきた。

その日は、早朝四時ごろにヤワルマユの自警団の野営地を包囲した。彼らは山の高いところに野営を組んでいて、防衛するにはとても戦略的な場所だった。夜明けはすぐにやってきた。自警団の見張り役がわれわれを見つけ、〈投石器《ワラカ》〉を使って石を投げてき

33　SL期のPCPの権力構造の中で、トップから二番目にある組織のうちの一つ。服属地域部隊に所属するものは、食料の調達や警察から武器の強奪などを担っていた。この組織は若干六、七名からなっていたが、それぞれ政治指揮官と軍事指揮官がいた。スパイ活動も行っていた。

た。彼らは、銃器を持っておらず、刃物の武器だけだった。モーゼル銃で応戦して、見張り役を殺した。彼らの野営地の中に踏み込むと、自警団員が銃弾にはじかれていく様子や、バラバラになった体や頭部のない体が地面に倒れこみ、転がっていく様子が目に飛び込んできた。彼らの小屋はすべて焼き尽くした。死体があちこちに吊るされていた。別の場所からやってきた農民たちと一緒に、そこにあったものはすべて奪い取り、その後、帰路についた。

これは一度だけの出来事ではない。何度か、大体五回くらい経験した。必ず、ヤナウマたちを攻撃しなければならなかった。別の機会では、われわれの仲間からも多くの死傷者が出た。

兄の死

兄を最後に見たのは、第九〇部隊の仲間内で行った朝食会に彼が来た時だった。兄はそのころ、タンボの峡谷地域で服属地域部隊に所属していた。こういった類の朝食会は、それぞれの指揮官が集まった時や、ＰＣＰのお祭りの時に開かれ、友人と再会できる貴重な機会でもあった。私の兄は少し太っていた。かすかに笑いながら、私に「少し

私の兄、ルーベンの死
画：エルディベルト・ヒメネス、2013年

は慣れてきたかい」と聞いてきたので、うん、と答えた。その後、私に赤い布装が施された小さな本をプレゼントしてくれた。毛沢東主席の「五つの理論」の本だった。それからさまざまな色で刺しゅうされた緑色のリュックもくれた。「次に来る時には、お前に靴を持ってくるよ」と言った。彼は真面目だけれどとても親切な人間だった。私がこの赤軍の一員であることをいつも喜んでいた。しかし靴は二度と届かなかった。私がゲリラ兵だった間ずっと、市場で一番安かったゴムサンダルと七つの命を持つといわれるブーツ[34]だけで過ごしたのは、たぶんそのせいだろうと思う。

　兄が死んだその日、朝方少しだけ降った雨もすぐに止んで、青空が見えていた。一九八三年の五月か、六月のことだった。午後六時ごろ、兄が亡くなったという知らせが届いた。その後、生き残った者たちが詳しい話を聞かせてくれた。「われわれは車の検問をしていたんだ。[35] 突然海軍の軍用車が現れて、もう逃げれなかった。ルーベンは下のほうに走っていった」。手りゅう弾が一発撃ち込まれ、兄の頭を粉々にしたらしい。午後には、赤い旗にくるんで土葬するために兄の死体は運ばれた。その後、彼のお墓がどこにあるのか見つけることはできなかった。タンボの街の近くのワヤオ村で、「そこで眠っているよ」と指をさされて教えられただけだった。

34　穴が開いても何度も繕うことができたために、七つの命と呼ばれていた。ナイフさえあれば十分だった。焚火の炎にあてて、別に用意したゴムの端切れを力強く押し付けるだけで修繕できた。

35　さまざまな理由で、車の検問をしていた。宣伝のためのちらしを配ったり、寄付を頼んだり、または、強奪するためなどがあった。

ＰＣＰ兵士の違反と死刑

冬のある寒い日の午後、私たちがちょうど食事の支度をするためにジャガイモの皮をむいていた時、ＰＣＰの使いの者がやってきて、いつものように私たちに知らせを届けてくれた。その日の遅い時間になって、私たちはタンボのパンパ・エルモサ村の山に集合しなければならなかった。「今日これから移動しなくてはならない」と、第九〇部隊の指揮官に指令を伝えにきたのだった。夜に出発してまだ辺りも薄暗い朝四時ころにその場所に到着した。満月の夜だった。いろいろなところからやってきた党員が集合していた。この地域で活動している全グループの全体集会だった。

午前中は皆休んだ。料理をする者や、見張りをする者もいた。

午後になって、同地域を指揮する政治指揮官が集合をかけた。一〇〇人以上のゲリラ兵が集まった。党歌を歌い、その後、この指揮官は「レーニン思想、毛沢東主義、そしてゴンサロ大統領の名において、この集会は、私たちの中に裏切り者がいることを皆に伝えるために開いた。党を裏切り、敵にわれわれを売ったのだ。今夜、その者たちに死刑を執行する」と呼びかけた。そうして、捕虜として捕まえるよう、命令した。男女を問わず、何人かのゲリラ兵が捕まえられた。彼らも同様に、集合させられていたのだが、自分たちの身に何が起こることになるのか少しも疑っていなかったようだ。死刑を言い渡された者たちは一八歳から二二歳くらいの若者だった。しかも、彼らは皆党に一年半近く所属している者たちで、そのうち二名は党員の中でも同志の階級にあり、その他の者はいわゆるゲリラ兵だった。[36] 捕まえられた仲間は、町や農村で寄付を募っていたが、食糧や薬、服、金銭などを集める任務を課した際に、収集したものの半分だけを提出し

36　民衆部隊は、農民たちのことで、ゲリラ兵は、服属地域部隊、ローカル部隊及び中央部隊の兵士たちだった。同志は、忠誠を誓ってしばらく経ったゲリラ兵のこと。全体集会の儀式で、昇進していた。

て、もう半分は自分たちのものにしたという。同様に、休暇として許可された日数以上に休んだ者もいた。

指揮官たちは、死刑を言い渡された仲間を指しながら、私たちにこのような真似は絶対にしないこと、さもなければ同じように死ぬことになるだろうと警告した。

捕まえられた仲間たちは、リャマの毛でできた縄に手をしばられ泣きながら許しを求めていた。しかし、党に恩赦はなかった。死か忠誠か。党によって課された任務は厳密に達成しなければならなかったのだ。赤旗に包まれて死んでいくのは尊厳のある名誉なことで、仲間の前で銃殺されるのは不名誉なこと、まったくの恥さらしであった。

死刑についての演説の後、彼らは銃殺を言い渡された。皆で、六月の暗くて寒い夜の谷を降りていった。捕らえられた仲間の人間としての痛みを感じることもなく、無駄とはわかっていても逃げようとする彼らの縄を引っ張っていた。墓になる穴はすでに掘られていた。一人ひとり、銃弾が撃ち込まれていった。死ぬ前に、涙を流しながらわれわれに手を差し伸べつつ、別れを告げた。これは、別れの際に何度も繰り返された光景だった。別の者たちは、「ゴンサロに歓呼を、毛沢東に歓呼を！」と叫んだが、絶望に耐えられず叫んでいるだけにも見えた。

一人の上にもう一人と重ねて彼らを埋めた。夜はさらに暗くなった。タンボの曲がり角を通るたびに、あのころの仲間たちが殺された場所に視線を向ける。

こういった死はたびたび起きた。一番覚えているのは、軍事指揮官が二人組の縦隊を作らせた時のことだった。その時、指揮官は私たちの中に、警備の真っ最中に居眠りをしていた者が一名いると言った。おそらく、そこにいた全員のほとんどが一度は居眠りをしてしまった経験を持っていた。それは罪に問われることなのだろうか。党にとって

私たちの仲間の銃殺
画：エディベルト・ヒメネス、2013年

は罪であった。というのも、想像上の規則に定めてあったのだ。したがって、その者は死なければならなかった。指揮官以外は、それがいったい誰なのかわからなかった。皆おびえていたが、反論はできなかった。その権利はなかったからだ。政治指揮官が言った。「私の横を行進して通り過ぎる時に肩をたたかれた者が、もうこの党にはいるべき人間ではないということだ」。私たちは額を高く上げて、ロシア軍隊の歩調で緊張しながら行進をした。死を告げる手のひらにおびえながら。それはまるでキリストの十二使徒が、裏切りの濡れたパンが誰に渡るのかを待っている時のようだった。

ほんの一瞬のことだった。死の手は一五歳の少年の肩をたたいた。説明することすらできず、手を拘束され、そして銃殺された。彼はラスウイルカ山の東側に流れる小川のそばに埋められた。

タプナに近い村を攻撃し、いろいろなものを略奪して野営地に戻ってきたある日の午後にも、死刑が執行された。その日は、マグロの缶詰やクッキー、飴などをたくさん持って帰ってきた。

仲間のマルタは、警備にいく前にその中からマグロ缶一つとクッキーを三つ盗んだ。党員の誰かが、幹部に彼女の行為を密告したため、その日の午後に死刑が言い渡された。いつもの通り、私たちは一緒に座っていた。どこかでともっているろうそくの火が弱々しく皆の顔を照らしていた。農民から盗むことは許されるが、党内に泥棒がいることは許されなかった。指揮官たちは私たちにマルタはどうやって死ぬべきだろうかと問いかけた。銃殺だ、絞殺だ、いや投石だ、つるし上げだ、などと皆で答えた。「お前はどうやって死にたいんだい?」とマルタに尋ねた。答えはなかった。結局、縄で絞殺した。私たちはその時、人里からずいぶん離れたところにいたし、穴を掘るためのツルハシもスコップもなかったので、彼女を埋めることはできなかった。そこで、屋根もなく、すっかり腐食していた廃屋に彼女の体を置き去りにした。数日後、その近くを通ると、野良犬たちが彼女の腐敗した肉をめぐって争っていた。

最も劇的な死を遂げたのは、仲間のファビオラだった。指揮官が呼んでいるよと私たちが告げにいった時、彼女は食事の準備をしていた。「そこに座るんだ！」と指揮官たちは言った。しかし私たちは「いや、ここで」と言って、立ったままでいることを選んだ。彼女はとても良い人間だった。彼女が料理当番の時はいつもおいしい料理が食べられた。午後には一緒に座って頭のシラミを探しあった。当番の時は、私たちの服もきれいに洗ってくれた。しかしこの日、死刑を言い渡された。彼女の罪はなんだったか。許可された休暇日を一週間も超過したのだ。が、これは母の体調が悪かったためと説明していた。加えて、あくまでもうわさであったが、タンボの警官と恋に落ちたともいわれていた。指揮官は、彼女のバッグの中から一切れのメモを見つけていた。それは、警察の巡査部長に充てた手紙で、月末に会おうと書かれていた。もしかしたら、警官ではなく、ただの恋人だったのかもしれない。その若者はある午後、彼女を訪ねてきて親類だと自己紹介していた。焚火で暖を取っていた時、ファビオラは仲間の女の子たちに「彼は私の恋人なの。ここから遠くへ連れていこうとしているの」と話していた。その日、彼女に死を宣告した党員たちの前で彼女は泣いた。午後の間ずっと彼女は縄で縛られたままだった。彼女に近づく者も、話しかける者もいなかった。仲のいい者たちの間だけで、小声で「かわいそうに」と言い合った。そしてその夜、ファビオラを絞殺した。党は私を含めた五人にこの任務を託したが、彼女はとても力が強かったので私たちは休むことなく、綱を引っ張らなければならなかった。三〇分ほど経っても、彼女はなかなか息を引き取らなかった。ようやく足をバタバタさせなくなったので、私たちは彼女を埋めた。翌日、彼女を埋めたはずの墓は空っぽだった。そこで、ファビオラを処刑する任務を負っていた指揮官が呼びだされた。指揮官は、私たち五人が彼女の呼吸が完全に止まるまで確実に首を絞め上げたと断言したため、もし次の機会に失敗した場合には銃殺に処すと警告されるに済んだ。彼女の死体は崖の下で見つかった。おそらく息を吹き返したものの、慌てふためいて逃げようとして谷底に落ちてしまったのだろう。信じられないことだった。「悪い草ほど不死身さ」と同志たちが言っていた。

ルパルパの待ち伏せ

一九八三年の春のころ、アヤクーチョ県のセルバの端（高い部分）にある、ルパルパへ向かった。軍隊の車をどうやって爆破するか、実際に爆薬を使って訓練した後、西の山脈に日が落ちるのを待ってアッコの渓谷を党歌「指令」を歌いながら降りていった。

私たちの今の指令は支持基盤を征服すること
そのためには自分たちの命も惜しくない

この世にいる限り、指令を全うするさ、天がそのようにわれわれを導いたのだ
新しい国が、銃の力で生まれていく
地盤を固め、新しい国を映しだそう
未来を作りだせ、血を支配して
これが私たちの戦争さ
支持基盤を征服せよ
PCPの光の下、征服者の精神をもって、われわれは征服者となるのだ

私たちは、全部で二五人の兵士だった。政治指揮官と軍事指揮官もいた。寒く深い谷を作りだす山々をいくつも通りすぎ、三日後に目的地に到着した。

サン・フランシスコに向かう幹線道路から数キロメートル歩いた、ルパルパの川の近くにテントを張った。この旅の目的は、他のいくつもの旅と同じように、セルバ、またはアヤクーチョ県に向かって幹線道路を走っていく軍隊の車両を攻撃することだった。そのために、私たちは幹線道路に爆弾を埋め、これをケーブルでバッテリーにつないで準備をした。車が通ったら、バッテリーのヒューズをくっつけるだけで爆弾が爆破し、それで近くを通る者全員を攻撃して、最終的に彼らの兵器を奪う、という計画だった。

何日か経過した。軍の車両は現われず、商業用の車ばかりが通過した。私たちは疲れていて、しかもお腹を満たすための食糧も底をついていた。そのため、車の通行を止め、寄付を募った。アヤクーチョから来る者たちは、魚やパン、米などを寄付してくれ、セルバから来る者たちは果物を譲ってくれた。

ある日の午後、最後に車を一台止めると、そこには私服警官が二人乗っていた。私た

ちに気づくと、発砲してきた。私たちもこれにたくさんの銃弾で応戦し、この二人は死んでしまった。車の中には弾薬の箱や制服、ヘルメット、ショートブーツに保存食があった。

その後、夜の九時ごろになって、私たちはゲリラ兵の歌を歌い、警官が持っていた冷たいランチョ[37]の缶詰を食べながら気分良く帰路についた。

37 軍隊や警察に特有の食糧のこと。

勝利の祝賀とお祭り

ＰＣＰの祝日には、よくお祝い行事を行った。もちろん、経済的な余裕に合わせてではあるが。酔っ払ってしまうほどビールを飲めた時もあるし、蒸留酒に焦げた砂糖を加えて水で薄めたものだけを飲んでいた時もあった。軍隊の伏兵との武装衝突に勝った時やゲリラ兵の誕生日、武装抗争が始まった日（五月一七日）、スターリンの勝利や毛沢東の勝利を祝って、饗宴を催すこともよくあった。

確か六月か七月の寒い朝、仲間のゲリラ兵がチュルカンパの警察の詰め所を攻撃し、勝利を収め、銃を肩から下げて戻ってきた。もうすでにほろ酔い気分で、どんなふうに警官たちを襲い、彼らがどんなふうに泣いて命乞いをしたかということや数人がワンタの谷のほうへ逃げていったことなど、その混乱ぶりを語っていた。「かわいそうな犬たちめ、逃げるなんてな！」と、笑いながら話していた。その日、民衆部隊である農民たちは肥えた羊を二匹ごちそうしてくれた。私たちは皆とても楽しんでいた。そのころは、共産党が拡大していた時期で農村とも強固な結びつきを持っていた。サン・ミゲル、タンボ、ワンタ、アヤクーチョの盆地は、その全体がＰＣＰの味方のようだった。中央委員会から届いた知らせでは、一九八五年にはアヤクーチョの街を占拠し、これで人間による人間の搾取にピリオドが打たれるはずだった。なぜならばヤンキーの資本主義は私たちの国から撤退しなければならなくなるからで、それによって誰も決して飢えに苦しまない、侮辱のない国で暮らせるようになるはずだった。裕福も貧困もなく、農民たちこそが国の運命を決めることになるはずだった。こんなことを私たちは話していたし、農民たちも同じようなことを口にしていた。そういうわけで、そしてチュルカンパの勝利を受けて、自分たちへのご褒美としてのお祭りは必要なことであった。ビールが次々に回ってきた。「ＰＣＰに歓呼を！」「歓呼を！」と繰り返した。「同志、ゴンサロ！　万歳！」仲間のギジェルモは、ギターを弾くことができて、時々、歌を歌って私たちの涙を誘った。「〈不吉な鳥よ《ピチウ》、お前は私が《ウェイチャウ》いつ死ななければ《クアンミ》いけないのか《ヤチャンキ》、知ってい《ワニュ》るだろう《ナイタ》〉……」。私たちのような一番若い世代は、簡単に酔っぱらった。全員が酔っぱらうわけではなかった。指揮官は、いつも数人のゲリラ兵を引き離していた。彼らは私たちを監督しており、数杯のビールしか飲むことができなかった。それが普通だった。この時は、地面に横になって寝てしまったり、吐いてしまったりするまで飲んだ者たちもいたし、また、家の裏側や、辺りにごろごろしていた岩の影に隠れて、恋人と性交する者たちもいた。性交は隠れて行っていた。というのも、恋愛関係を持つことは禁止されていて、妻を持つことはさらに厳格に禁止されていたからだ。妊娠でもしたら、急に現れる軍隊からどうやって走って逃げきれるというのか。しかもゲリラ兵として、私たちは血を分かち合った仲間で、死ぬまで党に完全にその身を捧げることを約束していた。しかし、お坊さんだって生身の人間だとよく言われるように、私たちゲリラ兵士ももちろん、肉と骨からできた生身の人間だったのだ。

ヤナマユの自警団

一九八四年の初頭、ヤナマユの自警団を攻撃した。その時、タンボに近い農村からやってきた一五〇人くらいと戦隊を組んだ。カルワパンパの高地から夜のうちに出発した。夜中の一一時ころ、私たちはヤナマユの農村に向かって山を下っていた。三つのグループに別れて農村に入っていき、まず見張り役を襲った。自動拳銃《FAL》が鳴り響き、数人の叫び声が聞こえてきた。兵器の音に警戒して、あちこちから笛が鳴り始めた。助けを求める声も聞こえてきた。すぐに複数の住宅から炎が立ち上がり、燃え始めた。攻撃は約一時間続いた。そうして、自分たちの基地に戻るためにまた山を登っていった。もうだいぶ遠くまで歩いてからもまだ燃えている家々が見えた。「だいたい一〇人くらいのヤナウマたちを殺せたな」と仲間たちが話していた。支持基盤としての農民と私たちは、いつもの通り、燃やした家の中からできるだけのものを取ってきた。それが、上層兵士からの命令であったからだ。武器、食料品、そして衣類を略奪した。

チャッコの軍事基地

一九八四年の冬、一〇〇〇人以上の部隊を組んで、チャッコの軍事基地へ向かった。奇襲攻撃をかけて、この地域から軍隊を追い出す作戦だった。タンボの高地から出発して、到着するまでに五日かかった。兵士は、皆農民であったが、道すがら仲間に加わっていった。移動をするのは夜だけだった。日中は家の中に隠れて眠った。ワヤオ―ワヤナイ―チャカを通って、目的地に到着した。チャッコの軍隊を攻撃したのは真夜中の一二時ごろだった。まずは、灯油と布切れで作った松明で、チャッコの山全体を照らした。その後すぐに軍事基地に向かって正面から銃弾を放った。ゲリラ兵の人数の多さで軍隊を脅かし、断崖のほうに逃げ込ませる目的だった。ところが軍隊は、機関銃を一斉に撃ち込んできた。そうして、私たちが後退しなければならなかった。帰りは、眠たさと飢えでとても疲れていた。「こんなたくさんの人がいて、いったいどこで食事を取るんだ？」私たちが持っていた〈焼きとうもろこし《カンチャ》〉はすでに底をついていた。アンチワイに到着してから、この地域の根菜やジャガイモを料理して食べた。そこで、私は体を壊してしまい、もう歩くこともできなかった。「私はここに残る、明日になったら皆に追いつくから」と言ったが、「一人で残ることは許されない」と言われた。そこで、仲間たちが順番に私を背負って歩いてくれた。それ以外の民衆部隊の仲間、つまり農民たちは、それぞれの村へ戻っていった。

ティンカ村

そのころ、私は服属地域部隊と名付けられたグループに所属していた。このグループは新しい仲間を探すことや、志願兵を徴兵する任務に加え、街で食糧を購入するために農村と連携する役などを負っていた。私の兄は、このグループに所属している間に亡くなった。

時々、民衆部隊たちとの集会があった。皆、時間通りにやってきた。誰も欠席や遅刻をしなかった。そのようなことが起きた時は、無責任を責め、党への忠誠心がないとして彼らを処刑した。

ある時、私は一人である村へ行かなければならなかった。農民たちに、任務があることを通達しにいくためだった。誰一人として私たちがどこに行くのかを知っていてはならなかった。私たち党員すら知らなかった。何月何日、党が支援を必要としている、そのためにこの村からは一〇名の兵士を、別の村からはそれ以外の支援を送るように、と伝えるだけだった。

その夜、一人で村の集会が行われる民家に入ると、中にいたものは皆座って、コカの葉を〈口に含めていた《チャクチャル》〉[38]。村のリーダーの一人が私を迎えてくれた。皆の前に一人座って、いつも行っていた通りに、始まりの儀式を行った。「マルクス、レーニン、そしてゴンサロ大統領の名において……」。その後、何を言ったか覚えていない。何を言ったらいいのかわからず、ただ、すべてケチュア語でわれわれは社会の正義のために戦っているのだということを繰り返していた。集会が終わった後、あちこちでぼそぼそと「なんでこんな小僧なんだ、もっとちゃんとした大人が来るべきだろう」と言っていたのが聞こえた。

夜の間に、ティンカ村のほうへ向かって歩いた。「ここの自警団は気性が激しいぞ」と私たちの指揮官が言っていた。村の近くまで来ると、私たちが近づいていることに見張り役が気づき、発砲してきた。攻撃の準備ができている者たちはこれに、同じく発砲して応えた。拳銃の音でティンカの自警団は全員目を覚まし、「そのテロリストたちを殺せ！」と叫び始めた。私たちは応戦したものの、誰も殺せなかった。むしろ、数名の負傷者を負うことになった。

38　Chakcharは、ケチュア語のakuyから由来している（コカの葉を噛むのではなく、歯でこれを押さえて口の中にとどめている様子）。朝が明けるころには、農民たち、つまり民衆はすでに乾燥ジャガイモかトウモロコシのスープ（毎日の食糧）を食べている。その後、akuyのために、カバンにコカの葉を入れて、農作業に向かう。毎食後、そして休憩時間には、コカの葉を口に含める。夜には、akuyはもっと長くなる。コカの葉を楽しみながら、会話をして、自分たちの出来事や、翌日の予定を話し合ったりする。

ウニオン・ミナスの共産党祭り

服属地域部隊の分隊で活動していたゲリラ兵たちは、支援基盤となる農村に共産党祭りの実施を、その数週間前から知らせる役割を担っていた。未来の商業関係は、この日のようなものになるはずだった。その日は、半円形の鎌と金槌があしらわれた赤旗がウニオン・ミナスの学校の校庭に掲げられ、各地からたくさんの人が集まった。商人は、パンや衣類、蒸留酒などを売っていた。万が一抗争が起きた時のために、三つの警備グループが巡回していた。午後の間はずっと、サッカーをして遊んだ。すべての商品の値段は、それぞれ政治指揮官によって決められたが、大半の商品に関しては物々交換が行われていた。その日は広がった青い空と光り輝く太陽のもとで半円形の鎌と金槌が描かれた赤旗が揺れ、それを見ながらゲリラ兵の歌を歌った。グラウンドの隅で、ゲリラ兵の仲間たちが遊んでいる時、私たちはよくこんな風に歌った。

われわれこそが人民戦争の先駆者たちだ
分遣隊を作り、活動を起こしていく
ゴンサロは光を作り、マルクス、レーニンそして毛沢東の思想から
純正の鋼を錬金した
反逆の準備を拍手で迎えるのは民衆たちだ

そして銃弾の力で声を届けていく活動も
ゴンサロは光を作り、マルクス、レーニンそして毛沢東の思想から
純正の鋼を錬金した
古い壁は打ち砕かれ、明るい未来を映すオーロラがすでに広がり
歓喜があふれ出る

戦争負傷者の治療

ある日の午後、タニアが第九〇部隊にやってきた。彼女はＰＣＰの看護士で、チュングイで活動していた別のゲリラ兵グループからやってきた。一九八四年の乾季のころで、暴力行為が非常に激しくなってきた時でもあった。看護士が到着する数日前、私たちはワマンギージャの自警団に攻撃された。彼女の他に医学を学んだ看護士はいなかったので、彼女は私たちの治療に追われとても疲れていたようだった。食事を取った後、翌日まで眠り続けた。私は、朝日が昇って明るくなる前に、彼女に付き添って別の支持基盤の村へ支援にいくようにと、政治指揮官に指示された。そこでは農民たちが負傷しており、看護士は助手が必要だった。

タニアはサン・ミゲルで生まれ、ＰＣＰの部隊に加入するまでは、その街の医療所で働いていた。たくさんの負傷者の治療に当たらなければならなかった。彼女に付き添った日は、ワマンギージャの自警団が白兵戦用の武器[39]でタンボ地域に近い農村を攻撃した日だった。これらの農村はそのころはまだ党を支持しており、われわれの民衆部隊として彼らもまた、ワマンギージャの自警団を襲ったことがあるからだ。

多くの農民が亡くなった。死を免れた者たちも、首を切られたり、刃物で突き刺されたり、体中に傷を負っていた。私は助手としてガーゼや酸素水を渡し、彼女が傷口を洗い、処置をした。傷を負った人たちには、すぐに回復しますよ、そんなに酷い傷ではないですよ、と言わなければならなかった。しかも、この戦いは社会的正義のため、党のためだということを伝えなければならなかった。それに反対するようなことは決して口にできなかった。

こうして、その日から助手としての活動を始めた。二人でいろいろな農村や分隊を訪ね歩き、負傷者の手当てに当たった。夜になったら、渓流や寒い山中などその時にいた場所や、時には人間の温かみあふれる農民の家などで眠りについた。タニアは、私たちの祖父母世代の薬剤、つまり治癒力のある薬草についての知識をたくさん持っていた。私も、例えばヤワルスンクをはじめとした薬草をいくつか学んだ。そして、傷口を閉じるためや、寒さから来る体調の悪さを軽減するために、チルカ、モジェ、カブヤ、ムニャといった薬草を使った。

一九八四年の一一月ごろ、われわれはチルカスからやってきた第一五分隊か一四分隊を訪ねた。銃弾に打たれた負傷者数名を治療し、また風邪をひいていた者たちも手当てした。トドス・ロス・サントス*の時期だったので、ワワス*が用意されていた。そこには数

39　刃物や、鎌、矢、先のとがった金棒など、一切洗練されていない武器を指す。

Todos los Santos　諸聖人の日、カトリック教で定められた祝日の一つで、一一月一日、二日にお祝いされる。

Wawas　諸聖人の日の前後で食べられる伝統的なパンのこと。赤ちゃんや馬のモチーフで装飾されている。

時間しかいられなかった。銃弾で撃たれた仲間の傷がひどく、今にも死んでしまいそうだという知らせを届けに伝令がやってきたからだ。看護士の生活は毎日がこんな風だった。必要とされる場所にいつもすぐに行かなければならなかった。

傷を負った者は、床に敷かれた毛布の上で横たわっていた。どんな時も、私たちはこれくらいの傷は何ともない、すぐに良くなるよと声をかけた。そして、この戦いももう最終段階に入っている、と励ました。その兵士は二か月生き延びただけだった。その後、赤旗に包んで、サボテンや、サボテンの実のピータが生い茂る山間に埋葬した。

負傷者は次第に増えていった。二〇人ほどを一度に治療することになった。腕が粉々になって戻ってきた者たちもいたし、破片が当たってひどい傷を負った者もいた。そのころになると、治療を行うのもなかなか難しくなっていた。というのも、大半の農村が自警団を組織するようになり、皆、ヤナウマになって、私たちを追い詰めるようになったからだ。そこで、われわれはセルバの端にある森のほうまで後退した。軍隊から撃ち込まれた銃弾が腕や足に残ったままだった負傷者を抱えて移動するのは一苦労だった。ゆっくりと歩いて移動し、ヘリコプターの音が聞こえてくると、地面に這いつくばって隠れた。体に穴が開き、銃弾が入ったままの仲間の身体からは腐った匂いが放たれ、クロコンドルまでもが空から私たちを囲んできた。この嫌な吐き気のするような匂いにつられてきたのだろう。しかし、彼らはまだ生きていた。彼らはパトロールの仕事はもうしなかったが、マルクス主義の本や、ゴンサロ大統領の小冊子などを読んでいた。セルバの端の森が広がる山々には、いつも霧が立ち込めていた。それは、敵からのちょうどいい隠れ蓑となり、好都合であった。しかし、口にできるものが何もなかった。まるで、最も原始的な人類のように、ビスカーチャ*や鹿を狩るために何日もずっと待たなければいけない時も

* Vizcacha この地域に生息する大型の齧歯類。

あった。鹿を仕留めた時も何度かあり、その時は肉を食べきって、骨もまるで風化したかのようになるまで舐めまわした。しかし、飲む水さえもない時もあった。四人の負傷者が亡くなった。彼らを埋葬することもできなかったし、死体を包む赤旗さえも持っていなかった。これまでに過ごした中でも最もつらい時期だった。

ウチュラハイの高地で行われる集会に召集され、看護士の任務を離れた。霧に覆われる高地に久しぶりに戻ると、看護仲間のタニアは指揮官に、私がこのまま彼女と一緒に看護の活動を続けられないかと相談をした。が、指揮官はこれを認めなかった。これが彼女を見た最後となった。今、どこにいようとも、元気でいてくれることを祈っている。

兵士から同志への昇進

私たちがウチュラハイの高地にいる間に、ラスウイルカの山を越えて上層階級の同志がひとり、四人のボディガードを連れてやってきた。とても親切な物腰の人であったが、表情はいたって真剣だった。われわれの戦いの現況と見通しについて話をした。「〈すべて《アジンミ》順調だぞ《カチカンク》〉、党員たちよ」と言って、私たちは「はい、わかりました」と答えた。この地域すべてを担当する政治指揮官であるこの同志は、権力を掌握するまであと少しであると言って、私たちを激励しにきたのだ。そして、彼の部下に当たるゲリラ兵を同志の階級に昇進させるためにここを訪れたのだ。同志になるために必要な条件の一つは、ＰＣＰに対しての忠誠心を見せてきたかどうかだった。

ゲリラ兵から同志へ昇進するために、私たちは一週間勉強をした。毛沢東派のゲリラ兵がどのようにして中国の反対派を追い詰めていったのか、どのようにしてゴンサロ大統領が最後の決戦まで私たちを導いてくれているのか、などを復習した。

私を含め、大体一五人くらいが昇進の候補者として選ばれた。候補者の中で、私が唯一の子どもの兵士だった。勉強会の六日目、すでに皆が集まって昇級することに胸を膨らませていた。私たちの担当であった同志が部屋に入り、一人ずつに対して「〈私は《クシ》君たちの姿勢にとても満足しているよ《スカムカニクアンクナワン》〉」と声をかけた。とても静かな空間だった。満月の明るい夜で、空には満天の星空が広がっていた。壁に取り付けられたろうそくは、ゲリラ兵たちの顔を照らし出し、その間、満月の柔らかい光は扉をぬけて部屋を瑞々しい光で覆った。私たちの顔を照らすろうそくの光が揺れるような、ほんの少しの隙間風さえなかった。すべてが無動で、どこまでも静かだった。外に出て、見張り役の位置から、コオロギが奏でる音やカエルの鳴き声をしばらく楽しみたくなるような夜だった。しかし、その夜は、コオロギさえも音を立てなかった。同志たちが書いた本の紙の上を歩いているような感覚に襲われた。そして、同志が歌い始めた。

われわれこそが人民戦争の先駆者たちだ
分遣隊を作り、活動を起こしていくのさ
ゴンサロは光を作り、マルクス、レーニンそして毛沢東の思想から

純正の鋼を錬金した
反逆の準備を拍手で迎えるのは民衆たちだ
そして銃弾の力で声を届けていく活動も
ゴンサロは光を作り、マルクス、レーニンそして毛沢東の思想から
純正の鋼を錬金した
古い壁は打ち砕かれ、明るい未来を映すオーロラがすでに広がり
歓喜があふれ出る

歌は私たちの骨髄まで染み込んで、社会主義を求める者たちのために自分たちが必要なんだと感じさせるものだった。痛みや飢えはしばらくの間、消えてなくなった。儀式は、お互いに固く抱き合い、そしてＰＣＰに万歳を掲げ、終わった。

ギンダスの自警団

以前は、ギンダスの農村に住んでいた。そこの住民たちはわれわれに寝処を提供し、敵であるペルー軍隊との戦闘には、男たちが助太刀してくれた。われわれに食事もふ

るまってくれた。特に二月、三月には、トウモロコシや桃、それにアメリカンチェリーなどを分けてくれた。しかし今は反共産党として立ち上がり、ヤナウマになってしまった。反対派、政府の人間《チュパサングレ》を信じて党を裏切ったため、彼らを抹消しなければならなかった。頑固者たちは共産党の目的を理解しないのだと私たちは考えていた。

ある日の午後、一九八五年の〈雨季《プクィ》〉のころ、私たちの指揮官は私の仲間のホルへと私の二人を呼びつけた。われわれ二人は、この農村のことをよく知っているので、攻撃を仕掛ける前の準備としてギンダスの村の地図を作成するために、その村へ視察にいくようにと命じられた。その土地まで行くのはとても危険なことだった。必ず夜に移動して、村の周辺に隠れ、そして人々の流れや動きを観察して、見取り図のようなものを作成していた。このような任務を命じられた仲間の何人かは、二度とキャンプ地に戻ってこなかった。おそらく、見つかって殺されてしまったのだろう。

その日、ウチュラハイの山中から出発した。この辺りの農村は荒涼としていた。農民たちは皆、町かセルバに出ていってしまった。鳥たちだけがあちこちで飛び交い、食糧を探していた。ラスウイルカの冷たい風は、孤独な山々を吹き抜け、私たちの身に襲い掛かってきた。道中、仲間であるホルへは、とても危険なことだから農村には行かないでおこう、と私に言いだした。私もその村に向かいたくはなかったが、それを言う勇気は到底なかった。私たちはギンダスの村から離れたところに廃屋を見つけて、その中で過ごした。庭にソラマメがなっていた。夜はそれを調理し、その後一日中眠り続けた。その日の夕方を待って、部隊に戻った。第九〇部隊は、ウチュラハイの山中のある洞窟の中で待っていた。戻ってからは、仲間にはまるで本当に起きたことのようにいくつかの出来事を話した。何らかの「千の目と千の耳」がもしも私たちを尾けてきていたなら、掟を破った罪で党員によって処刑されていただろう。というのも、廃屋の中に座って、何の苦労もせずに、ギンダスの自警団の野営地からも離れたところで、見取り図や農民たちの動きを書いたからである。ホルへとは命令に反したことは誰にも話さないと約束をした。今日までその約束は守ってきたが、今ここに書き記してしまった。

その四日後、この農村に攻撃を仕掛けた際には私たちが案内役となった。その日、いったい誰のおかげなのかわからないが、空には一切の陰りがなく、さらに満月だったので、とても簡単に道を見分けることができた。そして私も何か月もの間この辺りで治療をしながら過ごしていたために、よく道を覚えていた。自警団の野営基地はギンダスの川のすぐ横にあり、セルバへ続く幹線道路もそこを通っていた。泥がたくさんあった。基地の近くに到着した。私を含めた一番幼い者たちは、攻撃の地域から少し離れて見張り役として残り、ヤナウマの警笛を聞いていた。いつもの通り、銃弾が撃ち込まれる音が聞こえ、家が焼かれた。タンボ市の自警団は、彼らの兵器で反撃してきた。

批判と自己批判

批判と自己批判の会合は、大体いつも一五日ごとに必ず行われていた。これは真剣な会合で、ＰＣＰの部隊におけるゲリラ兵の姿勢を評価するためのものだった。また、兵士たちを説教したり褒め称えたりするためのものでもあった。

表向きには、ＰＣＰは「千の目と千の耳」を持っていたので、あらゆることはすでに知られているはずであった。そのため、うそをつく必要はまったくないが公にする必要があった。ゲリラ兵が告白する間、私たちは沈黙していた。例えば、「夜の見張りを怠けてしまいました！　仲間に対する尊敬が足りていませんでした！」というようなことを言った。つまり、公に反省をすることだった。見張り中に寝てしまったというような大きな過ちは誰も口にしなかった。その後に、相互批判が行われた。「君、見張りを交代するために起きてくるのが遅い！　未だ利己的なところがある！」というようなことを言った。批判の的になる者は、頭を動かしてこれに賛成する意思を見せるだけだった。

飢えの時期

「インカの人々は食べ物に困ったことがなかったらしい。飢えをもってきたのはスペイン人たちなのだ」と、同志がよく言っていた。私はたくさんの食事の夢を見ていた。

ジャガイモ、ユッカ、白米など、母親の横で食べていたようなものの夢を見た。が、目が覚めれば、空腹でお腹が鳴るだけだった。私たちは皆、シーロ・アレグリア*の物語に出てくる、やせこけた犬たちのようだった。それでも、党はいつも存在しており前進あるのみだった。党内では、皆で一つのお皿で食べあった。それが一つの習慣だったからでもあるが、それ以外に、単に調理するにもジャガイモ数個と水しかない時もあったからだ。輪になって座り込み、男女問わず調理を担当した仲間たちが一つのお皿にスープを盛った。そうして指揮官が「今日は、スープを一口だけ飲むこと」と命令した。当時はすべてがこのような感じだった。スープ一口では、食糧が胃にまですら届かなかった。

裸足で歩くことや髪の毛にシラミがあることはいとわなかったが、食べるものがないというのは耐えられなかった。そのため、私たちはいつも、この戦いに勝ったら共産主義の生活の中でお腹いっぱいご飯を食べよう、と考えていた。それが夢だった。

この反体制運動に入隊したころは、農村一つ一つが、われわれにいろいろな料理をふるまってくれたため、まだたくさん食べることができた。その後、農民たちがヤナウマになり、自警団を組織してからは、山の頂上付近まで後退したため、食糧が一切なかった。時々、村に降りていって食料品を盗んだ。しかし、彼らが待ち伏せしていたために、食料品を持たずに帰らなければならないこともしばしばあった。この時期には、いつもどうやって食べ物を盗み、兵器を強奪するかばかりを考えていた。そのため、農村に押し入り、住宅を焼き払い、ヤナウマたちを殺し、まず最初に食料品を探しだし、その後衣類を探した。目に映る物すべてをできるだけ持ち帰り、それが戦利品となった。しかし、いつもこの略奪行為がうまくいくとは限らなかった。激しい衝突となって、何も手

* Ciro Alegría　ペルー出身の小説家、ジャーナリスト、政治家。アンデス地方の先住民の日常を描いた小説を執筆し、その厳しい生活や社会的抑圧などに抗議した。

に入れないまま退散するということもよくあった。

馬の肉を食べた時のことをいつも思い出す。この肉は、ふっくらしていて少し甘く、おいしかった。私の村では犬とハゲタカしかその肉を食べなかった。同じ村の出身者にとっては、馬の肉は臭く気持ち悪いものであるが、私たちはお腹を膨らませる必要があった。われわれは犬でもハゲタカでもなかったが、お腹を空かせたゲリラ兵で、その究極の状況の中ではなんでもよかった。嫌悪感も気色悪さもなかった。そのため、ある日の朝、飼い主に捨てられ山の中を走っていた年老いた馬を狩り、これを殺した。首を切ると、血が鍋に向かって流れだした。その様子を見ながらわれわれはごつごつした石でナイフを研ぎ、馬の皮をはいだ。皆とても楽しくこれらの作業を行っていたが、突然ヘリコプターが現れ、その楽しさを一掃した。耳を聾するようなひどい振動音をさせてきたので、われわれは恐怖に包まれた。プーナに生える〈藁《イチュ》〉すらも怖がらせるほどの爆音だった。「カチカチ」は――ヘリコプターのことをこう呼んでいた――われわれの野営地のすぐ近くに着陸し始めた。私たちの調理場から出る煙を頼りにここまで来たのだろう。その間、私たちはいつも通りの秩序を保って、山中の岩場に走り逃げ込んだ。この時も、これまでと同じように、鍋に入れたばかりの獲物や馬の揚げた肉をその場に置いたまま逃げた。結局、その日は何も口にできなかった。馬のことを考えるだけで一日が終わってしまった。夜になると少し雪が降った。ラスウイルカ山、農民たちがアプ・ワマニ・ラスウイルカと呼ぶこの山は、その日、雪に覆われた。私たちはその山の頂上にいたので、雪に塩をかけて食べ、飢えをしのいだ。

軍隊は、深緑のテントを張り、われわれの野営地に残った。私たちはテントを持っていなかったので、洞窟で生活していた。それがテントの代わりだった。寝袋すらも持っていなかった。背中のクッションになる〈藁《イチュ》〉と、ノミとシラミがいっぱいの汚い毛布がいくつかあるだけだった。

見張り役は、さらに軍警察が到着したと報告した。私たちは、岩の間の戦略的な場所に身を隠し、見張り役だけが山頂から軍隊の動きを監視していた。

軍隊は、その日の午後だけでなく、一週間も滞在した。私たちにとってはとても長い一週間だった。まるで終わりのない乾季のようだった。夜になると、若いゲリラ兵たちは岩の間に隠しておいた食糧を探しに山を降りていった。朝方に、もう虫に食われて穴が開いた乾燥ジャガイモやソラマメをつめた〈大布《オイピ》〉を背負って戻ってきた。これらを私たちは生で食した。調理するための鍋も薪もなかったからだ。

ある日の夜、食糧を探しにいった数名が戻ってこなかった。軍隊に見つかったか、それとも脱走したかだろう。その日は何も食べれなかった。その次の日も、その次の次の日も。完全な空腹で、雪に塩をかけたものしか口にしていなかった。皆、とてもやせこけていた。仲間たちは咳をするようになった。六日目、仲間のうちの二人が、朝起きるとすでに亡くなっていた。指揮官たちは、「われわれは、歴史をつくっているんだ」と言っていた。が、それ以外の言葉はもう耳にしなくなっていた。岩の間をぬって、死体を運び出した。

ロサウラは、二年の時を経て、新たに第九〇部隊に戻ってきていた。私と同じように、彼女もとてもやせ細っていた。目はくぼみ、頬骨は飛び出て、髪の毛はぼさぼさだった。こんなふうにボロボロの状態でも、われらがゴンサロ大統領を信じていた。「カチカチ」で彼が突然現れ軍隊たちを追い払ってくれるのではないだろうかと思っていた。しかし、彼が姿を見せることは一度もなかった。決して目に映る存在ではなかったのだ。こうして、その日の午後、ロサウラはとうとう私に言った。「〈ここから抜け出そう《ハクチック》〉」。私は、もう歩くこともできないんだ、と答えた。すると、岩の近くで育っていた何かの植物の根っこを私に食べさせた。その夜、軍隊の野営地まで降りていき、悔い改めた者として降伏するか、それとも餓死をする前に銃で撃たれて死ぬか、どちらかを考えていた。その日の夜はとても長かった。歩きながら何度も石につっかえて転んだ。軍隊はわれわれに発砲するだろうか、それとも恩赦を与えてくれるだろうか。繰り返し考えた。私たちの党にとっては、この行為が知れ渡れば、われわれはもう裏切り者である。私たちと同じように軍隊に降伏した仲間もいたが、皆殺されたと聞かされていた。軍隊の野営地の近くまで到着したが、それ以上近づく勇気がなかった。日が昇り、辺りが明るくなると、曇っていた私たちの目に信じられない景色が映りこんだ。地面に、ランチョの缶詰が半開きになって転がっていたのだ。毒が盛られていたかどうかなんてことは一切気にしなかった。地面に転がったまま、これをむさぶった。軍隊はすでに前日の午後か、夜中に撤退していたのだ。湯がいたジャガイモもあった。スキムミルクの食べ残しまであって、お腹を空かせた野良犬のようにこれをペロペロ舐めまわした。ロサウラは、私たちの党の基地に湯がいたジャガイモを持って帰った。ほかの仲間はもう歩けないので食糧を探しにいっていたんだと話し、カルロス（私のこと）が山の下で調理したと説明した。これらを食べて山を下りよう、軍隊はもういないよ、と声をかけた。私はまだ食べ残しにかぶりついていた。すぐに私たちの身体は回復して活力を取り戻した。洞窟を歩きながら、農村自警団をどう攻撃して食糧を強奪するか、という計画を立てていた。

　また別の日に、男女一八名からなる選抜分隊を作ってカリカントの山中に出向いた。この辺りは、アヤクーチョのセルバの端が始まるところだった。鉄砲、散弾銃、手りゅう弾、グレネードランチャーなどたくさんの武器を持っていった。自警団の基地のいくつかを破壊し、車を「検問」して、食料品を入手する目的だった。こうして、私たちはイタリアのパルチザンの歌であった「恋人よ、さようなら《ベラチャオ》」を歌いながら、残る仲間たちに別れを告げ、ウチュラハイの山頂付近から旅立った。

光り輝く太陽が昇る朝
おお、恋人よ、恋人よ、さようなら、さようなら、さようなら
光り輝く太陽が昇る朝、抑圧者をこの手中に収めるだろう
戦い続けるのは私の願い
おお、恋人よ、恋人よ、さようなら、さようなら、さようなら
金槌と鎌を手にもって、戦い続けることこそが私の願い
もし戦いで私が死んだなら
おお、恋人よ、恋人よ、さようなら、さようなら、さようなら
もし戦いで私が死んだなら、君のその手に私の銃を託そう
この先ずっと私はコミュニストだ
おお、恋人よ、恋人よ、さようなら、さようなら、さようなら
この先ずっと私はコミュニストで、コミュニストとして死んでいこう

必ず通らなければならない、タプナの幹線道路の辺りを通った時に、いくつかの車を停車させた。寄付を頼むと、麺類や魚介の保存食、果物などを譲ってくれた。その後、皆で手を握りながら暗い夜の道を歩き続けた。一晩中歩き続け、所々で休憩した。疲れ

た時には、成人のゲリラ兵が私たちを負ぶってくれた。日が昇るころにはカリカントの山中に到着し、その日は一日眠りについた。

翌日、道すがら入手してきた食糧が底をついた。そこで、指揮官は自警団への攻撃を計画した。

別の日の夜、見張り役についていた仲間四人が脱走した。彼らの兵器は、扉の裏に放置されていた。どこに行ったのか、まったく見当もつかなかった。指揮官はとても怒って、もし誰かが脱走を考えているのならその者を処刑すると言った。一体どこへ行ってしまったのだろうか。軍隊は脱走者を見つければ殺すというし、自警団も復讐に燃えていた。この時点で、われわれは一四人の部隊となっていた。集会を開き、生存を確かめ合った。そして、ヤナオルッコの山中にある、自警団をもつ農村を攻撃することが決定された。一週間後、その農村を攻撃した。この攻撃はその数日前から計画されていた。見張り役の目を盗んで村にこっそり忍び込み、ヤナウマたちが潜む家に放火するというものだった。計画はその通り実行された。われわれは戦争をしていて、革命というものを理解しない者たちは抹殺するしかなかったのだ。彼らの食糧を奪ってその場を離れた。村からだいぶ離れたところまできてようやく政治指揮官がいないことにわれわれは気がついた。自警団に殺されてしまったのだろうか。数か月後、彼がワンタの街に逃げていったらしいということがわかった。この脱走兵を殺してやろうと皆で言っていた。

カリカントのセルバの入り口で過ごしてから約一か月が過ぎたころ、基地を出た一八人の分隊は、すでに六名だけになっていた。指揮官もいなかったため私たちの中から選ぶことにした。これは緊急事態だったが指揮官を決めるのにあまり時間はかけられなかった。しかし、状況がどういうものであろうと私たちはいつも真剣に物事を行い、それまでに学習してきた儀式を行っていた。つまり、集会を始める前に、マルクス、レーニン、毛沢東、そしてゴンサロが導く思想に敬意を払い、握りしめた拳を掲げエネルギーに満ちた声で「おー！　同志よ！」と叫んだ。この小さくとも非常に意味のある集会で私は政治指揮官に選ばれた。一四歳になる三か月前のことだった。幼いながら、さらに読み書きもできなかったが、とうとう階級の最も高いところまで上り詰めたのだ。その集会には私よりもずっと年上の人もいたが、私だけが同志の階級を持っていたため、私を選ぶしかなかった。数日後、どのような障害があったとしても、何としても第九〇部隊の基地に戻るという決断をした。政治指揮官の兵器を手に取った。自動拳銃と、銃床を折りたためるＨＫＭの軽い銃に加え、それぞれに銃弾袋が三つずつあった。タプナのさびしい山々を越え、イキチャの高地も渡った。お腹を空かせながら歩き続け、〈藁《イチュ》〉の中で太陽の光が隠れるまで眠り、夜になって旅を続けた。自警団が朝方に小さな耕作地に向かい、午後五時くらいまで働いてから家路についていたため、われわれは日中は歩くことができなかったのである。もしわれわれの姿が少しでも見えたものなら、必ず殺されてしまっただろう。

私たちが旅立った時と同じウチュラハイの高地で、第九〇部隊と再会した。ＰＣＰはその多数が殺されていた。その日の午後、空が黒い雲に覆われるのを見て、私たちは逃げるように洞窟へ向かった。

捕虜

一九八五年の三月が終わろうとしていたころ、軍隊との戦闘で捕虜となった。ワンタの高地の岩肌の隅、誇り高いラスウイルカの雪山の麓でのことだった。

捕虜になる日の前日は朝から、ロサウラと一緒に少し小高い山の裏側にある、岩場の中に隠しておいた岩塩の塊を取りにいった。それは、ビスカーチャやキツネが隠れる洞穴の中にあった。こういうふうに食糧を隠しておくのが習慣だった。なぜなら、軍隊や自警団に見つかれば、食糧を全部持っていかれるか燃やされてしまうからだ。とても長い時間、二人はいろいろな話をしながら歩いた。お互いに、とても細かいことまでを聞きあった。まるで、この後それぞれ遠くに旅立ち、もう二度と会わなくなるかのような、そんな別れを惜しむかのような時間だった。ペルーでよく言うように、もしあそこに横たわる岩たちが話せたら、行くな、といっただろう。戻りなさい、危ないよ、と。でも現実はそうではなかった。山はいつも話しかけてくれるわけではない。それはとても無関心で、冷淡な男たち、または情熱を失った私たちの指揮官のように感情のないものだった。

ロサウラは、第九〇部隊にほんの少し前に派遣されてきて、再会を果たすことができた。共産党の兵隊は、さまざまな部隊に所属し場所を転々と移動しなくてはならなかった。ロサウラはＰＣＰに入隊した時からの仲間だった。彼女は、車を検問する時には、いつも何かしらのパンを隠し持っていて、見張りをしながらこれを二人で食べていた。彼女は時々、脱走を考えていた。「五月くらいかな」と言っていた。「私の誕生日に、二人で逃げよう」。こういうことは必ず隠れて秘密裏に言っていた。もし同志の耳に入れば、それだけで銃殺されるからだ。そう、私たちはPCPを捨てて脱走することを考えていた。あの日、軍隊の野営地に降りていった日と同様に。党歌は確かに自分たちは鋼であるという考えを植え付けさせたが、それでもやはりわれわれは人間で、そのうえ子どもで、空腹の苦しみに叫ぶ農民だった。その叫びは無気力な岩に吸い取られ、だれにも届かなかったのだ。「私は兄を探してここまで来たんだ」と言った。「知ってる」と彼女は答えた。「でも、お兄さんのためだけに来たわけではないでしょう。PCPがわれわれを必要としたからでしょう。ペルーには私たちが必要なの」。彼女は続けた。「私は自分の家の前に座っていたの。そうしたら突然、党が私たちの村に入ってきた。その日、私たちの村の村長が殺されたのよ」。見張り役に任命された時には、二人で山中に生える植物の根っこを食べながら、本当にたくさんのことを話した。別の時には、暗緑色で垂れ下がる甘い野イチゴを探して一番高い岩山まで上ったりもした。こうやって鳥のように昆虫《ワイルンクス》*のように私たちは楽しんだ。彼女は私に話し続けた。「私のお父さんは軍隊に殺されたの。その時から、軍隊に復讐することだけを考えてきたわ。ある日の午後、学校に行くのをやめると決心して、私の世界に流れ込んできた幻想、共産党という幻想に加わるために家を出たの」。そのころには私たちはもうお腹を空かしていて、岩塩を見つけてから基地に戻るために山を降りている最中だった。セルバの端の森のほうから戻ってくる仲間のグループが遠くのほうに見えた。彼らは車の検問をしにいっていたのだ。仲間がソラマメやトウモロコシを調理しているところに到着した。挨拶をしようと

＊ Huayrunqus　アンデス地方に生息する昆虫の一つ。

私の故郷、アウキラハイ
写真：ルルヒオ・ガビラン個人アーカイブ、2010年

準備していると、突然、軍隊がすぐそこまでやってきているのを見張り役が目にして私たちに報告した。皆一斉に走り出した。すぐに銃が撃ち込まれた。銃弾はあちこちに飛び交った。私たちは必死になって慌てふためきながら走り続けた。死にたくはなかったのだ。ロサウラは私の横を走っていた。少し行くと、彼女の腕が銃弾に弾かれた。それでも彼女は走り続けた。もう一発撃ち込まれ、彼女の背中をとらえると、ロサウラはその場に倒れこみもう起き上がれなかった。少し離れたところでは、別の仲間がすでに銃弾に当たって倒れていた。手りゅう弾が投げ込まれ、何も聞こえなくなり地面に倒れこんだ。すぐに起き上がって走り続けた。絶望に満ちあふれていた。山の裏側まで逃げ込んだ。とても遠くまで走って疲れ果てた。それでも生きていることが信じられなかった。自分の腕を触ってみると、身に着けていた黒のセーターだけが銃弾にあたって、穴が開いていた。涙が止まらなかった。

その後、ラスウイルカ山の近くの基地に到着した。皆、仲間の死をとても悲しがっていた。仲間が一人、また一人と帰ってきた。ある者は銃弾に撃たれた傷を負って、またある者はとても怯えながら。その日の午後、雨が降り、その後すぐに晴れた。一九八五年の三月のことだった。ジャガイモをゆでて、これを馬の肉と一緒に食べた。たくさんの負傷者や病人がいた。そして結核を患っている者もいた。その日、それが最後となったわけだが、仲間たちの協力のもと負傷者の治療に当たった。山中の植物の根っこを水に入れて沸騰させ、その水で傷口を洗い流した。これまでにそうしてきたように、負傷者には、これくらいの傷は何ともない、すぐに治るよ、われわれは歴史に英雄として名を残すことになるのだから、と声をかけた。

次の日、明るくなると同時に、軍隊がわれわれのキャンプ地のすぐ近くに潜んでいると再び見張り役が告げにきた。間もなく銃撃が始まった。銃弾だけでなく、グレネードランチャーや迫撃砲も撃ち込まれ、岩もうなるほどだった。病人たちと一緒に走り続けたが、その先で追い込まれ逃げ込むところがなくなった。どうしようかと考えを巡らせ、銃に撃たれて命を落としたかのように装って、銃弾をかいくぐって岩の下に滑り落ちた。うつぶせになって、岩の端に倒れこみ、そのまま地面に横たわって、じっとしていた。三〇分くらい経過したが、銃撃はまだ続いてた。私の党、共産党のこと、兄ルーベンのこと、そして自分の血の海の中で息を引き取り、そのまま置き去りにされているだろうロサウラのことを考えた。結局、いつかは死ぬことになるのだ、そのための準備はしてきたはずだった。ＰＣＰのためにこの血を流す覚悟をもってこれまで戦ってきた。もし軍隊が私を見つけなければ、きっとその後、どうやって自分の近くを歩いていた兵士の目を欺いたかを仲間たちに詳しく話していたことだろう。しかし、現実はそうはならなかった。小さな運が私の人生をまるっきり変えてしまったのだ。一人の兵士が私を見つけ、その銃の引き金に指をかけて、銃口を私に向けた。私は何も言わなかった。兵士は敵を一人見つけたぞ！　と叫んだ。遠くのほうから「殺すな！」と誰かが言った。その後、たくさんの兵士が到着し私を起き上がらせ周りを囲んだ。パトロール隊の指揮官である、中尉の前に連れ出された。

　軍隊に協力していた自警団の通訳を介して、彼は私にたくさんのことを聞いてきた。[40]自警団は、われわれ全員を殺すことができず、また武器を押収することもできていないことに心底憤っているようだった。「こんな奴らをこれ以上生かしてはおけない」とぼそぼそ言っていた。「一度に皆殺しにしてしまおう」と言って、最終的には「殺せ！」と自警団たちが叫んだ。おそらくそんなようなことを言っていた。私の人生の最期が近づ

40　その当時までは、ケチュア語しか話せなかった。もちろん、ゲリラ軍のノートにメモを取る程度のスペイン語の単語はいくつか知っていたが、習得はしていなかった。

いているようだった。こんなにも長い間歩き続け、食糧を探し続け、お腹を空かせ、寒さをしのぎ、服も満足に着れないのも、こうやって死んでいくためだった。自分自身を守ることさえできないことも悲しかった。こんな時にも泣かないように訓練を重ねてきた。少し離れて、岩の上に座るように指示された。その時、走って逃げることも考えたが、どちらにしても死ぬ運命だった。しかも私は同志の階級に在ったので、名誉をもって赤旗にくるまれて死ぬべきだった。仲間に対しての怒りが込み上げてきた。たくさんの武器を持っていたはずなのに、兵士たちを追い返すために発砲することさえもしなかったからだ。突発的にたくさんの銃声が聞こえた。しかし、私はまだ生きていた。笑い声に交じって、もういくつかの銃弾が撃ち込まれた。私の目には涙が溜まっていた。「カルリートス、泣くほどのことじゃあないよ」、山の上から見ている仲間たちが言っているように思えた。私は呼吸さえも満足にできなかった。体中が震え、突然、目の前が曇ってしまったかのように感じた。

緑の制服を身にまとい、黒の目出し帽をかぶった銃撃隊を前にして何も目に映らなくなった。それでも、私は銃弾が私の身体を突き抜け、自分の存在が最期をむかえる瞬間(だと思っていた)のことをはっきり覚えている。今でも暗闇と死が怖いのは、きっとこの時のせいだろうと思う。その時、私はもう完全に視力を失っていた。あと一瞬先に自分の死があった。不器用にも叫ぼうとした。戦闘に倒れていった、ほかの同志たちのように。ゴンサロ、万歳！　レーニン、万歳！　マルクス、万歳！　と叫びながら、魂を残さなければならなかった。それが死というものだろうか？　いろいろな考えが通り過ぎていった。私がこの人生で体験してきたすべてを話すことがどれほど難しいことか、私の友人たちならわかってくれるだろうと思う。とりあえず、ここまでの話でゲリラ兵としての生活が終わり、新しい人生の物語がすぐに始まることになったことは理解してもらえると思う。

正気を取り戻した時、ショウグン中尉はパトロール隊と一緒にやってきた自警団の通訳を介して、私に話しかけていた。そして、軍の基地までの帰り道を案内してほしいと私に頼んできた。

その道中、自警団は兵士たちに私を殺すようにお願いしていた。ケチュア語で「このテロリストを殺してください、こいつらはこんなふうに小さい子どもに見えて、私たちの家を焼き払ってきたんだ」と言っていた。しかし兵士たちは言葉がわからなかったし、耳を傾けようともしなかった。ウチュラハイの廃村を通り抜け、イキチャからチャルワマヨに到着した。そこで一晩過ごした。自警団たちが、毛布と食事を用意してくれた。軍の兵士たちは犬やあちこちに向けてところかまわず発砲していた。次の日、ワヤオの自警団たちが馬を連れて合流した。馬に乗って、サン・ミゲルの軍事基地に到着した。

第二章　軍兵舎での時間

軍事パトロール中、1993年
写真：ホセ・マーリア

軍事基地での一年目

ここにやってきたぞ！
軍の兵士たちが
道を開けろ
おはよう、と
カビートたち[1]が
挨拶をする
テロども、
もしお前たちを見つけたら
その頭を
食ってやるぞ
1、2、
3、4[2]

毎朝早い時間に、三列に組み銃を肩から斜めにかけ、日々の家事に追われて忙しく歩いている人々の間をぬって、軍隊の歌と掛け声とともにサン・ミゲルの道を走った。犬が車を見つけるとまるでかみついてバラバラにしてやろうと追いかけてくることがある

1　ペルー軍の連隊の一つ。

2　歩兵隊のみが歌っていた歌。

が、これと同じように何人かの子どもたちは途中まで走ってついてくることがよくあった。

一時間後、大声を出しながらランニングした疲労感と共に軍事基地に戻るとすぐに冷水でシャワーを浴び、その後、足取りも軽く小麦のパンを二つ取りにいった。朝八時に出席の確認がとられた。[3] この時は三列縦隊を組まなければならなかった。トランペットに合わせて、国旗を掲揚した。私たちは列に並んで微動だにせず、右手をこめかみの辺りに当てて国旗に敬礼しながら、国歌を大きな声で歌った。その後の毎日のスケジュールは日によって変わった。休みの日にはフットサル《フルビト》で遊んだりもしたが、どんな時も銃身の手入れは行わなければならなかった。いつでもパトロールにいくことができる準備をしていた。こんなふうに突然、私は軍隊の生活を始めたのだった。走って、食べて、情報提供に従事した。共産党は私のことを非難しただろう。もしくは、ゴンサロ万歳と叫びながら死んでいったと思っていたかもしれない。そうであれば、同志たちは他のゲリラ兵に「こんなふうに、われわれの旗をもっと赤く染めて死んでいかなければいけないぞ」と言ったに違いない。

センデロ・ルミノソの軍では、時間を測る時計はとても重要だった。七時に集会があり、五時には生死の確認があった。批判と自己批判も行った。時計がなかったら、月と太陽で時間を測った。それとは変わって、軍隊ではすべてがトランペットで呼び出しを行った。起床する時、訓練を行う時、食事の時間にも「ジャガイモが焦げるぞ、米も焦げるぞ」と軍隊のラッパが鳴り響いた。寝る時もラッパの消灯の合図を待たなければならなかった。

こうして、社会主義という私のユートピアは太陽さながら水平線の向こうへ落ちてい

3　兵士の確認とその日の活動内容について決定するための、軍隊の育成活動の一つだった。

き、それまでとはまったく違う、新しい日々の幕が開けた。
私を捕まえた後、軍事基地への帰り道を案内してほしいと頼んだパトロール隊の長であるショウグン中尉は、私のぼろぼろになった服を燃やして、私を軍の兵士になるべく迎え入れた。彼はある朝、サン・ミゲルの街中を走るランニングが終わった後に、勉強はしたくないか、と尋ねてきた。エネルギーに満ちあふれた声で、私はすぐに「はい、中尉」と返答した。軍隊ではこんなふうに受け答えをしなければならなかった。こうして、男子だけが通う小学校の三年B組に入学手続きをしてくれた。ここで一九八五年七月まで学んだ。毎週月曜日は、学校の中庭で生徒たちが列をなし、アレハンドロ・ロムアルドの詩を朗読した。[4]

ダイナマイトで飛ばされるだろう
一つに束ねて、背負われ、引き吊り回されるだろう
力ずくで口いっぱいに火薬が詰め込まれ、吹き飛ばされてしまう
しかし、それを殺してしまうことはできないのだ！
逆さまに立たされてしまうだろう
その希望、むき出した歯、そして叫び
すべての怒りをもって袋叩きにするだろう　その後、血を流すに違いない
それでもそれを殺すことはできないのだ！

学生や教師の拍手を耳にして、キジャの小さな学校を思い出した。その学校で、私は初めてこの詩を朗読し、とても感動を受けた。学校ではよい成績を収めた。しばらくし

4　アレハンドロ・ロムアルドはペルーのトゥルヒージョに一九一二六年一二月一九日に生まれ、二〇〇八年五月二七日に亡くなった。詩人、新聞記者。一九四九年、全国詩グランプリを獲得。

てから、軍事基地は海軍の歩兵隊の代わりを埋めるためにワンタ市に移設された。ショウグン中尉の支援のおかげで、私はワンタでも勉強を続けることができた。しかし、軍の役人は一つの部隊に二年から五年以上駐留することはなく、順番に部隊を移動していった。こうして、私の軍人の「父」は去っていった。その日以降、彼とは再会していない。しかし、その一年後のクリスマスに、彼からいろいろなものとお菓子が入ったプレゼントが届いた。

その時まで、自分の家族については何も知らなかった。書類すら一切なかったのである。私の先生であったマヌエル・ベンデズが私の出生証を手続きしてくれた。こうして、私を受け入れてくれた素晴らしいワンタ郡の出身となり、その伝統や習慣を学ぶことができた。

長い間、カビート第五一番軍事舎に住んだ。成人になると、兵役義務（ＳＭＯ）に就いた。この時、初めてアヤクーチョ県出身の若者が徴兵されたのだった。義務期間が終わると、軍事指導者としてとどまり、自分でいくらかの稼ぎを得るようになった。[5]

ワンタ、アンデス地方のエスメラルダ

5　兵役義務を果たしたのち、何らかの役職、例えば運転手や通信者、軍事指導者、音楽家などに就いて軍隊に残る兵士のことを再召集兵と呼ぶ。

一九八三年八月、まだ私がＰＣＰの兵隊だったころ、ワマンギージャの農村の寒冷山脈を越えて、初めてワンタ市の周辺を訪れた。その当時は、ワンタの渓谷地帯で活動していたもう一つのゲリラ部隊へのメッセージを届けるためだった。それが、一九八五年には、サン・ミゲルから軍隊の車六台でワンタに到着することになった。ウール地のクッションに心地よく座り、運転中は新しい軍事基地の話で持ち切りだった。カビートたちは「どんなところだろう」「フラキータはいるかな」などと話していた。[6]

車は土煙を巻き上げて進んだ。兵士たちは発砲できるよう、薬室に弾を詰めた銃を手にし、その上司たちは運転手の横で時々たばこをふかしていた。約五時間の旅を経てマカチクラの農村に到着した時、私たちの視界一杯にカチ川に沿って広がる自然が映った。この村は、八〇年代から九〇年代にかけてセンデロ・ルミノソ（ＳＬ）、軍隊、そして農村自警団による暴力に苦しんだ。リカルド・ドロリエルが作り、マルティーナ・ポルトカレロが歌った歌で、こんな歌詞がある。「五つの角にいる／シンチスが入ってくる／学生たちを殺しにいくのさ／心に住むワンタの人びとよ／黄色い、そしてますます黄色くなる、エニシダの花よ……」。[7]

サン・フランシスコ・デ・アシスの学校と、マリア・アウクシリアドーラ学校で小学校の学習を終えた後に、さらに詳しくワンタの歴史を学んだ。ここは、ペルーで最も古い先祖を持つ人々の土地だった。ピキマチャイは紀元前二万年のもので、その後六〇〇〇年から七〇〇〇年の間にワルパ人がこの地域に居住し、ナスカやティアワナコと交易関係を築き、織物産業や陶器技術、銅などの金属の性質といったものを、この二つの文明から学んだという。ワリ人もワンタに居住してここに軍事的な性格を持った国を築き、北はカハマルカから南はモケグアまでを征服した。

6　大きいかそれとも小さい町か、そして若くてかわいい女の子がいるか、ということを話していた。

7　リカルド・ドロリエルは一九三五年アヤクーチョ県ワンタ市に生まれ、伝統歌謡ワイノの「エニシダの花」を作詞作曲した。これは、学校の無償化を掲げた民衆運動の死者に捧げて書いたもので、「シンチス」と呼ばれる強盗グループによって弾圧された（第一章の註29を参照）。

学校で先生が教えてくれた、アヤクーチョ県地域の歴史はこういうものだった。その後、スペイン人がディエゴ・ガビランに信託し、エンコミエンダ制のもとアサンガロの村をつくった。こういった経緯の中で、私の故郷であるワンタの人々は常に独立を求めて戦ってきた。戦いの精神はいつも人々に宿っており、一八九六年には塩の専売法に反対して、そして一九六九年には教育の無償化を掲げて、学生たちが立ち上がった。八〇年代には、ワンタは内戦が最も激しかった地域の一つとなった。学校では、先生が歴史書を読み上げ、まるで詩のように何度も繰り返し、暗記するまで朗読し続けた。

一九九〇年には、国立マリア・アウクシリアドーラ学校の中学三年生になっていた。一〇月には、ある夫婦のパーティーで一人の年配女性と知り合いになった。一一月の半ばころに、友人のクラウディオと一緒に、私の誕生日パーティーをすることにし、その時知り合った女性の家で、ペルー歩兵隊の日である二七日に行うことに決めた。ワンタの中央広場から一ブロック歩いたところに、協同組合の大きな家があり、中には小道や庭もあった。パーティーは七時ころから始まった。ギターやチャランゴ（アルマジロの甲でできた五弦のギター）、ハープのグループが場を盛り上げた。あちこちでビールが注がれていた。私たちは皆が一緒でとても満足していた。たくさんの友人たちが訪れた。私はすでに酔っぱらっていた。その日は本当に楽しい思い出となった。若くてかわいい女の子にも出会った。話している二人の顔を、暗闇の空のもとの街灯がかすかに照らしていた。

軍事基地で（著者は右）
写真：ルルヒオ・ガビラン個人アーカイブ

動物たち

動物たちと言葉を交わすことが好きだった。今でもそれはとても好きなことの一つである。自然や動物に囲まれた農村で生まれ育ったからかもしれない。三番部署[8]の横、軍事基地の一番奥にあった、さび付いた古い牽引車の上によく止まっていたワシには、「このハラワタを持っていきな」とよく声をかけた。この動物は本当に美しかった。黒い翼で、胸の部分は白く、嘴が少し曲がっていて、悲しげでまっすぐな目をしていた。チンチョの村でパトロール隊が捕まえてきたものだった。

軍事基地では、チェーンの首輪をつけたキツネが歩き回っていた。私の鶏にはコキという名前を付けた。自由時間には石に紛れたコオロギを探して、捕まえるとこれをボトルに詰めておいて、コキに食べさせていた。大尉の誕生日の時にコキは殺された。とても悲しかったが、キツネが殺された時はもっと悲しかった。弱々しい背肉や〈藁《イチュ》〉の色をした脚に銃弾が撃ち込まれていたのを見た。このキツネは、軍事基地の近所に住んでいた住人の鶏を捕まえて、飼い主が何度も文句を言ってきていたのだった。サン・フランシスコ・デ・アシス学校の授業から戻っていた時には、すでに死んでいた。この動物はサン・ミゲルから連れてきたものだった。まだ赤ちゃんだったころに哺乳瓶でミルクをあげたこともあった。とてもかわいかった。

軍事基地の横を流れる小川で服を手洗いしていた時、ワシが飛んでいるのを見た。

8　三番部署とは警備所の名前。軍事基地は、赤レンガの外壁に囲まれていて中は五つのエリアに分かれていた。それぞれのエリアに一つずつ警備所があった。一番部署、二番部署、三番部署、四番部署、そして五番部署と呼ばれていた。

ユーカリの木の上にとまったので、追いかけてみたが、空高く飛び上がって、ワンタの近くの村、パタスクロのほうへ飛んでいってしまった。

チャーリー隊

「チャーリーたちがやってきたぞ、でも年を取ったやつばっかりさ」と、カビートたちは寝室として使っていた厩舎のドアからのろのろ歩きながらよくこう言っていた。チャーリーたちは、手当が支払われる数週間前、各月の月末によくやってきた。色っぽい女性たちはまず診療部署《トピコ》へ向かい、メディカルチェックを受ける。彼女たちの仕事はその夜の出欠確認が終わってからだった。長い行列ができた。彼女たちへの支払いはすべて後払いで、「ツケ」だった。手当支払いの際にチャーリーへの支払いが差し引かれた。兵隊の中には「なんでこんなに持っていかれるんだ」と抗議する者もいたが、経理係は「まだ三回分も未払いだよ。それなのに文句言うなんて」と返していた。この女性たちは、会計係と契約を交わしていたようだ。時々、兵隊の名を借りて、軍曹も彼女たちのサービスを受けていた。チャーリー隊は、軍事基地の中もたびたび訪れて、たくさんのお金をもらって満足そうに帰ってきていた。兵舎に三か月も居続ける者もいた。

軍隊にはチャーリー隊に向けた特別な歌もあり「マデロン」というものだった。私たちは夜の出欠確認後、時々、誇らしげにこの歌を歌うことがあった。

兵士が戦場で自由になった時には
狂ったような熱情で、喜びを探しに出るのさ
生い茂った草木で覆われた、「愛しい軍人」という名の飲み屋へ
飲み屋の女主人は陽気で
幻想のように美しい
彼女が注ぐ酒は火のようで
みな、彼女のことをマデロンと呼ぶ
昼間は兵舎、夜は兵舎の裏で
俺たちのマデロンを考えない時はないのさ
マデロンが乾いた杯に注ぎにきたなら
誰を狙っているのかわかるもんだ
彼女を赤面させるようないたずらをするやつを
パレードの恰好をした優秀な軍曹が、ある朝
マデロンに会いにいった
彼女に恋をして、結婚を申し込み、その燃え上がった心を
差し出した
マデロンはこう返した
一人の男のものにはならないよ

連隊すべてが私の客で、みんなのことが好きなんだ
マデロンは恥ずかしがりやなんかじゃなく
誰かがチャンスをつかめば
分け隔てなく笑顔を振りまくのさ
マデロン、マデロン、マデロン

時々、子どもを連れてくるチャーリーもいた。子どもが遊んでいる間に母親が働くのだった。チャーリーを酔っぱらわせて性的暴行をすることも時々あった。彼女たちは大尉に抗議したので、訓練中に、司令官から私たち全員の手当[9]から支払いを徴収すると伝えられた。私たちはよく悪どい軍曹たちの文句を言っていた。「一体、なんだと思っているんだ」、除隊[10]したら殺してやる、と言う者もいた。

ラスウイルカの基地からやってきた者は、その基地の兵士はロバを相手にしていると言っていた。というのも、高地でとても寒いところなので、チャーリーたちはごくたまにしか訪れないからだそうだ。

ある時、われわれの大尉がチャーリーの一人に恋をした。その時から、彼女は大尉の部屋にこもりっきりで、働かなくなった。士官たちは、知らないふりをしながら、「彼女に仕事をさせろよ、なんて時間のかかる大尉なんだ！」などとわざと大声で話していた。

同性愛のケースももちろんあった。ブラウリオという名の大尉は、夜になると麻薬に手を出し、強制的に兵士を連れ出し、自分の部屋に連れていっていた。

9　手当は各月に支払われた。階層によって、五〇、六〇ソル、最高で八〇ソルまで支払われていた。兵隊（一番下の階級）、伍長、二級軍曹、一級軍曹、再召集兵の順。副士官と士官はすでに給料をもらっていた。

10　志願兵が予備軍兵になる時に使われている言葉。兵役義務が終了し、兵役学士となる時のこと。

軍兵舎

さまざまな軍事基地があったが、その中でもワンタは中央基地だった。チュルカンパ、サンティジャナ、マルカス、フルカマルカ、クカヤルパチ、ラスウイルカ、タンボ、クカノ、マチェンテ、そしてトリボリネにそれぞれ基地があった。上司は大尉で、その地域の政治と軍事の指揮を担っていた。兵隊と士官の交代は常に行われていた。新しいカビートたちが軍事基地に向かう前には、軍曹は必ず、歌を歌わせていた。カビートは、自分が派遣される基地を選ぶことはできず、恣意的に任命されるだけだった。それはSLの時と同じで、「お前はあそこに行け」、もしくは「ここに残れ」と言われるだけで、それに対して異議を唱える理由もなかった。

研修兵の中には、リマやカヤオ、ワチョで、兄弟、いとこ同士または叔父と一緒に召集[11]された者もいて、任命によってバラバラにされることもあり、それはとても悲しいことだった。再会できることもあったが、まるで墓地でのお別れのようにこれが今生の別れになることもあった。そのため、朝方には、たくさんの護送隊に見守られ歌いながら立ち去っていった。

空には星

11　召集とは、一六歳から一八歳の男子を対象とした兵役義務のための強制的召集のことである。

軍事基地の警備中
写真：ルルヒオ・ガビラン個人アーカイブ

地上には歩兵隊
私の心の中には
ペルー軍
海軍は海へ、空軍は空へ
そして地上ではカビートたちが自動拳銃と火薬を手に進んでいく
我が足で踏むこの土さえ、私のために涙を流すのだから
ワンタの若い女はなおさらだろう
アヤワルクナの橋を渡れば、テロリストが待っていた
ゲリラ兵が待っていた
テロのゲリラ兵よ、後退するがいいだろう
トリボリネには日が照り、カストロパンパには雨が降る
ここが私がすむ基地だ。そこには、どう猛な者たちがいるのさ
さぁ、君は今から何をするのか。この戦いの中にすでに入った今
これから君は何をするのだろうか
カビートたちにおむつを買ってやろう、おしゃぶりを買ってやろう
いったい何をするのだろうか

一年間、ワンタの基地の居酒屋で働いた。ほかに買い物ができるようなところがなかったので、売り上げはとてもよかった。街に出ることはできなかったからだ。アラン・ガルシア[12]の任期中に起こった経済危機の数日前には、その時の有り金のほとんどを使って仕入れをしたので、店は物で一杯になり、売り上げは三倍になった。危機当日に

12　一九八五－一九九〇年と二〇〇六－二〇一一年の任期をつとめたペルー大統領。〔第一期では、その経済政策の失敗から深刻な経済危機を引きおこし、ハイパーインフレーションもおきた。ここでいう危機当日とは、商品の価格が約一〇倍に引き上げられた日のことを指している。〕

は、店を閉めてその時持っていた資本を保管することにした。

ある時、兵士たちがラスウイルカの軍事基地からワンタへやってくるという連絡が司令官からあった。果たして兵士たちはやってきて、彼らは米ドルをもって居酒屋にやってきた。私は彼らから三〇〇ドルほど購入した。その後、司令官が中庭で彼らを整列させ、すべての衣類を脱ぐように指示した。すると、兵士一人ひとりがたくさんの米ドルを所持していることがわかった。司令官は米ドルの分厚い束を拾った。この兵士たちは、トクト地域を移動していた商業車を強奪していたのだ。しかも、テロリストの格好に扮装していたという。ビラをもって車両を塗装までしていた。運のいいことに、米ドルを所持していた車に出会い、仲間たちで分け合ったという。基地ではおいしい食事を取り、ポーカーで遊び、鶏の丸焼きとビールを買いに街まで出かけていた。女たちも基地に出向いたという。ラスウイルカの軍のパトロール隊によって、強盗が行われていたというのは本当のことだ。襲われた車の所有者たちが、おそらく軍隊の仕業だろうと考え、またその襲われた商人が司令官の友人だったこともあり、軍事基地に訪れ、これをきっかけに事件は明るみになった。お金を返したかどうかはわからないが、ラスウイルカ基地の兵士はすべて入れ替えられ、この事件についてはその後、一言も触れられなかった。

軍兵舎の捕虜

サン・ミゲルの軍事基地に捕虜として到着した時、そこにはパトロール隊に捕らえられた女ゲリラ兵が四名いた。初めて軍事施設に入った時、ヒョウタン《ポロンゴ》とあだ名がつけられた伍長と一緒に馬に乗って管理室を通り抜ける際に、女たちが台所の横に座って薪に灯油をくべているのが見えた。この軍事基地は、それぞれ一五名の兵士から成るパトロール隊が二つあった。士官長が一人と、ショウグンとサルバッヘ（どちらも仮名）と呼ばれる二名の中尉と、一級軍曹が一名、二級軍曹が二名、それに伍長が一〇名、それに兵役義務中の犬と呼ばれていた若者たちがいた。[13]

　彼女たちは私たちに食事を調理してくれた。一七歳から二〇歳くらいの若い子たちで、夜になると私たちが眠る兵舎に連れてこられて、カビートたちと一緒に寝ていた。まず最初に軍曹たちの相手をすると、その後は彼女たちが疲れるまで、そのほかの者と性交した。彼女たちのうち一人はいつも士官長と一緒にいて、調理に参加することはほとんどなかった。

　一九八五年の六月ころ、軍事視察が近々行われるという連絡があった。視察は時々行われていたが、前もって通知する場合と、そうでない場合があった。ワンタ基地では通知されずに、突然ヘリコプターが三機着陸して、私たちを驚かせ、そして、すべての秩序が乱れた。

13　兵役義務に入ったころの若者のことを犬と呼んでいた。この軍事研修期間はおおよそ三、四か月続いた。

軍事パトロール中にランチョを食べているところ
写真：ルルヒオ・ガビラン個人アーカイブ

その恐ろしい視察があった日は、行進や軍隊の敬礼の練習を何時間もしていた。ベッドメイキングもきちんとして、短く切った板でベッドのしわをきっちり伸ばし、すべて直線になるよう整えなければならなかった。よかったことと言えば、その日は立派な朝食が用意されたことだった。というのも、他の日はカボチャのスープと煮たりないフリホル豆しか食べられなかったからだ。視察団には、軍曹や士官はわれわれにとても親切にしてくれて問題は何もない、と言わなければならなかった。そう言わなければ、その素晴らしい視察団が帰った後に、軍曹たちに暴力を振るわれたからだ。視察団はノートと小型の撮影カメラをもっていた。視察団は将官や大佐に加え、大勢の士官から成る委員会で構成されていた。昇級は視察団のメンバーの評価にかかっていたため、軍事基地の検査が終わると、彼ら全員に贈呈品を渡すことが習慣となっていた。ワンタでは、アボカドと蜂蜜がいっぱい入った籠を兵士が抱えて一列に並び、中央兵舎に帰るためにヘリコプターに乗りこむ視察員一人ひとりに渡していた。後になって、最悪な行進もへたくそな戦闘のデモンストレーションも忘れて、軍事基地の評価に高い点数をつけてもらうために用意した贈呈品と、私たちが披露した民族舞踊にとても満足して帰っていったと伝えられた。

一九八五年の視察の時には、サン・ミゲル軍事基地では視察団訪問に合わせて、捕虜として基地にいた私たち全員を殺すことが決定された。女たちは皆兵舎に連れ込まれ、兵士皆で暴行した。彼女たちは泣きながら「殺さないで」と言っていた。私もとても怖かった。夜中になるといつも私たちが隊列を組む広場に彼女たちを連れていき、皆でその死に立ち会った。死体を埋める穴はすでに掘られていた。二発の銃弾が一斉に放たれると、彼女たちはその場に倒れ息を引き取った。失敗を犯したからではなく、視察団が来るので彼女たちがいないほうが都合がいいというだけのために、殺されたのだ。死体は穴に運び込まれ、そのまま埋められた。私は怖さで震えていた。ショウグン中尉、私の「父」は、翌日、視察団のヘリコプターが来たら隠れるようにと私に言った。士官長と一緒にいた女の子も一緒に隠された。朝の一〇時ごろにヘリコプターが現れ、三時間ほど滞在して、帰っていった。

その一か月後、SLの二人が捕らえられた。三〇歳くらいだったと思う。独房に入れられ、その後パトロール隊の案内役として連れられていった。私の友人だったヒョウタン《ポロンゴ》が言うには、その時に山で銃殺されてしまったらしい。

私たちがワンタに到着した時は、海軍の歩兵隊がいた。彼らと交代したのが私たち、カビート連隊第五一番だった。海軍の軍事基地では、瓦屋根の家が一軒あるだけだった。防壁もなく、土嚢を積み上げて作った空間だけが警備用のスペースとなっていた。翌日、海軍の者は全員いなくなり、私たちが軍事基地に残った。開けた場所にテントを張り、その周りに塀を立てて壁を作った。このような環境の中で私たちは生活していた。私は自分の所有物を保管するために、ツナ缶の箱を一つだけ持っていた。カビートたちは、粗布でできた袋や木の箱に保管していた。軍事遠征のために特別に製造された牽引車で調理をし、飲料水も、ワンタの上水槽から持ってきた水槽タンクにあるだけだった。

捕虜は、農村に出かけたパトロール隊たちが連れてきていた。彼らを囲いの中に入れて、兵士たちは捕虜が身に着けていたカセットレコーダーや服などを押収した。

軍事施設には一般人は入れないので、恐る恐る兵舎のドアまでやってきて捕虜について聞いてくる家族もいた。そういう者に対しては、ここには捕虜は一人もいないと答えていた。そして夜になると彼らを連れ出していた。私には、彼らを殺したとだけ教えられた。

再召集された、百人隊長《センチュリオン》と呼ばれた軍曹は、SLと農村自警団からとても恐れられていた。というのも、彼ら曰く、本物の殺人鬼だったからだ。連れてきた捕虜を吊して、それから性器に電気を流すのが好きだといわれていた。まるで士官のように歩き、兵隊長のようにパトロールに出かけたという。

SLの兵士をよく捕まえていたので、バケトン（私たちが呼んでいた仮名）司令官は彼のことを気に入っていた。この再召集された軍曹は、最終的に軍事裁判にかけられた。農村一つを皆殺しにしたからである。[14]

ある時、軍事パトロール隊によって捕虜たちが殺された。このパトロール隊は中央基地に電話をして、SLの兵士たちによって罠が仕掛けられていたと説明した。軍隊の士官たちは司法当局に連絡し——一切連絡をしないのが通例だったのだが——、私も彼らたちと一緒に、SLと軍隊が戦闘したという場所を見にいった。捕虜たちはすでに死んでいて、それは私が以前軍事基地で見た捕虜たちだった。彼らの手には爆弾の缶が握られていて、あちこちで倒れていた。大体一〇名ほど捕虜の死体が転がっていて、銃を持って絶命している者もいた。検事はメモを取るだけだった。警察もその場にいた。実際は、この戦闘はSLだった者たちを抹殺するために計画された偽装の戦闘で、こういうことはほかにも行われていた。

他にも、マイナイのお祭りにいた時に突然銃声が聞こえてきたことがあった。コショウボクの木に隠れて、用を足していた時にSLに頭を打たれて兵士が一人亡くなり、しかも、彼の武器を持っていかれたのだった。その日から、司令官はいつも落ち込んでい

14　このニュースは『カレタス』誌ならびに真実和解委員会（CVR）によって公となった。アヤクーチョ県市民と人権保護に関する特別検察庁は、サン・ペドロ・デ・カチの農民たちからの告発状を受け取った。彼らは、軍隊と自警団がチルクカワイコの渓谷で、サンティアゴ・デ・ピスチャとティクジャスの農民を虐殺したと訴えた。

て、頻繁にパトロールに出かけるようになった。この辺りの時期にクラウディオが捕まった。死んだ兵隊のリボルバー銃を持っていたらしく、逃げ切れなかったという。司令官自らが彼を捕まえた。基地に連れてくると暴行し、私が捕虜となった時と同じように、遠くから銃が放たれた。当時、クラウディオは一九歳だった。数か月間独房に入れられたが、その間、とても貴重な情報を提供したため、たくさんのセンデロ兵を捕らえることができ、また大量の兵器も押収することができた。そのため、彼の命は助けられた。軍事基地でしばらく暮らした後、自由の身になる、と言ってチャンチャマヨ山脈へ行ってしまった。その後、また基地に戻ってきたが、コーヒー豆の収穫の仕事をしていたと教えてくれた。しばらくたってからワンタで再び軍事生活を始めた際には、アヤクーチョ市の中央兵舎で、諜報員《ガト》*たちと働いた。われわれが再召集された時には、彼はアヤクーチョのドミンゴ・デ・アヤルサ兵舎に配属となり、ここでも諜報員を務めた。そこでしばらく働いていた。私の人生の中でも数少ない友人の一人だった。エル・ドラド・デ・ワンタでは、日曜日によく一緒に鶏肉を食べに出かけた。一緒にお酒を飲んで酔っ払うこともしばしばあった。彼が亡くなる数日前、私がアヤクーチョを訪れると、彼は私にテレビや服、その他いろいろなものを譲ってくれた。次の月曜日に私を訪ねにいくよと言った。いつも通りの別れ方で、冗談も言い合った。しかし、どこか悲しそうだったことは覚えている。

数日後、クラウディオが亡くなったというニュースが届いた。パトロール中にSLに殺されたという。銃弾が頭を貫通し、足の骨も折れていた。ワンタの軍事基地で通夜を行った。彼の家族も来ていて、母親はずっと泣いていた。家族にクラウディアの遺品を渡した。今でも私は彼の死を受け入れることができていない。ましてやその死に方は納

Gato　猫の意味。諜報員のことをこう呼んでいた。

得のいくものではない。

ずいぶん経った後、軍隊の諜報担当部の者がクラウディオを殺したという噂を耳にした。本当かどうか、定かではない。一つわかっていることは、彼はこの仕事をやめたがっていたということである。なぜ辞めたいのか、その理由を彼は話さなかったし私も聞かなかった。一度だけ、一緒にドミンゴ・アヤルサ兵舎に手続きをしにいった時には、ガトとして知られる諜報員たちの施設に泊まった。アヤクーチョにあり、ここでクラウディオも働いていた。部屋の中には、目隠しをされ手を縛られた捕虜たちが数名いた。ガトたちはクラウディオに私が信頼のおける兵士であるかどうか尋ね、彼は頭を縦に振ってそうだと答えた。私たちはガトたちが使う一室で眠った。次の日、捕虜たちはもういなかった。火葬場に連れていかれたことは間違いないだろう。[15] 私はワンタの基地に戻った。

別の捕虜の話では、チュクノリスの話がある。彼は七歳になったばかりの男の子で、色白だった。サン・ホセ基地のパトロール隊が捕まえた。彼の父はすでに亡くなっており、母親はビスカタンのSLの基地にいた。彼はいつも母親のことを話してくれた。特に、リマのカハ・デ・アグアスからアヤクーチョ県のセルバにあるカナイレまでやってきた時のことを話してくれた。彼はワンタの基地で私たち孤児のカビートと共に暮らした。学校にも通わせたが、ある日、外に出かけたっきり戻ってこなかった。司令官が基地から追放したのだ。数年後、町で彼を見かけた。ワマンガの「ティボリ」という鶏肉店で働いていた。その後の消息はわからない。

15 Uceda, Ricardo. *Muerte en el Pentagonito: Los cementerios secretos del Ejército peruano*, Lima: Norma editores, 2004. を参照のこと。

司令官たち

司令官たちは一つの軍事基地に一年間だけ所属した。毎年一月か二月辺りに異動が行われた。士官と副士官は異動に伴って高額の旅費が支給された。士官たちは兵舎や基地を順に持ちまわっていた。

各司令官にはそれぞれの個性があった。パトロールが好きな司令官もいれば、スポーツが好きな司令官もいて、バスケットボールばかりして遊んでいたこともあった。また別の司令官は農作業が好きで、トラクターを持参して、兵舎の庭をすべて耕し、ニンジンやキャベツ、玉ねぎなどを私たちに植えさせた。私はいつもカルロス司令官を思いだす。とてもいい軍人で、父性もあった。司令官、万歳！

司令官それぞれに好みも異なった。パーティーが好きな司令官や運動会が好きな者もいた。私たちをひどく扱う司令官もいた。ある司令官はすべてが完璧になっていることを好んだが、そのような司令官は後にも先にも彼だけだった。彼は兵舎全体に敷石を張らせたのだ。私たちはまるで奴隷のように、肩にたくさんの石を担いで運ばなければならなかった。とても疲れる作業だった。そのため、私たちは豊富な経験を持つ再召集兵士と、ある計画を立てた。それは夜の九時くらいに起こった。二人の兵士が、天井に向かって銃を撃ち込んだのだ。その上には、司令官の部屋があった。「テロリストめ！」と私たちは叫んだ。すると、すべての部署から司令官の部屋の方向に向かって銃弾が放たれた。「攻めてきたぞ!」と私たちは言った。もちろん、テロリストはいなかった。ただ帝王君主の軍人に復讐をしたいだけだった。三〇分ほど銃は撃ち続けられた。兵隊の半分くらいは、何が起きているのかを理解していた。翌日、私たちはもう石を担がなかった。パトロールに出かけるために、兵器を整備して一日を過ごした。真実は知らないままだったはずである。

指導員と見習い兵

指導員は、軍隊に入隊した新しい見習い兵を教育する役を担った。兵士であればそのほとんどが、自分の教育係のことを覚えている。まるで刺青のように記憶の中にいつまでも残っていて、「私の指導員は糞を食べさせた!」とか、「悪魔の子のような指導員だった!」というようなことをいつも言っていた。

私も指導員だった。第一級副士官が指揮を執る指導員講座を受けた。その講座は二週間続いた。起床後すぐに歌を歌ってから、朝食を取り、毎朝行進をし、旋回の練習をした。右、左、半回転、斜め、フォーメーション、縦列、横列など。毎朝、兵器を持たずに基礎的な筋肉トレーニング（スクワット、上体の斜め前屈運動、バービージャンプ、腹筋、懸垂、腕立て伏せ、上体側屈、座位での腹筋運動、上体回旋運動、開脚ジャンプ）をしてから、兵器を持ってのトレーニング（銃の上げ下げ運動、上体の前屈、膝の屈伸運動、上体後屈、開脚屈伸運動、腕を伸ばしたまま上体前屈運動、膝の屈伸と上体の前屈、上体の回旋運動、上体の斜め前屈運動、上体側屈）をした。[16]

ある日の午後、私たちにとっては忘れられない日となったが、指導員たちは散弾銃を肩から斜めにかけてワンタの街に出た。ズボンとショートブーツを履いて、シャツは着ずに歌いながらランニングをした。

そうだ
指導員たちが
敬礼するぞ
驚くなかれ
彼らは勇敢な奴らだ
鍛え上げられた者たちだ
1、2、
3、4

それから、食肉処理場に入って、処理された家畜たちの糞尿にまみれた。街行く人々は私たちのほうを見て、驚いたり、「獰猛な奴らだ」と言ったりしていた。そのまま悪臭を漂わせたまま、午後にランチョを食べた。夜の八時になって、兵舎の横を流れる小川

16　毎日、パトロールに出かける日以外は、筋肉トレーニングを行った。大体朝に行った。基本的なルーティーンは、兵器を持って、または持たずに、コンディショニングを行うトレーニングだった。

の冷たい水で体を流した。翌日、三匹の犬をナイフで殺し、血だらけになった。オートミールと火薬を混ぜて飲んだこともある。銃撃の練習場では、少し長い導線に火をつけたダイナマイトを皆で手渡したりもした。講座の最終日には、ビールをふるまってくれた。こうして、私を含む一五人が指導員となった。皆、顔を赤くしていた。「これでようやく、皆指導員になったぞ」と、軍の副司令官が私たちに言葉をかけた。

一九九〇年代の初期のころ、リマやアヤクーチョから見習い兵が到着するのを楽しみにしていた。兵役を終える時期の犬たちは私たちに「本当の犬が到着したぞ」と言った。食肉処理場へ向かう雄羊や闘牛がぎゅうぎゅうに詰められているかのような軍用車が、軍事基地の検問に到着した。その時は、チンボテ、カヤオ、ワラス、そしてアヤクーチョのカルメン・アルト出身の者たちだった。おおよそ三〇〇人くらいの召集兵がいた。翌日私たちに引き渡しが行われた。私が担当したグループには四〇名の見習い兵がいた。その日は全員の髪の毛を切り、ペルー軍の兵士となるための育成期間、どのようにふるまわなければならないのかを教え、そして私たちが戦争の時代にいることを伝えた。

二日後、三名が脱走した。その日、指導員の中に見習い兵に人糞を食べさせた者がおり、そのために彼らは一睡もできなかったと言う。不当な扱いについての苦情は司令官にまで届くことになった。そのため、糞を食べさせた指導員はその役職から離れることとなった。苦情を申し立てた召集兵は、私たちが殺し、脱走という扱いにした。兵舎は男が入るところで、泣き言を言うようなものはいらないということをはっきり示したのだ。

見習い兵たちは、まるで誰かに食事を取り上げられてしまうかのように急いで食事を取るのが習慣だった。というのも、軍の中では、濡れた薪で調理したまるで石油のように熱い食事を、冷まして与えてくれる母親はいないということを学んだからだ。ある日の午後、私が管理している見習い兵たちがもたもたしていたのがとても気になった。早く食べることを学ぶように、大きな鍋《パィラ》からランチョを受け取った後、一列に並ぶように言って、五つ数える間に食事を終えるんだ、と彼らに指示した。「一、二、三、四、五」と数えた後、すぐにお盆を裏返すように言った。異論はもちろん許されず、見習い兵の食事は床へと落ちていった。その後すぐに「洗うのが最後の者は……（最後の者はいつも罰則が課せられていた）」と言った。私も犬だったころ、こういうことを体験した。

そのころ、軍隊にはあまり食糧がなく、カビートたちは皆餓えに苦しんでいた。オートミールのスープと半煮えの豆だけでは、お腹を満たすことはできなかった。監視部署の辺りで、年配の女性が売っていたチャプラというパンをよく購入していた。

日曜の午後は基地への訪問が許可されていたので、たくさんの家族がやってきた。一九九〇年以前は、誰も訪問する者はいなかった。今は、軍事基地にも市民が入れるようになった。その日は、お腹いっぱい食事ができる日だった。午後にはフルーツを取って食べることもできた。指導員たちの腰掛けはフルーツで一杯になった。夜は、見習い兵たちを三番部署の横にある便所に連れていった。彼らは急いでついてきていた。「糞をしろ！」という掛け声とともに、召集兵は便所へ一斉に走っていったが、まだ全部出し切ってもないころ合いを見計らって、わざと隊列を組むよう指令を出した。辺り一面異臭がして、その後にシャワーを浴びるよう指示をした。見習い兵の生活とは、常に指導員に従うことだった。一体、どれほど私たちを憎んだことだろうか。しかし彼らもまた、伍長になった際には、新たにやってくる召集兵にこの復讐をするだろうし、そうして忘れていくのだろう。軍の中では、泣き言も文句も一切言わずに指令に従うだけだった。

われわれ指導員たちだけが悪者ではなかった。ほとんどの上司、副士官や中尉、大尉、それに主任や司令官も皆、悪者だった。軍歌はいつも私たちを奮い立たせてくれた。

みな、疑問に思うだろう
だれが友だちなのか
短髪の若い男たち
心の広いカビートたち
皆、私たちは無職の浮浪者だと
言っている
だれが何と言おうと関係ない
何もわかってないのだ
銃弾をお前に打ち込んでやる
銃弾をお前に打ち込んでやる
私のことをいつまでも忘れないためにな！
テロリストめ！
カビートたちが通れば
その走る足と一緒に
地面が揺れる
立ち上がる土ぼこりで何も見えなくなるが
聞こえるだろう
唯一無二の叫び声が　「やー！」

山に入っていく
カビートたちがよじ登っていく
パトロールをしながら
FALをもったテロリストを探すのだ
アジトをつぶせ
首を取れ
カストロパンパには、お前の目的地がある
どこに行ったとしても、兵士でなければいけない
アイリス、アイリス、アイリス、お前こそが私の苦難
一〇〇回の腕立てと一〇〇回のスクワットで息抜きさ
捕らえられた、連れていかれた
連れていけ、連れていけ
私は軍曹、私はカビート　みな、トラのようだ
指導員だけが私の苦しみを知っている
毎朝スクワットをして、脚をつりながらも進んでいく
アヤクーチョ、ワンタ、カンガジョ
どこで腰を据えるかなんてわからない
テロリストたちを殺すにはワンタがいいだろう！

銃撃練習場の一日

見習い兵たちは、散弾銃で射撃の練習をすることができた。その日、まだ夜も明けていない早朝の四時半、見習い兵は皆緊張していた。軍事引率者である指導員は出欠の確認をし、すぐその後に、大尉が射撃練習場へ向かうように指示した。歩兵隊は、兵舎の検問を隊列を組んで通り抜け、銃は肩からぶら下げていた。私たちは歌いながら行進した。

私の故郷に危険が迫った時
真っ先に私は志願した
喜んで緑の制服を身にまとい
両親に別れを告げた……

街を通り抜ける時、人々は早朝から響く兵隊たちの歌に驚いていた。もしかしたら、自分たちの息子が通っているのかもしれないと思ったのだろう。見習い兵たちは疲れを見せず、文句も言わずに歌い続けた。

女たちよ、ベランダに出るのだ、志願兵たちが通っていくぞ

今日は胸が躍る
その軍の袖章に

射撃練習場は遠くにあった。ずいぶん長い時間歩かなければならなかった。到着してみると、練習場は低木や岩、泥に覆われていた。兵士のすぐ上の階級にあたる古参のカビートたちは、辺りを確認するためにグループに別れ、それ以外の者たちは、射手の列から規則的に距離を測り、白い人影を設置し始めた。その間、指導員たちは、見習い兵と準備体操を行っていた。

「掛け声！」「やー」、歩兵隊は弱々しく答えた。そのような受け答えに中尉は怒って、土を一掴みしてそれを口の中に入れるように指令した。「掛け声！」「やー！」ペルー軍兵士の声は辺り一面に響き渡り、鳥たちは驚いて山のほうへ隠れるように飛んでいった。

「準備はできたか！」「準備、完了！」「的を狙え！　銃を構えろ！　見えたか、まだ見えていないか！　撃て！」

薬室に仕込まれた一〇発のうち、少なくとも五つは的まで届かなければならなかった。一〇発中、一〇、九発命中した者は優秀と評価された。七、八発は良、五、六発は及第レベル、一発から三発は不可、〇発だった時はあの有名な「ウエベーロ＊」と評価された。[17]

その日は我慢ならないほど暑い日で、火薬は戦争の匂いを漂わせていた。さらに風が吹くたびに土埃が立ち込め、緑色の制服に染み込んでいった。すぐ横では、ほかの見習い兵が銃の引き金を引く順番を待っていた。

＊Huevero　卵を売る者の意。ゼロの形をした卵が売れずに残った様から転じて、ゼロが並ぶ様子を指している。

17　白い的に一つも穴をあけることができなかった見習い兵は「ウエベーロ」と呼ばれた。彼らには特別な罰が与えられた。この時は、午後の間ずっと、「私はウエベーロ、私はウエベーロだー」と、屈辱的なフレーズを口を大きく開いて叫び続けなければならなかった。

射撃練習場が夕焼け色に染まった。近くを通る農民たちは驚いたように立ち止まってこちらを見ていたが、しばらくすると、農具を担いでまた家路についた。

その日の練習は午後六時に終わった。その一時間後には、見習い兵は夕食を取り、キャンプ用テントを前に隊列を組んで消灯のトランペットが鳴るまで皆で歌った。

ずいぶんと長い時間を兵舎で過ごした。記憶を呼び起こして書き留めておきたい思い出はまだまだたくさんある。例えば、倉庫から制服が紛失した時には、全員が丸裸になって夜通し中庭で隊列を組んでいなければならなかったことや、センデロ兵を探して山を越えた時のことなど。

いつもラスウイルカやマカチャクラ、ワンタの峡谷などにパトロールに出かけた。ある日、チンチョ（ワンカベリカ）に向かっていた時、一九九二年だったが、センデロ兵と戦闘になり、見張り要員の兵士が殺された。彼は通信用ラジオを持っていた。銃弾は胸を突き、貫通して背中から出た。ラジオも一緒に銃撃されたため、ワンタの基地と通信を取ることができなくなった。空腹と渇きの中で午後の間ずっと、地面に横たわっていた。時々、帽子を木の棒に引っ掛けて持ち上げると、テロリストたちが銃弾を撃ち込んできて、帽子が吹っ飛んだ。夜を待って今度は私たちから迫撃砲を放ち、すぐ後に彼らに向かって機関銃を放った。その後、亡くなった兵士を厚手の毛布にくるんでワンタまで担いで帰った。翌日、ヘリコプターで軍隊が武装衝突のあった場所へ向かうと、敵の兵士の死体が二つ、転がっていた。

軍隊で過ごした最後の年月

一九九三年五月、リマの軍事病院での数か月にわたる療養生活を終え、ワンタの基地に戻った。三か月前に、内部出血の診断が下されていたのだ。

軍事基地の検問を通った時、何百という見習い兵たちが指導員の指令に従って何度も行進の練習をしていた。基地では設備も兵士も変わっていた。カビートの隊列を組んでいる者はリマやワラスの出身者ではなく、いわゆる「アヤクーチョのテロリストたち」と呼ばれている者たちだった。彼らは反体制的な厳しい生活に見切りをつけた村々の息子たちで、志願して、もしくは徴兵制度でペルー国軍に入隊した。再入隊の手続きのために、司令部の事務所に向かって歩いていくと、あちこちで私を知っている兵士たちが「おはようございます、軍曹」、「おはようございます、軍曹」とあいさつしてきた。ラスウイルカの雪が積もった山脈から降りてくる冷たい風を顔と手に感じた。シエラ地域の一番寒い時期だった。都会や農村の多くの人々が、軍事医療施設の前で長い行列を作っていた。これは、市民の出入りが許されていた数年間のみのことだった。

変わらない日課が繰り返されていた。ラッパの合図で起床し、沈黙の合図で就寝した。翌日には、基礎的な兵器を持った筋肉トレーニングと兵器無しの筋肉トレーニングから一日が始まった。ワンタの街をランニングする際に歌う歌は変わっていた。「テロリストたちめ、もし見つけたら、頭から食べてやるぞ」ではなく、その代わりに、「おはよう、ペルーのカビートたちが挨拶をするぞ」と歌った。

いつもと同じ日課で毎日が過ぎていった。起きて、トレーニングのスクワットや腕立て伏せをし、戦闘練習を重ね、食事を取り、寝る。そして日曜日には街へ出た。それはとてもいいことだった。以前は街へ出ることもできなかった。いつでも殺される可能性があったので、出かけることは禁止されていた。それでも、カビートたちはいつでもパーティーや恋人に会うために人目を盗んで外へ出かけた。兵役期間が終わり登録解除をされると、予備兵たちはリマ市まで軍隊の飛行機で移動した。

リマから戻ってきたその日の午後には、フジモリ大統領がヘリコプターでやってきて、色彩豊かなポンチョをまとって降り立った。農村に中国製の車を贈呈するためにやってきたらしい、と言われていた。[18]

すでに中学校の勉強は修了していた。ワンタの教育学研究所で勉強し、中学校の先生になりたいと考えていた。長い年月があっという間に過ぎていった。軍事倉庫に私の所有物を取りにいった時（軍事基地から長期間出かける時はそれぞれの所有物を倉庫に保管していた）、まだ青く縁取りされた緑のバッグが保管されていた。それはまるで時間に逆らうようにそこにあった。もちろん、色あせており、あちこち修繕されていた。これは、ショウグン中尉が私にくれたたくさんの贈り物の一つだったので、ずっと持っていたのだ。このバッグと一緒に、一九八七年にはアヤクーチョのカビートたちの兵舎から私は連れだされていた。というのもある大佐が私を養子にして、リマの彼の家で一緒に暮らす予定だったからだ。アヤクーチョ市のドミンゴ・アヤルサの司令部事務所の横にあった大佐の家まで私を連れていってくれた。

そこに三日間ほど滞在した。彼の奥さんと子どもたち、それに家政婦がすんでいた。

18　元ペルー大統領であるアルベルト・フジモリは、その支持率を保持するために、中国製の車両を贈呈していた。この時は、ワンタの農村すべてに一台ずつ贈呈していた。

ビビアナで軍事パトロール中のルルヒオ、1993年

ソファーで眠るように言われた。私のこれまでの生活について聞かれ、一つ一つそれに答えた。奥さんは「私たちの家族の一員となるのですよ、早朝にリマに発ちましょう」と言った。軍用車が私たちを空港まで送ってくれた。悲しいのとうれしいのが半々だった。兵舎を後にして、とても離れた世界に向かい、もう一度戻ってこれるかどうかもわからなかった。二、三時間空港で待ったが、飛行機は飛ばなかった。非常に曇っていて、降水量はそれほど多くなかったが、雨が降っていた。結局フライトはキャンセルされ、私たちは家に戻った。大佐は緊急の用で、ヘリコプターでリマに戻った。私には、ワンタの軍事基地に戻ったほうがいいだろうと告げられた。次の軍用車で、言われた通りに軍事基地に戻った。その後、大佐は戻ってきたが、私に興味を持つことはもうなかった。

　青い縁取りがされたそのバッグを倉庫から取り出した後、支援部隊へ向かい、テント「C」で荷をほどいた。次の日から数日間は検問で、通常監視役を担う副司令官に代わって警備係（監視役）を担当した。

　その後、ビビアナの軍事基地に向かう前に、パタスクロ（ワンタの付属地域）とチュルカンパ（ワンカベリカ）でパトロールを行った。

　農村であるパタスクロには一か月駐留した。持っていった少量の食料品は全く私たちの腹を満足させてくれなかった。そのため午後には、グループになって山で鹿を狩ったり、物々交換をしに出掛けたりした。北部の小麦とズッキーニやジャガイモ、〈乾燥ジャ《チュ》ガイモ《ニュ》〉、とにかく何であれ交換した。SLで寄付をお願いしていた時と同じように一つ一つ家を訪ねて、交換をおねがいした。別の日には、薪や甘い〈野生の実《トゥンボス》〉を、山の〈雪崩《ワイコス》〉でできた道を通って、探しに出かけた。チュルカンパに行った時は、進むことも難しい地理的条件の中、テロリストを探してパトロールを遂行した。遠くのほうに彼らが放った銃声が聞こえるだけだった。

八月には、ビビアナ基地に配属となった。護送車が私たちをカヤルパチ基地まで連れていき、その後六時間くらい歩いて、ビビアナに到着した。そこでは数か月過ごした。私たちは野放しになって山で暮らしていた牛を[19]、彼らの水飲み場となっていた〈湧き水《プキ》の水源《アレス》〉で待ち伏せし、狩った。その場所はＳＬがすでにあらゆるものを奪っていった場所で、もうＳＬ兵もたくさんはいなかったが、警備に当たった。チンチョに一つのグループが避難しているだけだった。何度か、「神の御言葉と犠牲者」[20]のシスターたちと一緒にパトロールをしたことがあった。彼女たちは馬に乗っていた。ある農村に到着すると、彼女たちは神について話し、農民たちに、ワンカベリカの街からビビアナに時々やってくる神父によって聖別されたホスチア（聖体パン）を差し出していた。

ある時、チンチョからビビアナに向かう坂を上っていると尼僧の一人がこんなふうに私に話しかけてきた。「あなた、あなたは神父になれますよ！」私は、腹の底から大きな声で笑い、そして「いいえ、マザー。私は大変な罪を犯してきたので、神にも門前払いを食らうでしょう」と言った。すると彼女は「神は地上に罪人を探しにきたのですよ」と答えた。その言葉は、粗布を羽織って歩き回り、銃弾の傷を治療し、喉の渇きを訴える者に水をやり、ＳＬと軍隊の間を取り持っている自分を想像させた。

しかし、それは夢ではなく、幼いころから探していた絶好の機会のように思えた。貧しい者たちのために、そしてこれまで強盗や女性たちへの暴行といった大きな被害を与えてきた我が故郷の人々のために、何かができる機会だと。それ以降、これこそが私が探してきたことで、修道会に何とかして入ろうと考えるようになった。

ある日、ビビアナ基地の直属の上司に「除隊します」と言った。一九八三年、センデ

19　暴力が横行していたころに、農村から都市へ移住しなければならない農民たちが放棄した家畜たちのことで、この牛たちは、一切の人間の介入がなくとも、自分たちで繁殖していた。

20　「神の御言葉と犠牲者」は、フェデリコ・カイセによって一九六一年に創立された修道会。

ロ・ルミノソに入隊するために、伯母のセレスティアに告げた時と同じように。中尉は私に「少し考えろ」と言った。「物も食べられずに死んでしまうぞ。もうすぐ、副士官に昇進もするんだ」。しかし、その時私は軍隊を離れることを決意していた。軍隊は私の家のようなもので、その中で私は育ち、読み書きも覚えた。だから、除隊はもう一度家無しになることを意味した。キリストが予言したように、野に咲くアヤメや空を飛ぶ鳥のように生きていくのだ。この先はしばらく、赤と白の旗でなく、白旗が私の人生に寄り添うことになった。

第三章　フランシスコ修道会での時間

サンタ・ロサ・デ・コアパにて
子どもたちにカテキズムを行うために学校へ向かう道中
写真：ミゲル・ハイメス・モレノ、1997 年

フランシスコ修道院の一日

鐘つきの当番[1]になった。ベルが鳴ると同時に起きられるよう、ベッドの横の小さなテーブルに目覚まし時計を置いた。ここの生活はまったく違うものだった。平和的な手段によって平等な共産主義社会を目指すための戦いだった。フランシスコ会での同期となったミゲル・ハイメス・モレノが、翌日の予定を教えてくれた。「いいか、絶対に忘れるなよ、鐘をつくのを忘れたら絶対にだめだぞ」と念を押された。彼は同室の仲間だった。鐘を鳴らすのは日課だった。鐘つき当番が古びた鐘を乱暴に鳴らすのを合図に、聖職志願者は皆ベッドから起き上がり、運動をした。朝食や夕食、典礼の儀式の呼び出しを行うのも鐘を使った。誰かの誕生日の朝だけ、その者を寝ている間にセレナードを奏でて驚かすために、鐘を鳴らさない習慣だった。

寝床に横になって、一日の反省[2]を行う前に、次の日のことを考えるのが習慣になっていた。そして私や修道院の皆のことを思った。フランシスコ会に入会してから、もう何か月も経っていた。

ビビアナの軍事基地の車で軍隊から完全に離脱する前に、「神の御言葉と犠牲者」の布教活動をしていた修道女に、「私は神の道を目指します」と告げていた。彼女は私に祝福を施し、それからアヤクーチョのマグダレナ教区教会を訪ねるといいでしょうと教えてくれた。数日後、アヤクーチョのシプリアニ[3]の家に到着した。神父はそこに座っ

1　一日の宗教活動の時間割を知らせるため、指定された時間に鐘を鳴らすための当番。

2　一日の反省は、その日に起こった良いことと悪いことを思い出す活動のこと。

3　フアン・ルイス・シプリアニは、一九四三年一二月二八日リマに生まれた。一九七七年八月二一日に神父となり、一九八八年、ヨハネ・パウロ二世によってアヤクーチョの司教補佐に任命された。一九九六年一二月から一九九七年四月に起きた、トゥパク・アマル革命運動による在ペルー日本大使公邸占拠事件において仲介役としても任命されたが、スパイとして活動していたとも推測されている。一九九九年一月九日、ヨハネ・パウロ二世は、彼をリマの大司教、そしてペルーの首座

ており、紫に縁どられたスータンを身にまとい、頭には聖職者用の小帽子[4]、そして胸には大きな十字をぶら下げ、指輪もはめていた。私に握手をもとめたり挨拶をしたりはせず、ただ一言「どうぞ、そこに座って」と言った。その後「君のこれまでの人生を話してほしい」と加えた。私は、軍隊にいたことを話した。すると途端に彼の態度が変わり、とても難しい顔をして告発者のように私に言った。「軍隊の兵舎には売春婦がやってくるだろう?」「はい」と私は答えた。すると「聖職に就くことはできないよ、君」と告げた。私は、もしＰＣＰにいたことを話したらこの男は何というだろう? と考えた。気を失ったかもしれない。「何てことだ、罪人が聖職志願者になるなんて!」とも言った。しばらく沈黙が続くと、「村に戻って、神のために祈りなさい」と、私に立ち去るよう暗に促した。その時私はほとんど泣きながら彼の家を後にした。彼の家は、アヤクーチョの中央公園に近いパオラ教会にあった。私はワンタに戻った。石を担ぐ日雇い労働者として働き、肥料を作るためにサボテンの分厚い葉を拾い集めていた。

ある日、石拾いの仕事からの帰路で、「神の御言葉と犠牲者」の修道女に出会った。シプリアニとの出来事を話すと、彼女は「別の道を考えましょう」と言った。そして、ワンタのフランシスコ会の尼僧を紹介してくれた。彼女たちは、フランシスコ修道士になるための募集要項が記載されているパンフレットをくれた。数か月後、私はその募集に応募して、一九九五年一月には第一志願期を開始することができた。この第一志願期では、適性のある者が選ばれる。私たちは皆、修道士になりたかったが、キリストが言うように「招待されるものは多いが、選ばれし者は少ない」のだ。実際、選ばれた者は私を含め、ごく少数だった。この第一志願期は一か月続いた。心理学者との面接や、個人面接、学習適性などの試験があり、また聖人の映画も鑑賞した。集会では「人生とは苦しいも

大司教に任命する旨を発表した。さらに二〇〇一年一月二一日、枢機卿に任命した。二〇〇五年にヨハネ・パウロ二世がなくなると、シプリアニは葬儀に参加するためにローマに赴き、新教皇を選出するための教皇選挙会議にも出席した。シプリアニ枢機卿に関する情報は以下のホームページを参照。www.iglesia.org/articulos/electores_cardenalicios05.php; www.aciprensa.com/cardenales/cipriani.htm

4 教皇と司教のみが頭にかぶる、絹でできた帽子のこと。秘跡(サクラメント)の前でしか脱がない。

のだ。多くの者が修道士になりたいというが、これまでにも何人もここを出ていった」とたびたび言われた。私たちはそこに留まりたかった。指導司祭は、貞潔の誓願を立てるには、女性との性交を一度は経験しなければならないと私たちに言った。何人かは「彼女がいたことがあります」と言い、何人かはまだ経験したことがなかった。毎日午後には、指導司祭のダンテ・ビジャヌエバ神父が古いリードオルガンを弾き、私たちと一緒に歌った。今でもよく覚えている歌の一つに「フランシスコ、生ける福音」がある。

吟遊詩人だった私を人はフランシスコと呼んだ
アッシジの夜に、楽しく歌っていた
しかし、ローランドにはもう歌いたくない
偉大なるアマディスの偉業にさえも
違う道を見つけ出してきたんだ
私の心は空虚に侵された
通り過ぎ、死んでいく愛はいらない
今は不死である私の王にだけ歌を歌う
私は生ける福音となりたい
神よ、あなたの腕に私の身を委ねます

第一志願期が終わり、指導司祭のダンテ神父は修道士のヘススとジョンを従えて、これまで一緒に学んできた四〇名から七名だけが次の段階に昇級できると私たちに伝えた。皆、緊張していたが、私は合格した。一か月後、一九九五年の三月一六日——私の誕生日に――、第二志願期[5]の教師となるルベル神父に付き添われ、フランシスコ修道院のホールを横切り、宗教活動の世界へと足を踏み入れた。ある者にとっては素晴らしいことだったが、別の者（私の軍隊の仲間）にとっては、大きな失望だっただろう。広い廊下を指導司祭の後ろについて、静かに歩いていった。アーチ型になった大きな柱や赤レンガの壁を望む、コロニアル建築の修道院宿舎を歩いていった。狭い廊下には聖人の絵が飾ってあった。

何人かの修道士が話しながら、またはロサリオの祈りをしながら回廊を歩いていた。志願期の修道士宿舎に着くまでに三つの宿舎を通り抜けた。そこが私の新しい家となった。二年目の志願期生の若い者たちがのぞくように私を見て、ようこそ、と言ってくれた。その後、指導司祭が私の部屋まで案内してくれた。

この修道院は、アンドレス・コルソ修道士によって一五九五年に隠者の家として設立され、この修道士がサン・フランシスコ・ソラノの最初の属管区長となった。ペルーのサン・フランシスコ・ソラノ伝道管区の中心となる修道院で集会所でもある。ファン・ランダスリ・リケッツもここで過ごした。[6]

第一志願期で選ばれた私たちは特別な儀式を経て正式に第二志願期生となった。

私を含めた四人の「修道士」たちが出席した。リマの跣足修道士の聖堂で行われた聖体司式の最中にミサが行われ、私たちにフランシスコ会のタウが授与された。出席者の拍手が鳴り響いた。

私の「父」であるルベル司祭は、軍隊の士官と全く同じであった。朝五時になると、運動をするために私たちを起こした。この運動は精神的なものではなく、フランシスコ修道士の布教活動を行うために必要な足の強化のためだった。まだ夜も明けないうちか

5　フランシスコ会の生活の最初の期間。このサン・フランシスコ・ソラノ伝道管区で、二年間続いた。その後、認められた者だけ修練期に進むことができた。

6　ファン・ランダスリ・リケッツ（一九一三―一九九七）は、フランシスコ会に一九三二年入会した。オコパ修道院（ペルー、フニン県）にて、哲学と神学を勉強し、一九三九年、神父に任命された。フランシスコ修道会管区の修道院長を務めた。その後、ローマの教皇庁立アテネオ・アントニアノ大学にて教会法の博士課程を修了した。一九五二年、リマの大司教に任命され、その年、枢機卿にも任命された。www.aciprensa.com/cardenales/landazuri.htm参照。

ら、修道士がまだ眠っている早朝に一五分間修道院の周りを走った。その後、ジャンプやうさぎ跳び、こぶしでの腕立て伏せ、座った状態からジャンプで立つ、などの運動を、サン・クリストバルの山の裏から太陽の日差しが差し込んで朝を告げるまで続けた。三〇分後にシャワーを浴びてから修道院のあちこちで聖書を音読した。すぐその後にミサに参加しなければならなかった。朝食もまるで軍隊のように食べなければならなかった。つまり、早く食べなければいけなかったのだ。大学に入学する前の学校である学習センターは朝八時に始まった。志願期の二年生は、リマの教皇庁立神学・民事大学に通っていた。一時に学校から戻り、午後には気品について、典礼学、聖書と倫理の授業を受けた。土曜日には、修道院内の教会で賛課の聖務として、オニャ神父の指揮にあわせて「サルヴェ・レジナ」という歌をラテン語で歌った。

元后あわれみの母
われらのいのち、喜び、希望
旅路からあなたに叫ぶエバの子
嘆きながら泣きながらも涙の谷にあなたを慕う
われらのために執り成す方
あわれみの目をわれらに注ぎ
とうといあなたの子イエスを旅路の果てに示してください
おお、いつくしみ、恵みあふれる
喜びのおとめマリア*

Salve Regina　日本語訳は以下より引用した。日本カトリック司教協議会常任司教委員会『カトリック教会のカテキズム 要約（コンペンディウム）』カトリック中央協議会二〇一〇年、三〇五頁。

その日、私は朝四時半に床を出た。誕生日を迎える朝の習慣として、鐘は鳴らさずに、それぞれの部屋を一つ一つ回って、仲間を起こした。その少し後、主役となる修道士にセレナードを歌った。

神よ、今日、命と土地と太陽を授けてもらったことをあなたに感謝します
神よ、今日、あなたの善良な心のすばらしさを歌いたいのです

その日は訓練もなかった。そのため、私たちはいつが誰の誕生日なのかということにいつも気を配っていた。午後には、副院長がキャンディーやチョコレート、チップス《チシト》にパイ、シャンパンや炭酸飲料などを買ってきて、夕食後に誕生日パーティーを開いた。以前は食堂として使っていた場所で皆で食べたり飲んだりしながら、宗教歌ではなく、流行歌を流して踊った。それはとても楽しかった。カルロス、カチョン、アベラルド、ロジャー、レヒス、イサイアスなどの修道士と一緒に過ごした。彼らは修練期に進み、私たちは数人の仲間と志願期に残り、その後、プラドやヘンリー、ルーカスといった別の仲間が志願期で一緒になった。ルベル神父は異動となり、マリオ神父が代わりにやってきた。マリオ神父はルベル神父とは正反対だった。彼は、祈りをささげるのが大変好きで、私たちは礼拝堂で眠ってしまうほどだった。勉強をしに外出することもなく、修道院に先生たちがやってきた。身体訓練ももう行われなくなり、その代わりにバスケットボールで遊んだ。

フランシスコ会の修道士たち

最も貧しい者たちのためにその人生を捧げてきた、お手本とすべきたくさんのフランシスコ会修道士たちに出会った。われわれの指導司祭は「聖人になるとはどういうことか?」と私たちに尋ねた。そして彼は続けてこう教えてくれた。聖人になるとは、人間を超える存在になるということだと。その一方で、修道士のほとんどは――修練期から皆修道士と呼んでいた――、街にいる人間たちと同じように、欠点を持っていると教えてくれた。われわれが天使であり、われわれの手は聖なるものであるという教区民たちが作り上げたステレオタイプは本当ではない、と。私たちは修道会のためにその身を捧げ、尽くす人間になる努力をしているだけなのだ。毎年、八月にはポルツィウンコラの祭典を行った。すべての人に食事をふるまうために、大きな鍋にたくさんの肉や野菜を入れて調理をした。ロケ司祭は、とても喜んでいた。

第一志願期のころ、同期で仲間のカチョン(ホスエのあだ名)は、リュックにしまっておいたキャンディーを私たちに配ってくれた。彼は、私たちはフランシスコ会の修道士なので、裸足で歩き、貧乏人を愛し、そして私たちを嫌う者たちまでも愛するべきだと考えいていた。私たちを憎む相手には頬を差し出し、魅力的な女性には目をつむらなければならないと。聖書とは、シナイの山でモーゼに向かって神が告げた言葉であると彼は考えていた。第二志願期には、まるで熟考したプラトンのように、私たちの目は開かれ、赤や黄色の花の裏には、本物の、別の花があること、より洗練され、より純粋な花があることを理解した。私たちの目に映る物はその写し、単なる姿でしかなかったのだ。つまり、聖書こそがそうであった。アダムもイブも存在せず、洪水もアブラハムもその文字通りには存在しなかったのだ。これらの登場人物は物語の表現の一つでしかなく、目的はもっと重要なこと、例えばなぜ私たちは生きているのかということを説明することなのである。そして、神も人のような存在を持っていない。神父が言うように、もしそうであれば、神である意味がないからである。神は豊かなひげを蓄えた者ではなく、それは私たちが頭の中でつくりあげたイメージでしかない。神は時空のすべてに存在し、また善であり悪でもあった。神は、私たちの同胞だったのだ。[7]

聖フランシスコのスタイルで宗教生活を送るためには、二つのことが必要であった。天性と根気である。

私たちの習慣は腰に巻く白縄に刷り込まれていた。この縄には、三つの結び目があり、貞潔、従順、清貧の三つの修道誓願を表している。貞潔は修道士になるための条件の一つであった。性交のことを忘れなければならず、不健全なことを考えてもいけないし、自慰もしてはいけなかった。実際、修道士は、フランシスコ修道院のシスターたちとは違って、塀の中に閉じこもって生活しているのではなく、町の人々と普通に接触する機会を持っていた。フランシスコ会の学習センターの授業に出席する時には、この修道会の歴史を学ぶためにリマにある同派の修道士たちが一同に会し、シスターや修道士は互いに恋に落ちたりもした。また、カテキズムを担う若い者たちには、その教室にやってくる若くて美しい女性に恋をする志願修道士などもいた。しかし、運動をしたり、フランシスコ会の精神に関する本を読んだりすることで、彼女たちを忘れなければ

7　新約聖書にて、マタイはキリストが言った同胞について書きとめている（マタイ25：31—40）。

「インディアス群書」通信 17

2021年4月

現代企画室

アンデスとタイヤのサンダル

藤川史人

私はペルーで撮影したドキュメンタリー映画を完成させたばかりだ。その映画を見た人が、日本で長らく自主上映されているボリビア・ウカマウ集団の作品との併映企画を考えてくれた。その上映運動を続けている太田昌国さんと私の対談付きで、二〇二〇年末にそれは横浜のミニシアターで実現した。太田さんとは三度めの出会いだったが、そこで太田さんは、「いま編集している本は、藤川さんの映画の舞台となったペルー山岳部近くでの出来事を扱っているから、アンデスに対するあなたの思いを書いてくれませんか」といきなり言った。戸惑いつつも引き受けて、こうして書き始めている。

アンデスと聞いて私が思い浮かべるのは、ケチュア語で「オホタ」、アイマラ語で「ヤンケ」と呼ばれる古タイヤをリサイクルして作られるサンダルのことだ。アンデス先住民の人たちが日常的にはいているそのサンダルとの出会いが、私が彼の地に興味を抱くきっかけとなった。

今から一〇年以上前のことである。大学生だった二〇歳の私は、二〇〇六年から二〇〇七年まで、ペルーのリマにある天野博物館という考古学博物館で働くことになった。そこにはインカ帝国以前の様々な時代の土器や織物が展示してあり、それらを日本人観光客のために日本語でガイドする、というのが主な仕事だった。そこで出会った日本人とペルー人のスタッフとは今でも親交があるくらい、忘れがたい体験をその時にした。しかしリマは大都会である。その当時、私はまだアンデスがどういった地域なのか、自分の目で見ることはなかった。アンデスと聞けばだれもが、高い山並みが続く山岳地帯を思い浮かべるだろうが、そこを直に知ることはなかったという意味である。日本への帰国が迫った二〇〇七年の三月、博物館で昔働いていた日本人の方が、リマの郊外で住み込みでサンダルを作っており、私もそこで自分のサンダルを作ることになった。職人の人が二、三時間で一足作るサンダルを、私は一週間かけて一足作った。

帰国後も、私は未だ見ぬアンデス、そしてそこで暮らす人々の情景を思いながら、そのサンダルを履き続けた。そうやって一〇年の歳月が流れた。話は変わるが、ふだん私は自主的に映画製作を行っている。自主的に、というのは、誰にも頼まれていない、仕事ではない、ということを意味する。それではなぜやっているのかと言われれば答えに窮するのだが、作りたいのだからしようがない。それゆえ、せっかく作るのだから、自分の好きなように作る、ということをモットーにしている。私は映画を作りたいと思える土地、そしてこんな私を受け入れてくれる土地で、実際にそこで暮らしながら映画作りをしたいと思ってきた。そんなわけで、二〇一六年に広島の三次（みよし）という町で映画『いさなとり』を撮り終えた私は、次の映画作りの舞台をアンデス地域にしようと決めた。足元にはもちろんオホタを履いていた。

そういったわけで、およそ一〇年ぶりに私はペルーの土地を踏むことになった。そうやってリマに到着し、次にアヤクーチョという、リマからバスで一四時間ほどの標高二七〇〇メートルに位置する町を訪れた。スペインの植民地だった中南米の他の町と同様、町の中心にはアルマス広場があり、そこにカテドラル、いわゆるカトリックの大聖堂がある。アヤクーチョには私が実の兄と姉のように慕っている日本人夫婦が暮らしており、合計一か月以上そこで過ごした。アヤクーチョと聞いて怪訝な顔をする人は、八〇年代以降のテロリズムの時代を経験してきた人だとすぐに分かる。センデロ・ルミノソ（輝ける道）という左翼テロ集団の中心的・精神的支柱であったアビマエル・グスマンはこのアヤクーチョのワを受けた教え子たちとセンデロ・ルミノソを生み出したのだった。そのためこのアヤクーチョという町は、フォルクローレ音楽が盛んで風光明媚なアンデスの小都市というよりは、テロリズムの震源地として人々の記憶に残り続けている。しかし、実際に訪れた二〇一六年のアヤクーチョの街並み、そして人々の朗らかさから、その凄惨な面影はうかがい知ることはなかった（あえてそういった影を見せないようにしている、という側面ももちろんあるのだろうが）。アヤクーチョに滞在して一週間が過ぎるころ、お世話になっていたご夫婦の友人の故郷を訪れる機会がやってきた。アヤクーチョの町から乗り合いバスで四時間ほどのアンデス山脈の中腹に位置するサルアと呼ばれる村だった。そこで、ホームステイのような形であるご夫婦の家に二泊三日滞在することができた。夫婦はトウモロコシ畑などを営む農家で、恐らくサルアの人々の大半はそのような農業を営んでいたと記憶している。五〇は過ぎているであろう夫婦の息子たちはみな町に出て働いているようで、夫婦二人で仲睦まじく暮らしているようだった。お母さんはケチュア語しか解さないため、片言のスペイン語しか話せない私とは基本ジェスチャーでやりとりをした。お父さんがトウモロコシ畑に連れて行ってくれたり、お母さんが散歩に連れ出し、トゥナというウチハサボテンの実を食べさせてくれたり、私はのんびりと過ごした。アンデスで映画を撮りたいと漠然とした考えだけ携えてやってきた私にとって、

[illegible]アヤクーチョという土地は私の中で少し特別な場所となった。もちろん彼らはみなオホタを履いて生活していた。アヤクーチョを後にし、アンダワイラス、アバンカイ、そしてクスコ、プーノへと旅を続けた。

それから国境を越えてボリビアのラパス、スクレ、オルーロと旅をし、最終的にオルーロからバスで三時間ほどのチパヤというコミュニティにたどり着いた。そこは、一九五〇年に「Vuelva Sebastiana」という短編映画が撮影された村だった。ボリビア初のトーキーだった。ラパスの本屋でたまたまその当時の資料をみつけ、行ってみようと思ったのだった。チパヤの人々はプキナ語（チチカカ湖に暮らすウルの人々の言語）を話す。しかしチチカカ湖からかなり内陸へ入ったチパヤで、しかも周辺の村々ではアイマラ語が話されているにもかかわらず、人口一〇〇〇人ちょっとのチパヤの人々だけがプキナ語を話していること、そして彼らがアンデスの中でもあまり見たことのない服装や住居形態を有していることなどから、私は一気にチパヤに惹かれた。村には商店はなく、土地は涸れ、地平線にリャマの群れとキヌアの畑がわずかばかり見えるだけの荒涼とした大地に吹きすさぶ風に吹かれ、ここで映画を撮ってみたいと私は強く思った。しかし、スペイン語でうまく意思疎通できなかったことと、あまりにも中央の行政から置き去りにされてきた彼らの経験から、村長との会話はかみ合わず、結局一週間滞在して後ろ髪をひかれる思いでチパヤを後にした。日本にいる太田さんに連絡して、ウカマウのホルヘ・サンヒネス監督の助力を得られないかと思ったが、監督は当時体調を崩していて、相談することは叶わなかった。私はまるで愛の告白に失敗したような気持ちで、傷心ペルーへと戻った。もう二〇一七年になろうとしていた。

いったんクスコの日本人宿、ペンション八幡に戻り、オーナーの八幡氏にふがいない経緯（愚痴）を聞いてもらい、次はせっかくなので行ったことのないアレキパに行こうと思う、と伝えた。するとアレキパにはサンドラの家という日本人限定の宿があるから、ぜひそこに行きなさいとお勧めいただいた。結果このクスコのペンション八幡とアレキパのサンドラの家には滞在中何度もお世話になることとなった。見慣れぬ土地でいつも暖かく迎えてくれる宿があるというのは本当に心強いことだった。アレキパに行くのなら訪れてみたい土地があった。プイカである。一〇年前に天野博物館で働いていたころ、大学で人類学を教えておられる稲村哲也先生という方と出会った。稲村先生はアレキパ県のプイカというコミュニティ周辺でフィールドワークされていて、その地に暮らす人々の興味深いお話をいつも聞かせてくれた。そして稲村先生が著した『リャマとアルパカ——アンデスの先住民社会と牧畜文化』（花伝社、一九九五年）という本を直々にいただき、帰国後それを読み、アンデスで牧畜を営む人々の暮らしを知ることになる。そんな土地が、手を伸ばせば届くところにあるということで、私はプイカへと赴いた。

アレキパからバスで一〇時間かけてコタワシという町に着き、そこから乗り合いバスを乗り継いで五時間ほど、標高三四〇〇メートルのアンデスの急峻な谷間にある村、プイカに着いた。コタワシの観光案内所でプイカで泊まれる宿を聞いていたので、そこに向かうと、そこは宿ではなく商店だった。事情を説明すると商店の亭主が、離れの二階の部屋に泊まらせてくれた。それから二日プイカで過ごした。村自体は歩いて二〇分もあれば端から端まで行けるくらいの大きさで、みな急峻な斜面にトウモロコシやソラマメ、ジャガイモの畑をもっていた。魅力的な土地だったが、私はあるものが一向に見当たらないことに気付いた。リャマやアルパカがいないのである。亭主にそのことを話すと、牧畜を営む人々はもっと標高の高いところに暮らしているとのことだった。それならばと、ぜひそこに行ってみたいと相談すると、亭主のお兄さんが牧畜を営んでいるというので、そこを訪ねることにした。プイカから歩いて九時間くらいの行程だという。朝の三時過ぎに出れば、お昼過ぎには着くだろうとのことで、次の日の朝三時、まだ宵闇の中、亭主が途中まで道案内してくれた。日が昇ってきた六時前ころ、小さな祠がある峠道で休憩し、そこで持っていたパンを二人で食べて、この先は一本道だから、と言って別れた。それから一人、細い山道を歩き続けた。途中放牧している牛を何頭か見かけたが、人っ子一人出会うことはなかった。標高差数百メートルの山をいくつも上って[illegible]ぬかるんだ道を進み、ついに日が落ちてしまった。全然一本道ではなかった(今でもはっきりと覚えているが、二回道に迷った)。時計を見ると夜の六時を過ぎていた。プイカを出て一六時間が経過していた。その間、誰とも出会っていない。このままでは凍え死んでしまう、と気ばかり急いても足は棒のようでまったく進まなかった。その時、遠くに明かりが見えた。私は最後の力をふり絞り、その明かりに向かって歩を進めた。家の玄関にたどり着き、助けを請うた。家の旦那は留守で、長男らしき青年が、納屋にアルパカの毛皮を敷いて簡易的な寝床を用意してくれた。私は、恐らく半泣きだったと思うが、とにかく生きて寝られることに感謝し、寝袋にもぐりこんだ。その家族は、夕食にトゥルーチャというマス科の川魚のフライと、茹でたジャガイモを分けてくれた。私は何度も何度もグラシアスと言った。

次の日、その家族に教えられて、プイカの商店の旦那のお兄さんの家にたどり着いた。そこは子供たちがみな独立した家で、夫婦二人で牧畜をして暮らしていた。その家で一泊させてもらい、私はプイカへ帰ろうと思っていた。牧畜をしている光景がみたい、など安易な気持ちで赴いて危うく死ぬところだったため、早く都会に帰りたくなっていた。しかしプイカへ帰るには、また同じ道を歩かなければならない。水や食料を調達するため、この辺りで唯一商店がある小学校へ向かうことにした。朝、夫婦に別れを告げ、小学校に八時前に着いた。しかし商店は閉まっており、水も食料も買うことはできなかった。仕方なく校庭の隅に座っていると、先生が出てきて声を

[illegible]た。私は事の次第を説明した。先生が、商店の亭主はいま違う町に行っているから今日は帰ってこないかもしれない、と教えてくれた。その上もう日がだいぶ昇ってしまったため、今からプイカへ向かうのは危険だ、今日は泊まっていけ、と進めてくれた。私は一日でも早く帰りたかったので、今日もまたここに泊まるのか、と内心落ち込んでいた。そこはオコルーロと呼ばれるコミュニティだった。広大な土地に五〇世帯ほどが牧畜をして暮らしていた。私が訪ねた小学校は、オコルーロで唯一の公共機関で、集会が開かれるのもここ、商店が唯一あるのもここだった。子供たちは全部で五〇人ほどで、学校から家までの距離に応じて、毎日通学する子、月曜から金曜まで学校に寝泊りし週末は家に帰る子、そして歩いて家まで七時間以上かかる子は毎日学校で寝泊りしていた。先生はアレキパの町から四人、出向で来ており、一か月のうち一週間は学校を閉めて家族のもとへ帰っていた。そのためずっと学校にいる子供たちもそのタイミングで家に帰れるのだった。こういった事情を先生から聞きながら初日を過ごした。子供たちは遠目に私を見るだけで一向に近づいてこない。学校を訪れる大人たちも私を訝しんでみな目も合わせてくれなかった。

次の日、朝起きると一面雪景色だった。先生が、雪道は危ないので溶けるまでもう二、三日泊まっていきなさい、と言った。私は再び落ち込んでいた。先生以外誰も近寄ってこない孤独を抱え、学校の隅で過ごした。四日目、週末も残っている子供たちと先生とで、近くの温泉に行くというので私も帯同した。一〇人弱の子供たちと先生四人と私とで、学校から三〇分ほど歩いた場所にある天然の温泉へ向かった。ぐつぐつと地面から湧き上がる湯が、石の水路をつたい二〇メートルほど離れたところにあるこれまた石を組んでできた小さめのプールへと入っていく。熱湯が水路をつたっていく間に温度が下がるというらまい仕掛けになっていた。私は冷え切った体を温泉で温め、気持ちにもゆとりが生まれているのを感じた。

一〇人ほどの子供たちも、少しずつ私のことを気にしなくなってきているようだった。その中でも特に、私に近づいてくる兄弟がいた。小学校四年生のダニと、二年生のローリーだった。私は二人にじゃんけんとあっちむいてほいを教えた。すると二人はすぐに周りの友達にそれを教え、学校であっちむいてほいブームが巻き起こった。もう雪は解けていたのに、気付くと私はさらに二日学校に滞在していた。六日目の朝五時、先生に見送られて私はプイカへと向かった。当初はあんなに帰りたいと思っていたにもかかわらず、この時にはもうここで映画を撮りたいと思うようになっていた。

私は一度日本に帰国し、お金を貯めて二〇一七年四月に再びオコルーロへと戻った。プイカからもう歩きたくなかった私は、前回の滞在時にオコルーロに一軒だけある商店の亭主の電話番号を控えておいた。その亭主が買い出しで町に出ているときにその町へ行けば、トラックに乗ってオコルーロまで行けることが分かったからだった。そうやってクスコ県のエスピナルという町まで出向き、その亭主と落ち合い、オコルーロへと向かうことになった。前回歓迎してくれた先生たちは四人とも転勤になり、学校には違う先生が来ていた。その先生たちも私と同じ日にそのトラックに乗って学校に戻るのだと教えてもらい、私は緊張しながら先生たちを待った。しかしいくら待っても先生たちはやってこなかった。どうやらエスピナルまでの間でストライキか何かあったらしく、バスがたどり着けなかったらしい。途中の町まで別ルートで行くので、そこでトラックに拾ってもらうことになり、夕方六時にトラックは出発した。

吹きっさらしのトラックの荷台で、ジャガイモの袋や伝統衣装を着た女性たちとともに揺られ、私はアンデスに帰ってきたのだと噛みしめていた。通過する町で一人、また一人と降りていき、荷台にはついに私一人になった。日が沈み、気温が急激に下がる。ありったけの服をまとい、寝袋にくるまり寝転がると、眼前には満点の星空が広がっていた。トラックが止まったので目を覚まし時計をみると深夜の二時をまわっていた。荷台の扉が開き、黒い影が乗り込んでくる。先生たちだと分かったが、私は簡単に挨拶だけして再び眠りに落ちた。次に目覚めたときは、もう日が昇っていた。トラックが止まり、荷台の扉が開いた。着いたぞ、と言われ、荷台から降りて伸びをする。そしてあたりを見回して、学校も何も視界には見えないことに気付いた。亭主に訪ねると、今は雨季の雨季で川が氾濫しているのでこれ以上学校には近づけないとのことだった。歩きたくないのでトラックを選んだのに、結局歩く羽目になってしまった。まだちゃんと自己紹介もしていないのに、気付くと先生たちはみな先に歩いて行ってしまっていた。リュックを背負い、私も歩き出した。一時間か、一時間半か、それくらい歩いたところで遠くに学校らしき建物が小さく見えた。学校から食料をとりに大人たちが何人かトラックへ向かっており、それらの人たちとすれ違いざまに挨拶をかわした。数か月ぶりの訪問だったが、感慨に浸る間もなく私は疲れ果てていた。みな私には無関心で歩き去っていったが、一人だけ心配して話しかけてくれる男性がいた。名前を聞いたらビセンテだ、と答えた。そこからまた一時間くらい歩いただろうか、学校が学校だと分かるくらいに近づいたころ、校庭から手を振っている子供が二人いることに気付いた。しかし久しぶりの高地で息絶え絶えの私は、足元をみながらゆっくり一歩一歩進むことしかできない。それでもその子供二人は私に向かってずっと手をふっていた。いよいよ学校まであと少しというところになって、その二人が駆け出した。ここが標高四七〇〇メートルだということを忘れるくらい全力疾走で、あっという間に私のところに到着した。一人が「フミト、久しぶり。僕のこと覚えてる?」と言った。私は、息切れぎれに、「覚えてるよ。ダニ。それに君がローリー」と答えた。二人は嬉しそうに笑って、リュックを支えて、そしてあっちむいてほいをした。この瞬間、私は、この子たちを撮りたいと願った。この土地で、ここで生きる

[illegible]ビセンテがダニとローリーの父親だと知ることになる。そうして、学校が休みの期間に私は彼らの家に一緒に行くようになり、そうやって三か月ほど経ったころ、彼らを撮らせてほしいと伝えたのだった。

おそらく、ダニとローリーがいなければ私はオコルーロで映画製作をできていなかったのではないだろうか。それくらい彼らは私にたくさんのものをくれた。また、彼らの暮らしからも私はたくさんのことを学ばせてもらった。恒常的な電気はなく、水道もない。水が必要なら川に汲みにいかなければならない。ガスもないので、火をおこさなくてはならない。火をおこすために、低木をとってきたり、家畜の糞を乾燥させて貯めておかなければならないこと。リャマとアルパカは食べる植生が異なるため、放牧するときは分けなければならないこと。限られた放牧地では飼料がなくなるため、数か月ごとに家をローテーションでまわらなければならない。そのため彼らは少なくとも二つ以上の家を放牧地の中に持っていること。オコルーロの標高の高さゆえ、作物を栽培することができないため、主食であるジャガイモやトウモロコシを得るためにリャマのキャラバンを組んで農村まで旅をし、収穫物をリャマに運ばせたり、アルパカの毛や肉と物々交換して一年間に必要な野菜類を得なければならないこと。そうやって、現金を使わずとも最低限の暮らしができるにもかかわらず、資本主義経済や近代化の波に確実に飲み込まれていること。そうした資本主義の物差しでみると彼らの暮らしはあまりにも貧しく映ってしまうため、自分たちを卑下する眼差しを持っていること。ひいてはそれが現代ペルーの先住民問題とも直結していること。

しかし、私が彼らと二年近くともに暮らして感じたことは、そういった事柄以上に彼らの暮らしは多様で、そして豊かだということだった。私たちは、先住民と聞くと無意識に「持たざる者」、「虐げられている者」という印象を持ってしまっていないだろうか。確かに、あるコンテクストにおいては彼らはそういった側面をもっているし、そのせいで生活が困難になっている面も大いにあるだろう。では彼らは果たして憐みの対象になるのだろうか。私は、彼らに助けられ、彼らのおかげで生き延びることができた。そんな私は、彼らのことを哀れだとか

藤川史人監督の映画『Supa Layme（スーパ・ライメ）』（2019年、103分、ケチュア語・スペイン語）から。現在、公開方法を模索中。

可哀そうといった視点から見たことは一度もないのだった。実際、オコルーロに滞在中はケチュア語を解さない私は皆から嘲笑の的になっており、そのために不快な思いや苛立ちを感じたことが何度もある。しかしそれも彼らが心を開いてくれたからなのだと今になって思う。つまり、彼らを一体どの位置から、どのような態度で、どのような権利をもって見るかによって、その対象そのものの意味は大きく変わっていくことになる。

アンデスで、オホタを履いて生きる人々とともに暮らしながら、私はそのようなことを教えてもらっていた。日本での暮らしから見ればアンデスでの彼らの暮らしは足りないものだらけに見えるかもしれない。しかし彼らにとってみれば日本の暮らしは足りないもの、ないものだらけに見えることだろう。どちらが良いとか悪いとか、そういった話ではない。しかし私には、日本での目まぐるしい暮らしと同様、いやそれ以上にアンデス高地での暮らしが愛おしいのだ。そして今は、再びアンデスに帰り彼らと新たな映画を作れる日々が来ることを祈っているのだった。

アンデス山脈は地球上で一番長い山脈だ。その地理・気候は多岐にわたり、そこで暮らしてきた人々の生活もまた多様だ。私がここで書いたことは、その茫洋とした中のほんの一地点にすぎない。それでも、私のこの拙い文章で少しでもアンデスに興味をもってもらうことができたならこれ以上嬉しいことはない。

[illegible]『[illegible]』（ス[illegible]パ・ライメ）

として完成した。リャマとアルパカを百頭ほど飼っている牧童一家の日常を記録したものだ。

最後に、リマでいつも暖かく迎えてくれたカオリさん・マイコブ夫妻、アヤクーチョのキョウコさん・ダイさん夫妻、そして天野博物館と阪根博氏に感謝の意を表します。彼らがいなければアンデスで映画を作ることも、今こうしてこの文章を書いていることもなかったことでしょう。そして、今回このような機会を与えてくださった太田昌国さんにも感謝いたします。書き記しながら、すっかり忘れてしまっていたことを思い出し、自分の中でもアンデスでの体験が幾分か整理できたような気がしております。本当にありがとうございました。

＊＊＊

小社はペルーについても幾冊もの書物を刊行してきた。本書の「緒言」を書いているデグレゴリほか著の『センデロ・ルミノソ――ペルーの〈輝ける道〉』もかつて刊行した（一九九三年）。同じテーマをめぐって、さらに深く掘り下げる本を刊行できて、感慨深い。ところで、ここに寄稿してもらった藤川さんの文章を読んだ、もう一人の編集担当者は「アッ！」と思った。彼は二〇〇六年にペルーを訪れ、天野博物館で日本語ガイドの案内を受けていたからだ。藤川さんに違いない。藤川さんが書いている、ひととの出会い方もおもしろいが、ひととひととの繋がり方は意外性に満ちていて、楽しい。（M・O）

ならなかった。彼女たちはキリストの血のもとに生まれた自分たちの兄弟、家族だからである。オコパの修練期の修道院にいた時には、八月のサンタ・ロサ・デ・オコパの祭りにたくさんの人が訪れた。修練生である私たちは、修道服を身にまとい、修道院を訪ねてくる人々の案内役として働いた。訪問客にとっては私たちはまるで天使のような存在だった。神父が命じた任務に従って、礼拝堂や壁面の絵画、画廊、美術館、図書館、活版印刷術発明期の本などを紹介し、また訪問客が鐘を鳴らす時の手伝いなどをした。最も厄介だったのが、訪問客の質問に答えることだった。「尼僧のところへ抜けるトンネルはどこにあるんだい」とか、「女性を我慢するのはどうしてるの」といった質問である。これらには答えがないからである。

フアン・ランダスリ・リケッツ哲学研究所では、教授たちと司祭の結婚について討論した。司祭は一人で教区で生活するわけだから、結婚も構わないのではないか。* 妻を持たない理由は、キリストが結婚しなかったからというものであった。司祭は祭司職に就くために勉強をし、六、七年の学習で叙階されると、教区を任命され、そこに住みながら、葬式や婚姻、洗礼、死後の祭事などを遂行し集金するのである。反対に、宗教活動をする私たちは共同体の中で生活し、妻を持たず、さらに軍隊やSLと同じように、修道院を転々としなければならなかった。

縄のもう一つの結び目があらわすのは従順であった。この誓願は非常に重要で、軍にいた時と同じように、陰口をせず、嘆きもせずに命令に従わなければならなかった。最後の結び目は清貧を現していた。見た目の貧しさではなく、違う視点からこれを理解する必要があった。すなわち、これは同胞たちと分け合うことを意味するのだった。

私たちは車を所有しており、情報技術も遅れてはいなかった。調理人もおり、バラン

司祭の結婚　ルルヒオたちは、共同体の中ですべての人類を兄弟と認識して生活しなければならない修道士と違って、司祭は担当する教区で一人で住むことが許される存在であるため、それなら結婚することもできるのではないか、と当時話し合っていた。

スの取れた食事を取ることができた。ワインを飲み、時にはビールも飲んだ。私たちの服を洗濯する人もおり、教育を受ける施設は私立で、高額の授業料を払っていた。国内旅行も経験し、学生の中には外国に行く者もいた。

フランシスコ会では、素晴らしい宗教家たちに出会った。謙虚で、最も貧しい者たちのために無条件でその身を捧げる人たちである。例えばプエルト・オコパに住む司祭がそれであった。こういった人たちのおかげで、寛容と連帯の大切さを学ぶことができた。ミサの説教に背く者もいれば、調理人の頭を殴る者も居たし、女性に恋をしたり、されたりする司祭もいた。さまざまな人に出会ってきた。すなわち、神は善も悪も表している、ということだ。

例えば、酒好きの司祭もいた。彼はとにかく酒を飲むのが好きだった。いつも日誌に目を通し、結婚式の予定があれば必ずその式に出席した。リマ市の街中で車に轢かれて亡くなったが、その後彼の部屋からはカルタビオというラム酒の瓶がたくさん見つかった。

別の司祭は健忘症を患っていた。何もかもを忘れてしまうのだった。食べたことを忘れて、ずっと食べていたのを覚えている。

フアン・ランダスリ枢機卿は、リマの大司教になる前はペルーのサン・フランシスコ・ソラノ管区司教だった。毎年、彼の誕生日である一二月一九日には跣足修道院を訪れ、われわれは彼を祝福した。その日の調理人は、リンゴのピューレと七面鳥のオーブン焼きといったとても豪華な料理を作った。食堂で食事を終えると、枢機卿は皆とそれぞれ言葉を交わした。私が一九九七年の修練期に入る前、一月一六日、彼は棺桶に入れられ修道院に運び込まれた。そこで通夜を行った。司祭たちは別れの賛歌を奏でた。

人生の日が暮れるときにこそ
それまでの愛が試される
喉の乾きを訴えた者に、コップ一杯の水を分けてきただろうか

皆、彼の死を嘆き、泣いた。こうやって神父たちも亡くなっていったが、その後新しい神父もやってきた。「私たちは死んでいきますが、今度はあなたたちが福音を届ける任務を担うのです」とよく言われた。都市学を教えてくれた神父は、管区修道院長だったが、ある朝、ミサの最中に息を引き取った。すでに死体となった彼のもとへ私たちは一斉に駆け寄った。

オコパでの修練期

マンタロの峡谷の上に、青く澄み通った空が輝いていた。私たちはハウハの峡谷を下っているところだった。私たちの目には、一面真っ青にひろがる野原が映っていた。木々の葉の間から、マンタロの夏の川が見えたが、オロヤにある鉱山のせいで汚染が激

しかった。川はかすかに嘆くような音を立てていた。オコパの村はまだ見えてこなかったが、リマの暑さが薄れてからはもうだいぶたっていた。窓から流れ込む風が私たちのこめかみも冷やしてくれていた。トウモロコシやアーティチョーク、エンドウマメが植えられた畑は、三月の午後の緩やかな風の中で揺れていた。

私たちが乗ったバスは、まるで訪問客を迎え入れるかのように茂る松やユーカリの木に囲まれた道を進んでいった。私たちの新しい家、サンタ・ロサ・デ・オコパ修道院を一目見ようと、皆窓から顔を出していた。

一年間、この素晴らしい修道院で過ごした。ここでは、その沈黙と歓待から多くのことを学んだ。そして、一九九八年三月一六日にはフランシスコ会の誓願宣言を立てた。

フランシスコ会の歴史学者によると、フランシスコ・デ・サン・ホセ神父が一七二五年にサンタ・ロサ・デ・オコパ修道院を設立し、これが一七五八年には布教聖大学のカテゴリーに昇級した。その時から、ハウハ一帯はフランシスコ派とドミニコ派の宣教師たちによって布教活動が行われ、たくさんの修道院が設立された。フリアン・エラス神父の説明によると、オコパ修道院はシモン・ボリバルの政令によって一八二四年に閉鎖され、教区も消滅し、宣教師たちもそのほとんどが路頭に迷った。一八三六年に復興を果たし、これを皮切りにペルーの多くの修道院も再開することができた。これがラウル・ポラス・バレネチェアをして「オコパ、ペルーのあるべき姿と福音の光を永遠に照らし続ける源」と言わしめる理由である。[8]

現在の修道院は、四つのコロニアル建築の宿舎から成っている。長屋のような宿舎の横に、最初の家があり、これは、設立者が建てた時のまま、手つかずの状態で残されており、オブレリアの名前で知られていた。修道院には、広い回廊を支える太い柱が建て

8 ラウル・ポラス・バレネチェアは一八九七年三月二三日にペルーのピスコに生まれ、一九六〇年九月二七日リマで亡くなった。歴史学者、弁護士、エッセイスト、外交官および政治家。

られていた。一九五五年に国家遺産に指定された。

図書館には約二万冊の蔵書があることでも有名である。アントニオ・ゴイゴエチェア神父は私たちに、すべての蔵書は歴史的にも文献として非常に価値のあるもので、ラテン語とスペイン語で一六、一七、一八世紀に書かれたものであると説明した。宗教や神学についてだけでなく、歴史や地理、哲学、自然学、薬学、文学、そして言語学についての本もあった。活版印刷術発明期のもので、価値がつけられないほどの本もいくつかあった。この図書館はペルーの各地からやってくる研究者や学生が閲覧できる状態にあり、すべての蔵書は実質、フリアン・エラス神父によって分類、管理されていた。

修練期への入会儀式

一九九七年三月一六日、私たちは正式に修練期を開始した。教会で、多くのキリスト教徒たちが歌とともに迎え入れてくれた。「神よ、喜びとともにやってくる。喜びとともに歌いながらやってくる……」。神父への挨拶を終えた後、悔い改めの儀式の前に、入会儀式を行った。

私たちの名前が呼ばれると、力強い声で「はい！」と返事をした。前へ出て、司祭の手前に列をつくった。教区司祭は儀式を進め、私たちに「親愛なる修道士たちよ、私たちの同胞愛に何を求めるのだ?」と質問した。私たちは声をそろえて、紙に書いてある言葉を読み上げた。

神の慈悲に後押しされ、あなたの宗教人生をたどるためにこの同胞の一員となります。十字にかけられたキリストに従う道を、清貧、従順、貞潔の道を、われわれに照らしてください。そして、祈りを欠かさずに行うこと、絶え間ない改心における悔悛や、教会とすべての人類のために尽くし、あなた方すべてと一つの心、一つの精神を共有することを私たちに教えてください。キリストの福音が示す私たちの任務を常に指導ください。キリスト教徒としての人生の規範を学び、われわれの父である聖フランシスコが残した友愛の規則に従います。

教区司祭は私たちにこう返した。「慈悲にあふれる神よ、その大きな愛で彼らをお助けください。イエス・キリストが彼らを照らし、共に歩み、強さを与えるでしょう」。教会にいたものすべてが「アーメン」と唱えた。その後、ミサが進んでいく間に、修練期生の一人ひとりに聖書と記章、フランシスコ会のタウのシンボルが渡された。私たちは祝別されたのだ。翌日からは、聖フランシスコ修道会の様式に沿って、正式に宗教育成が始まるのだった。

次の日、礼拝堂での聖体の祝福から一日が始まった。その後、当番によって変わったが、葬式や誕生日に行われるミサのために、教会でリードオルガンを弾いた。毎朝、八時に授業が始まった。フランシスコ修道会の歴史やカテキズム、聖書、ラテン語、音楽、そして典礼学があった。正午には、祈祷があった。その後すぐに昼食だったが、その間、修練期生のうち一名が同派の精神論の本を読み上げ、それを聞かなければならなかった。午後には、昼寝の後、授業が続いた。六時には、晩課の祈祷があり、そして夕食を取った。夜には、リクリエーションの時間があり、遊ぶことができた。一日の終わりには礼拝堂で祈祷をした。これが修練期生の普通の一日だった。

修練期生は、一年を通して、毎月、生活の振り返りを行わなければならなかった。PCPの時にしていたものとよく似ていたが、違いは、キリストのように七回だけではなく、七回を七〇回分、すなわちいつも罪を許すことにあった。ここでは罪を許すことは毎日の出来事だった。PCPでは、罪を許すことは脅威であり、死刑に相当した。

宗教的鍛錬での学習進歩を確認するために、ダンテ指導司祭が私たちに渡してくれた内部規則に従って、定期的な評価が行われていた。修練期生に当たる修道士の適性を評価する基準は以下の通りだった。祈りの精神と信仰心、祈りと瞑想の際の態度、創造性と参加頻度、仕事のための祈祷、友愛、すなわち仲間の修道士を神からの贈り物だと理解すること、人への奉仕、老人や病人への尊敬と施し、調和の中で生活を送る能力、勉学、真剣さ、従順と調和、勉学と思慮深い対話、社交性（人への注意深さ）、許しと人に対する寛容性、快活さ、礼儀正しさ、人を信じる心、そして最後に、仕事、コミュニケーション、人と協力して仕事をすること、さらに訪問客に対する態度などが評価された。

当番になった係の者は、生活の振り返りに関して話し合った発言の詳細を書き留め、その後、指導司祭に提出した。生活の振り返りが行われる時は、その大半で私たちは討論を行った。

私たちが受けた授業は、フランシスコ会の精神学、聖書の分析、ラテン語、フランシスコ修道会の歴史、布教の歴史と音楽だった。学校は月曜から木曜日まで、金曜日はさまざまな農村の学校に行って子どもたちにカテキズムを行い、初聖体拝領に向けての準備を行った。[9] 自己批判の作業も行い、同胞たちの雑誌に向けて、論文を書いたりもした。

9 カトリック教会の秘跡（七つの儀式）：洗礼、堅信、赦免、聖体、婚姻、叙階そして病人の聖別。

修練期の布教活動

毎週金曜日はサンタ・ロサ・デ・オコパの山中にある学校を巡って、子どもたちにカテキズムを行っていた。フランシスコ修道会の修道服と腰に縄を巻き付け、マタワシを通り抜けて出かけていった。その道のりにはユーカリやヤナギの木々が、急斜面に這うようにたくさん生えていた。三〇分ほど歩くと、ヘルサレンの山の禿げた頭のような山頂に到着した。そこは休憩の場所であり、立ち止まって澄んだ空気を吸い込んだ。そこからは、昇ったばかりの太陽の光が反射して輝くマンタロの谷が一望できた。ヘルサレンの山を下りたところで、私たちはバラバラになって、それぞれが別の道を進んだ。私はドス・デ・マヨ学校に朝の八時に到着し、何度かキリスト教徒の生活の基本的な規則を教え、また別の機会には、ケチュア語の賛美歌を教えた。その歌はこんなふうだった。

イエス様
私を人間にしてくださった神よ
その腕を私に対して広げてくださり
我が子よ、私のところへおいでと言ってくださる
われわれに向けるあなたの愛はどれほど広いのだろう
私の父よ、われわれが犯した罪のために
あなたは十字架にその身をささげた

カテキズムをして、合唱し祈りを捧げた後は、昼食を取るために修道院へ戻った。私たちを見ると、農民たちは必ず、祝別をするように頼んできたので、私たちは十字を切って祝別を施した。時には、修道誓願の腰縄に接吻をする者もいた。

日曜の外出

一週間の勉学と祈祷を終え、私たちの自由時間であった日曜日には街へ外出することができた。リマでは、修道院からミラ・フローレスまで歩いていったり、新興地区[10]のい

10 農村地域から移民としてやってきた者たちから成る近郊地区。

くつかを訪れたりもした。これらの外出はいつもグループで行い、一人でということは絶対になかった。一人で出かけるのは、見習い修道士期間[11]に入ってからだけだった。修練期には街に出かけるというよりも、山や渓谷などによく出かけた。スニーカーを履いて軽装で出かけ、山の高地のほうまで上って鹿を見つけたり、渓谷では黄色に実った〈野生の実《タンボス》〉を見つけて、木に登って採ったりした。別の日曜には、縄を括り付けて谷の下のほうまで下った。そこを降りていくのは非常に危険なことだった。ある日曜日には、私たちは途中で計画を変えて、山ではなく街にほど近い川に向かった。そこでマスを釣って遊んだ。修練期があと少しで終わるというころ、ルミ高地とサティポに続く幹線道路近くの湖まで出かけた。ここは、アンドレス・A・カセレス[12]がチリ軍を待ち伏せした場所である。私たちの同期生であるパディがまず服を全部脱いで〈裸になると《カラルンティ》〉、冷たい湖の中に飛び込んだ。辺りにいた人たちはわれわれのほうをじろじろと見てきたので、「パンツをはけよ」と注意した。

修練期での個室の時間

自室で、静寂の中に身を置いていると、長く続いた一時期の記憶を振り返ることがで

11　見習い修道士期間は修練期の後に続くもので、五、六年続く。その期間では、哲学と神学を学ぶ。

12　アンドレス・アベリノ・カセレスは、歴史学者によると、一八三三年一一月一〇日アヤクーチョ市に生まれ、一九二三年アンコンで亡くなった。軍人として、太平洋戦争（硝石戦争）中の一八七九年に、タラパカ県を防衛するために派遣された。チリ軍がペルー国内に侵略した際には、カセレスはペルー内陸部まで後退し、侵略に対抗するために山脈地帯の住民たちを組織した。戦争後、ペルー大統領に就任した。

き、数えきれないほどの考えや思いが私の記憶の中で行き交いしていた。私が持つこの記憶を誰に語ることもできず、自分の中に隠し持っていた。リマの教皇庁立神学・民事大学の高等学校に通っていた時に、哲学科の女教授から「なぜ自伝を書かないの、とても興味深いわ」と言われたことを思い出していた。[13] こうして、一冊のノートに自分の記憶を書き始めた。過ぎていく一日一日が、私にたくさんのことを教えてくれていたことがわかったが、それらのほとんどが、私にはたくさんの疑問を残すものだった。いつまでも忘れられない記憶がある。例えば、幼い少年だったころのこと、党の同志またはカビートだった時のこと、そして、まるで母親の優しさのように、軍隊が私を助け、そしてその後フランシスコ修道会が私を迎え入れてくれたことなど。私の人生は私に生きる希望を与えてくれ、いくつかの思い出を記す機会も与えてくれた。肩に散弾銃を抱え歩き、赤旗をもって行進もし、そして修道院では、フランシスコ修道会の服を身にまとい、聖書に思いを馳せ、ノートに書き記した。機会があれば、ギターを手にして、修練期の同期生だったマリオ・メンドサのところへ行った。彼はギターと歌を教えてくれた。彼が作った歌にはこんなものがあった。

神よ、あなたにお願いします　この盲目に触れてください
私は、あなたのすべてのすばらしさを見たいひとりの人間です
あなたの光があれば、それは簡単なことでしょう
あなたの光があれば、私は見ることができるでしょう

六時課の祈祷のために礼拝堂に行かなければならないことを告げる鐘が鳴った。[14] その

13　リマの教皇庁立神学・民事大学の教授が、職業訓練の授業の一環として、それぞれの半生記を発表する課題を出した。生徒は一人ひとり、それまでの人生について発表した。

14　聖務日課は次のように分かれていた。賛歌（朝の祈り）、六時課（昼食前の祈り）、九時課（昼食後の祈り）、晩課（夕方の祈り）そして終課（寝る前の祈り）。賛歌と晩課は三〇分ほど続き、それ以外は一〇分から一五分ほどの儀式だった。聖務日課では、サルモ（聖書の詩編）で祈り、聖書の短い一節を読み、主の祈りを歌い祈った。これらすべては修道院の礼拝堂で行われた。

後、昼食を取ることになっていた。

食事を取る間、昼食と夕食の最中に、本を音読することが日課だった。テーマはフランシスコ修道士としての精神であり、聖フランシスコのフロレシージャスなどを読んだ。音読する前に、一通り目を通して、音読の練習をしなければならなかった。属管区長の司祭は、発音の間違いをただすために、音読を一旦止めることができた。私の読み方は一体どのくらい直されただろうか。何度も直された。ほとんど毎回のことだった。公にされる注意を謙虚に受け止めることは本当に難しいことであった。そのほかの修道士たちが食事を終えた時に、音読係はようやく食事を取ることができた。

修練期での神父への告解

修練期の学習では、告解の秘跡がとても重要であることが強調された。イエス・キリストは、初代教皇であるペトロに対し力を与え、「何でもあなたが地上でつなぐなら、それは天においてもつながれており、あなたが地上で解くなら、それは天でも解かれています」と告げたからである。告解は秘密に行われた。告解の内容を知れ渡すような神父は、教会の規則に従って非常に重い罰が課されることになっていた。そのため、神父は、告解室の外に出たとたんに、その中で聞いたことはすべて忘れていた。もしくは忘れるようにしていた。

修練期の間、毎月、私たちはミサや聖務日課を行う礼拝堂で、司祭神父に告解を行った。われわれの後悔の念があらわになった顔をまっすぐに見つめる神父の前にひざまずいて、彼の返答を待った。犯した過ちや不純な行為、または、指導司祭が言ったように「あらゆる淫乱な考え」、すなわち抱いた不健全な感情などもすべて告白しなければならなかった。神父は私に罰として、主の祈りを二〇回、そして天使祝詞を何度も行うように命じた。あらゆる過ちを告白することはとても恥ずかしいことだったが、嘘をつかずに告白することで、とてもいい気分で告解室から出ることができた。嘘をついてしまうと、不安が常に付きまとい、少しずつ何度も嘘を重ねるようになってしまうのだった。

セルバでの布教活動　サティポへの布教の旅[15]

一九九七年一一月二七日の午後五時ごろ、オコパの四人の修練期生、パディ修道士、マリオ修道士、ミゲル修道士そしてルルヒオ修道士は、われわれの頼れるロケ修道士に付き添われ、そして導かれ、サティポの布教活動のために旅に出た。一台の車両で出発

15　この布教活動の体験は、フランシスコ会の雑誌掲載のために執筆したものである。アントニオ・ゴイコエチェア神父、ダンテ・ビジャヌエバ神父の修正によって、発表することができた。

し、オコパの聖地から離れていった。辺りはすぐに暗くなり始め、マンタロ渓谷を柔らかい影が包み込んだ。暗闇の中で、カルロス・ラフエンテ修道司祭がヘルサレンの山に建てた十字が光っているのを眺めていた。

ハウハを通り抜けると、今度は山を登り始めた。周りの自然の景色も変わり始め、寒くなってきた。私たちはロモ・ラルゴにいた。タルマに到着する前に、山を下り始めた。すると、今度は山の暑さを感じるようになった。私たち旅人は増していく暑さに耐えきれずコートを脱いだ。サティポに着くと、軽装になった。プエルト・オコパは、まだ暑かったが、フランシスコ修道士たちはどれほど暑くてもその修道服を脱ぐことはできなかった。

夜中の三時になったばかりの時に、サティポの村に到着した。九時間の旅だった。公園のベンチで横になっていたが、時がたつのがとても遅かったのを覚えている。それでも、ようやく朝がやってきて、柔らかい陽が差し込み、森の鳥たちも木々の枝の間を飛び交う時間になった。私たちは、眠気でまどろんだ目をしながら、あちこち上も下も見て回った。その後、サティポの布教の家で、ちょうど訪れていたアタラヤの修道士たちの素晴らしい話を聞きながら、ありがたい朝食をいただいた。

フランシスコ修道会のさまざまな布教の家

ピチャナキでの布教活動

朝食をとった後、サティポの村に太陽の輝かしい光が広がる朝八時ごろ、商人や旅人、オートバイタクシーが集まって街が騒がしくなりはじめ、私たちはピチャナキ方面へ向かうコンビ(バス)の停留所へ向かった。数時間コンビで移動すると、ピチャナキの布教の家に到着した。フェリペ修道司祭が私たちを迎え入れ、友愛の挨拶を交わしたのち、家の中に招待してくれた。

「果たした任務によってその人間の価値がきまる」とフランシスコ修道会の祈りでも言われる。フェリペ修道士は、その慈悲の心と勤勉を通して、改宗活動において非常に重要な役割を果たしていた。

さまざまな部屋に案内してくれた。司教のサロン、カテキズムの部屋、畑、そして最後に、再建途中の教会も視察した。

教会の壁に撃ち込まれた銃弾の跡を私たちに見せながら、「テロリズムが最も盛んだった時期、私たちはとても困難な時を過ごしていました」と神父が語った。大量の銃弾が、祭壇や侍者の椅子を通り抜けて、教会内の祭壇付近の聖域のすぐ横まで打ち込まれたという。参列者と神父は、ミサの儀式の真っ最中に起こった出来事にただ驚くだけだった。

しかし、それでも、横行する暴力の中で人生と平和を説いてきた伝道師を屈服させることはできず、今では、少しずつ教会も再建に向かっていた。

街のさまざまな場所を訪れた後、五時ごろに帰路に就いた。

プエルト・オコパでの布教活動

同じ一一月の二九日、私たちはプエルト・オコパの布教の家に向かって、コンビで出かけた。[16] 長い間、車は赤く黄色がかった、舗装されていない道を走っていった。パイナップルやパパイヤ、オレンジなどが栽培された畑が見えた。幹線道路の横には川が流れていた。

プエルト・オコパの布教の家に到着すると、テオドリコ・カスティージョ修道司祭に加え、寄宿生としてそこにいるアシャニンカの子ら[17]や、孤児の世話をし教育するための宗教団体「穢れのない友愛結社コンセプシオン」のフランシスコ修道会の修道女たちが出迎えてくれた。

そこは、二つの川が合流するところでその景色は素晴らしいものだった。一つは、トゥクトゥカ湖の高地から、モンセニョール・フライ・フランシスコ・イラソラ幹線道路がくねくねと曲がりながら通っているところを下って流れるパンパ・エルモサーサティポ川で、これが、プエルト・オコパに着く前に、もう一つのマサマリ川と合流して、パンゴア川となる。この川の水は石の間を勢いよく流れていき、ペレネ川と合流すると、その後さらにエネ川とも合流して、タンボ川を構成する。この川は、オコパの殉教者たちを思い起こさせた。[18]

16 プルエト・オコパの布教の家は、一九一八年、マリアノ・ウリアルテ修道伝道師によって設立され、改宗の中心的な施設として利用された後、孤児を預かる施設となった。

17 戦争によって孤児となった、中央セルバの先住民族の子どもたちのこと。

18 ホセ・アミチ司祭やフリアン・エラスといったフランシスコ会の歴史学者によると、植民地時代、最初にこの地にやってきた宣教師たちは、先住民によって殺されたという。

プエルト・オコパの家は、アボガドや、マンゴー、レモン、ゴレンシ、ココナッツなどの果実の木々に囲まれ、庭の畑では動物たちも飼われていた。

テオドリコ司祭は、プエルト・オコパに一九五七年からアントニオ・ロハス修道士に代わって仕えており、その日から、ずっとこの村の修道士の一人として暮らしている。まるで「私はユダヤ人によってユダヤ人となった」（Ⅰコリント9：20）とパウロ使徒が言ったように。この年老いた修道士は、鉛色の修道服を身にまとい、藁の帽子をかぶり、ゴムの草履をはいていた。誰かが何かを尋ねると、しばらくの間沈黙してから、質問に対して非常に簡素に答えていた。午後には、聖務日課の祈りを行いながら、短い歩幅であちこち歩いていた。彼の祈りの声はまるで自然と一体化しているようにも聞こえ、単調な賛美歌をつくり上げていた。

確かに、この修道士を見ていると、さまざまな考えが頭の中を巡り、そして感嘆せずにはいられない。一体人類は布教活動というものを理解しているのだろうか。おそらく最も未開の自然のように、人類は最終的に無感覚で無関心になるのかもしれない。もしくはその正反対になるかもしれない。「落ち込まない時はない」といった。「しかし重要なのは再び活気を取り戻すこと、そして前を向くことだ」。この修道士の過激ともいえる、無条件にそのミッションを受け入れる姿勢は、その言葉よりも多くを語っていた。

司祭が食卓を祝別したのはもう夜の七時ごろのことだった。食卓を囲み、子どもたちが庭で跳ねたり、走ったり、歌を歌ったりしている間に、皆楽しそうに会話をしていた。

そのすぐ後、私たちは寝室で準備をした。天井からは暑さを感じていたが、川の音がやさしく聞こえてきて、すぐに眠りにつくことができた。

翌日、キリスト教の典礼学における待降節[19]の最初の日曜日だったが、いつもの朝と同

19　典礼暦は、次のように分けられている。待降節の時間、降誕祭、四旬節、復活祭、通常期間。待降節は降誕祭の前に行われ、四つの日曜日から成る期間を指す。信仰を改めるための時間である。司祭は、紫色の上祭服（マント）を着る。降誕祭の時間は、キリストの誕生を喜び、司祭は白色を身に着ける。

じように、青く茂った森からたくさんの鳥たちの鳴き声が聞こえてきて、一日が始まった。遠くでまるで合唱団が歌っているかのようだった。朝の太陽は木々に生命を与え、その間、霧が辺り一面に薄く広がり、緑に茂った草木に結晶のような露の粒を残していった。アシャニンカの寄宿生が歌う賛歌と共に、日曜のミサを行った。彼らは、暴力によって両親を亡くした孤児たちで、ここの修道司祭によって助けられた子どもたちである。月曜の午後には、最後の記念として川へ泳ぎにいった。パンゴア川を渡るために、向こう岸との距離を測りながら川岸を歩いた。川へ思い切り飛び込んで泳いだ。冷たい水が気持ちよかったが、渦巻きや波をよけて進むためにはある程度冷静さが必要だったため、目は大きく開けていなければならなかった。すぐに向こう岸に着くことができた。

火曜の朝には、プエルト・オコパの家族に別れを告げて、コンビに乗ってサティポに戻った。すぐに、道や山々は思い出に変わっていった。車が走っているうちに、すべてのその経験がもう過去のものとなっていった。

マサマリの布教の家

布教の家のチャイムを何度も鳴らしたが、ホアキン修道司祭の布教活動の大変さを思いやれば、彼が不在であったのも理解できた。修道士たちは、神父がとても上手に料理をすると教えてくれた。あまり長く待つこともせず、マサマリ公園の一角に建てられた教会を見学して満足した。通行人は十字を切り、教会に感嘆し、そして崇拝していた。

三〇分ほど時間をつぶしてから、サン・マルティン・デ・パンゴアへ向かった。そこでは、時間の経過と暴力によって崩壊寸前となっていたフランシスコ派の教会が再建されていた。おそらく、一九九八年の初めには、たくさんの信者が集まる場所へと変貌したことだろう。神がその信者たちに向けて使いを送るのを待つだけだった。

サティポの布教の家

マリオ・ブラウン修道司祭のサティポでの布教は困難に満ちていて、尊敬に値するものだった。毎月、四〇以上の農村に出向き、そこでミサ、洗礼、カテキズムを行っていた。彼は本当の意味でこれらの農村の「修道士」、すなわち仲間になっていた。その道中では、パウロ使徒のように「福音を告げ知らせないなら、私は何と不幸だろう」（Iコリント9：16）、そして「福音のためなら、どんなことでもします」（Ⅰコリント9：23）と言っていたに違いない。

毎朝早い時間に、肩にリュックを下げてカテキズムを担当するネメシオ氏を伴って農村に向かう。ネメシオ氏とアンドレス氏のその才能をどのように見出したのか、私は驚くばかりだが、きっとこの二人は修道士に出会った時、彼にこんなふうに質問したに違いない。「そんなに楽しそうにどこへ行くのですか、なぜ歌い続けているのですか、その魂にはどんな思いが宿っているのですか、あなたの理想を共有できたなら」（フランシスコ修道会の歌）。

二度にわたって布教活動を経験させてもらった。サンタ・ビビアナに向かって出発した時は、車はサンタ・ロシータまでしか入れず、そこで私たちは降りた。そこから、サティポ川に沿って坂道を登っていった。雨が降っていたため私たちはずぶ濡れになり、辺り一帯に広がっていた霧で、周りのセルバの景色も見ることはできなかった。

サンタ・ビビアナでは、四人の子どもの初聖体拝領を行って、その四人の中にはアシャニンカの子やシエラの村からこの地域に移住してきた子もいた。聖体拝領のミサには、成人男女、子どもが参加し、皆一心に活気の良い歌を歌っていた。ミサの説教では、司祭は参加者それぞれの信仰心を盛り上げ再び確固たるものにするだけでなく、こうも説いた。「祭りを行うのはいいことです。それはあなた方が互いにより良く知り合うための機会にもなるからです。こうして同じ信仰を共有して、団結して生活していくのです。仕事の時も、災難の時も、そして喜びの時も。私たち一人ひとりが持つ信仰心は、まるで炎をともすろうそくのようなものなのです。聖具納室係がやってきて息を吹きかけ、ろうそくの火を一つ消してしまうかもしれません。しかし、一〇〇本のろうそくが一緒に炎を上げていれば、これが消えることはないのです」。

午後の静寂の時間、宇宙空間のささやきが聞こえてくるころ、天空の王、太陽がゆっくりと地平線に落ちていった。その日はサティポの布教の家で過ごす最後の日だった。

布教活動を体験したいという私たちの願いはかなった。あとは根気と、キリストの後ろについていくことにおいて「成熟」するという願いだけが残った。

日中、フランシスコ修道会の尊敬すべき仲間であるミゲル・ハイメス修道士と肩を並べて歩き、布教の家の畑を前に、バルコニーでゆっくり話をした。畑には、アボガドの木やマンゴー、ココナッツ、そしてさまざまな花が植えられていた。辺りには花の匂いが漂っていた。

サンタ・ロサ・オコパへの帰路

金曜の朝八時ころ、サンタ・ロサ・デ・オコパへ戻るために車に乗り込んだ。

再び修道士のルートを走っていった。風景は見る分には美しく、透明の水が流れ落ちる滝がたくさんあった。運転手は「運が良ければシカやイノシシ、アルマジロなんかを見ることができるよ」と教えてくれたが、私たちはその幸運には恵まれなかった。

車は走り続け、サンタ・ロシータ、サン・ディニシオ、サンタ・ビビアナ、サンタ・アナ、マリポサ、サン・アントニオ、アパヤ、カラバサ、トルドパンパ、シエラ・ルミ、コマスといった村を通り抜け、さらにプマクチャの湖も通り抜けた。マンタロの渓谷を下るころには、太陽もその姿を地平線の向こうに隠した。

陽が落ちて辺りが薄暗くなった時、怪しげな影がたくさん見えた。車は徐行し、私たちは窓から離れて顔を隠した。実際は幹線道路で工事をしていた作業員の影だった。

サンタ・ロサ・デ・オコパの村に入る最後のカーブを曲がったところで、修道院の古い時計がゆっくりと七回その鐘を鳴らした。

修練期での誓願宣言

その日は、夜明けの時刻から辺り一面に霧がかかっていた。六時にはオコパの教会の鐘が繰り返し鳴らされていた。私たちは皆、誓願を立て見習い修道士期間に入る準備ができていた。聖具納室から教会の中に入ると、中は教区民で一杯で、香の煙が教会中央のドームまで立ち込めていた。華やかな色合いの花たちが祭壇に飾られ、フランシスコ修道会の神父たちは白服をまとって、後ろに並んでいた。[20] 合唱団が歌を奏でた。

20　司式司祭がいる祭壇への入退出では、参加者の列は階級別となってい

そんなに楽しそうにどこへ行くのですか、修道士よ　なぜ歌い続けるのですか
その魂にはどんな思いが宿されているのですか
あなたの理想を共有できたなら（繰り返し）
キリストやフランシスコのように、最も尊いことは愛すること！
キリストやフランシスコのように、私も布教できたなら！
なぜなら私は意味のある人生を探している　私の願いは福音を生きること
私たちの仲間すべてのためにこの身を捧げること
キリストのように死を迎えるまで愛すること（繰り返し）

私たちが呼ばれると、祝別を担当する二人の修道士と一緒に私たちは祭壇に近寄り、司式司祭の前に並んだ。すると、教区司祭は私たちに尋ねた。「わが仲間たちよ。何を神に願いますか。何を聖なる教会に、そしてこのフランシスコ修道会に望みますか」。その問いに私たちは「神の慈悲に導かれ、修練期の年月をフランシスコ修道会の友愛の中で過ごし、今、修道士としての道を与えてくださいますよう、お願いします。この先一年間、服従、清貧、貞節の福音理念を順守することを誓います」と答えた。そして最後に、「神に感謝します」と加えた。その後は、立ちあがって、司式司祭が「神よ、あなたの民の言葉を受け入れてください」といった。するとすぐに教区司祭は座り、フランシスコ会の司祭二名が証人として立ち会った。私たちはそれぞれ司式司祭に近づいて、ひざまずいてあいさつした。

「親愛なる仲間よ。私たちを導きそして神が宿るこの教会に私たちを召されたイエ

る。まず最初は、侍者の子どもたちが入り、その次に、聖職志願者、修練期生、助祭、司祭の若いものから古い者の順、そして最後に司式司祭となる。軍隊では、正反対であった。最も高い階級にいる者が最初で、志願兵が最後の順であった。パトロール隊の時だけは、上司が列の最後につくことになっていた。

ス・キリストとフランシスコ会の仲間を前に、宗教生活を己の職業とするための祝別を受けけんとする、今この時の思いを述べなさい」。これには、次のように答えた。

神の意志に導かれ、イエス・キリストが残した軌跡を近くで引き継ぐため、この祝別を受けることは私の願いであります。従順に福音に従い、教区修道士の指導の下、自己愛を捨て、貞節を守り、服従の中で一年間過ごすことを、あらゆる場所に宿る唯一の神に対して誓願します。そして、修道士規則の一般規則に沿ってオノリオ教皇によって是認された男子修道士の生活と規則に常に従うことを誓います。身と心、すべてをこの修道会にささげます。

その後、司式司祭が「全能の神に代わって、もし忠実にその誓いを守るならば、永遠の命を約束しましょう。父と子と聖霊の名のもとに」と述べた。指導司祭でもあったこの司式司祭は、フランシスコ修道会の修道服を私たちに着せ、「フランシスコ会の修道服を身につけなさい。これは、私たちの苦行の人生と、また神の世界で果たすべき役務にその人生を捧げる心づもりがあること表しているのです」といった。

司式司祭が私たちに聖書と聖フランシスコの規則を手渡すと、見習い修道士期間に入るための初誓願のミサが終わった。

フランシスコ修道会の誓願宣言
写真：ルルヒオ・ガビラン個人アーカイブ

ペルーフランシスコ会センター

一九九八年三月三〇日、フランシスコ会哲学・神学研究所が設立された。これはフランシスコ会の修道士たちの夢でもあった。すがすがしい午後、跣足のアラメダ公園の奥にあるペルーフランシスコ会センターの一部屋に私たちは集まった。その日は、一九九八年一二月一七日のことで、この学校の最初の一年が終わったことを記念して生徒と先生たちが集まったのである。

先生のほとんどが出席し、四つの地域（ドセ・アポストレス、サン・フランシスコ・ソラノ、サン・ホセ・デ・アマソナス、サンティシモ・ノンブレ・デ・ヘスス）から集まった生徒である私たち一五名の修道士も参加した。

研究所の所長であるグスタボ神父は、フランシスコ会の集会ではよく行われるように、シャンパンのグラスを手に取って、私たちに挨拶を兼ねて演説した。

この集会に、皆さん、ようこそ。この一年が終わるこの時を皆さんと共有できてうれしいです。われわれは、フランシスコ派の神学と哲学を回復させ、取り戻すことを目指しています。ペルーにすでにあるほかの大学をうらやましがる必要はまったくないのです。ここで、同じように学ぶことができるのですから。

感謝と、クリスマス、そして来る一九九九年を祝って、乾杯した。

修道院で平和と平穏に出会うことができたにもかかわらず、そしてようやく、これまでの出来事を振り返る時間を持てたにもかかわらず、少しずつではあるが、ここですらも私がずっといるべき場所ではないのではないかと思い始めていた。私の中で、何かが、そう長くは続かないことを示唆していた。

緑の庭園と色とりどりの花、そして跣足の修道院の平和で静寂に満ちた施設は、こじんまりとしていて勉強するには最適の場所だった。平和や安定、自然の中で穏やかな心を探し求めることができ、私たちは、たくさんの経験に恵まれた一年間を過ごした。ここで、非常に多くのことを学ぶことができた。いつもラテン語の最初のクラスのことを思い出す。そこで、グスタボ神父は「ここでは、ラテン語を生き返らせなければならない」と言った。こういった理由や、そのほかのあらゆる理由をもって、今生きているということを神に感謝するための集会を開いたのだった。

その後、フランシスコ会の慣例にのっとって、家族のような絆の中で、喜びと高揚を分かちあいながら、チョコレート（ココア）を飲んで、パネットーネを食べた。もちろん、フランシスコ会を象徴する歌も歌った。ギターの伴奏に合わせて「生ける福音」や「よき神父」などを歌った。その後は、ワイノのメドレーも歌い、踊った。[21] ギターもあちこちで手渡され、修道士それぞれが自分たちの故郷の歌を奏でた。アレキパ、ワンカバンバ、ワンタ、フリアカ、テバス、そしてリマなど。仲間たちはそれぞれ異なった才能を持っていた。ある者は静かに座り、また別の者は歌い、そして時々、一五人がそろってワイノのリズムに合わせて歌い、踊った。

志願者や、志願期生、修練期生、それに仮の立願修道士や正式な修道士たちそれぞれ

21　ワイノは、ペルーの山岳地帯で最もポピュラーな音楽のジャンルのことである。歴史学者によると、インカの時代に生まれ、植民地時代も受け継がれ、今日までその人気を保っている。

に、なぜフランシスコ会の生活を選んだのかと聞けば、きっとそれぞれに異なった経緯を語ることだろう。これまでに語ってきたことは私の歴史であり、他の仲間と同じように、一つの物語である。これらの施設で過ごすことができたのは、おそらく幸運なことだったと思う。しかし、この私の人生の一部である宗教生活のなかで最も重要なことは、キリストや、アッシジの聖フランチェスコといった人物に出会えたことであろう。彼らは説教を施しただけでなく、その説教と実践を兼ねそろえていたのである。彼らは人間が最も尊い存在で、その尊厳を高め、それによって国境と人種差別をなくすことができると説いたのである。

集会では、ファン修道士が先生たちにクリスマスカードを手渡し、研究所の生徒を代表して、挨拶をした。同じように、ミルトン修道士は、地区修道院長や教授に対し、この研究所の運営を支えてくれている先生方の根気と献身に対して、感謝の念を述べた。水と聖霊から私たちをよみがえらせてくれた神に対して賛歌を捧げ、集会は幕を閉じた。最後に、もう一度グスタボ神父から感謝の念が述べられた。

フランシスコ会哲学・神学研究所「フラン・ランダスリ・リケッツ」の最初の一年が終わると、休暇期間に入った。これは修道院での四年間で初めてのことだった。短い休暇時間を終えて戻ってくると、再び宗教生活を開始した。

この休暇期間に、私はこれまでの体験を振り返った。過去を振り返り、私の人生を考えた時、これ以上修道院にいる自分を想像することができなかった。家族を作り、子どもも授かり、他の一般人と同じように街を歩きたかった。

私の計画としては、自分の村へ戻り、農民として静かな人生を送ることだった。しかし、未来はもっと別の驚くべきことを私に用意してくれた。というのも、数か月後、国立サン・クリストバル・デ・ワマンガ大学（UNSCH）へ入ることができたからだ。

あまり知識がないままに人類学を学び始めたが、これが私の天職であると確信するまでに時間はかからなかった。

第四章　二〇年後——過去の足跡をたどって

アヤクーチョの農村へ向かう道
写真：イサベル・ガルシア、2007年

この国を決定的に変えてやるんだと、まるで夢物語のように考えながら歩きまわったこの土地を、アラン・ガルシアに野菜農園の犬と呼ばれた無為の土地を、再び訪れたいとずっと願っていた。そうはいっても、政治家たちに忘れ去られた、遠い無縁ともいえるこの土地がいったい何を持っているというのだろうか、いったい何のために戻りたいのだろうか。その土地では、私と同じペルー人が殺された。私たちペルー人によって。私の兄が亡くなり、私の仲間が殺された。あの土地で、あれほど苦しんだではないか。あれほど飢えに苦しんだのに。セサル・ミロのワルツミュージックが言うように、産まれ育った土地に「皆戻ってくる」というのは本当なのかもしれない。それとも、単に、これまで歩いてきた道をもう一度歩くためなのかもしれない。平穏の中で死を迎えるために、命が尽きる時、それまでの道のりのすべてを再び訪れるというアンデス人の魂のように。[3] もしくは、結局のところ、塵から創造された人類がまた塵に戻るということだろうか。こうして二〇年を経て、これまでのたくさんの痕跡の中に再び自分を探し出すために戻ってきた。[4]

その苦々しい帰路に着く前に、私はいつもと同じ服を着た。もう何年も使っているものので、色の禿げた紺色のジーンズだった。貯金はいくらか持っていて、何か少しましなものを買おうと思っていた。いつも同じ服を着ていると思われないように、大学の講師

1 「野菜農園の犬シンドローム」とは、アラン・ガルシア・ペレスが執筆し、二〇〇七年一〇月二八日に『エル・コメルシオ』紙にて発表された論文である。ペルーの元大統領でもある彼はその論文の中で次のように記述した。「木材のための何百万平方メートルという土地が、無駄になっている。農村や組合が耕しもしていない、そしてこれからもしないであろう何百万平方メートルという土地が広がっている。[…] すなわち、利用されていない巨大な資源があり [...] そしてそらすべてはすでに過去のものとなったイデオロギーが示すタブーのため、怠慢、怠惰、または祈りを捧げる野菜農園の犬の規則、つまり「私がしないのだから、ほかの誰もしてはならない」という規則のためである」。そして、

にふさわしいものをと考えていたが、やめた。その日は、アルコールが入った小さなボトルとたばこ、チャプラス、それにツナ缶を買った。これから訪れる場所で仲間に会うような予感がしていた。戦争の同志たちが、まだそこにいるような感覚だった。

二〇〇七年九月二九日土曜日、朝五時ごろにアヤクーチョ市を出た。バスが進むにつれ、ペルーの深い峡谷地帯を登ったり下ったりして、それに合わせて気候や生態系も少しずつ変化していった。マユリナ、チャッコ、パカイカサといった熱帯気候の峡谷を抜けていった。そこの農民たちは、青野菜の栽培と赤レンガに最適な陶土で型を作る二つの仕事を交互に行っていた。農民たちはまだ畑には出ておらず、家々から煙が上がっていた。女たちが、東の空を染め始めた太陽が顔を出す前に食事の準備を終わらそうと精を出しているに違いない。その後、ワリの城塞を通りすぎた。ワリはペルー国内の初めての文明で、石を加工して定住地を開拓したことで知られ、死者たちは不滅のものとして祭られた。そこから登っていくと、寒冷地帯に入る。キヌアの村に差し掛かった。ここでは民芸職人たちが土を使って絵を描き、自分たちの文化を映し出している。キヌア村の近くには、キヌア草原とコンドルクンカ山があり、そこでは一八二四年、後にアヤクーチョの戦いと呼ばれるスペイン人とペルー人の衝突があった。その当時から、もしくはその前からも数多く繰り返されてきた戦争によって、この土地はさまざまな争いの場となっており、その死の概念をつくり上げてきた。さらに登っていくとアパチェタ山があり、この周辺の農民たちやドライバーの守り神として崇められている。ここでは、ラマ、アルパカと言った南米ラクダ科や牛、羊などが放牧されている。そしてビスカーチャやワシなどが生息する。

道路のわきには亡くなった人々の親族が建てた墓が並んでいた。あちこちにキリスト

他国と比べて、こう述べている。「チリは、アマゾン地帯の土地を一ヘクタールすら持っていないにもかかわらず、二〇億ドルもの木材を輸出しており、ウルグアイは一〇億ドル、ブラジルは八〇億ドルも輸出している。ペルーはたったの二億ドルというのは、何とも嘆かわしいことである」。農村に関して、アラン・ガルシアは、「これは、ペルー全土にみられる光景である。土地が無駄になっているのは、その所有者に教育もなければ、経済的資源もないために、見せかけの所有物となっているのである。広大な土地を売れば、これに伴って技術がこの土地に持ち込まれ、農民たちにも恩恵をもたらすだろう。しかしながら一九世紀のクモの巣のように張り巡らされたイデオロギーがその妨害として未だに存在する。つまり、それが野菜農園の犬なのである」。

2 セサル・アルフレド・ミロ・ケサダ。一九〇七年リマに生まれ、一九九九年同市で亡くなる。作家、作詞家、「皆、帰る」は彼の有名な曲の一つ。

教の十字架が立っていて、自動車事故で亡くなった人々か、暴力の時代に、軍隊、自警団もしくはＳＬによって殺された人たちを祭っている。

バスの乗客たちはまるで記憶の本を読み始めたかのようだった。「ここで私の兄が亡くなったのよ！」「ここでは叔父が」「ここは自動車事故のあったところ！」運転手の手伝いの者が、ワマニ神[5]にむけて、黒みがかった石の間に小さな花束を供えようとバスを降りて走っていく時もあった。また、親族がろうそくに火をつけ、香を焚き、色とりどりの花を供えて亡くなった者に話しかけている悲しい場面も目に入った。そしてもちろん、警察は道路わきに構えており、二ソルの寄付を要求していた。その辺りを抜けると、バスはタンボの街に向かって下り坂に入っていった。

窓をかすめる冷たい風で私のこめかみと私自身が少しずつ冷えていった。あのころ通ることが禁止されていた道の風景を目にすることに夢中になっていた。車の速度に合わせて、これまでの人生を取り巻いてきた環境について思いを巡らせた。目を閉じると、淡い恋の思い出もよみがえってきた。実は、アヤクーチョ市を出る前に、イサベルに連絡を取っていた。彼女と私はしばらくの間、一緒に過ごしていた。私の話を聞き、私を見て、冗談を言った。私はゲリラ兵だったころのことを話し、また、神が私を召集し、この世の最も貧しい者たちに対して新しくより良いものを施すように導いた時に、神と私との間に起こったいざこざについても話をした。聖フランシスコ使徒が言ったように、「なぜ、私なのか」。「聖フランシスコのいったいどこにこんなに惹きつけられたのだろうか、そしてなぜ彼は私を選んだのか」、「どういった良い知らせを届けたらよいのだろうか」、そして「人間のように生きることを教えるというのだろうか」。ワタタスでは何度も仲間たちと終わりのない議論を繰り返して夜が更けていった。イサベルと一

3　アンデス人の信仰では、人が亡くなる前、その魂は体から離れ、その人が人生で訪れた場所や道をすべて巡って五日目の儀式の際に戻ってくると言われている。その時に、体がすでに死んでいて、精神の世界へ行かなければならないということに気づくとされている。

4　二〇〇七年、カルロス・イバン・デグレゴリ氏が指揮を執っていた国際移行期正義センター（ＩＣＴＪ）から経済的支援を受け、「記憶のための闘い。真実和解委員会、その委任の四年後と、ペルーにおける真実、正義、補償および和解のための闘争」プロジェクトが実施されており、これによって、今回の帰郷が実現できた。この時はすでに社会人類学の学士号を取得していた。

5　ワマニは、農民たちの信仰によると、彼らの家畜や農作物、そして彼らの魂を守る神。

緒にいるようになって一年くらいしかたっていなかったが、彼女がいることが私にとってすでに当たり前になっていた。私の身体に、私のなり振る舞いに、そして私の生き方に彼女はとてもあっていたと思う。それに私よりもずっと年下ということが、まるでワンカベリカへのバスに乗るように、彼女に私と一緒になることを決意させたのかもしれない。彼女は父親を知らずに育った。そのことはあまり話をしなかった。別の機会には〈キツネ《アトゥク》〉のことを話した。[6] この頭のいい動物は、自然の風景の中に上手に隠れることができた。まるでSLが農民を模倣していたように。この動物は農民たちから高い価値をつけられている一方で、悪評も多かった。高い価値はそのしっぽと細い遠吠えのため（狐のしっぽの先端を持っている者はいつも幸運に恵まれる。そして彼らの遠吠えは、農作物にとっていい季節になることを意味していた。しかし、それが〈低く強い鳴き声《サクラ》〉ならその反対を意味していた）で、悪評は、彼らが農民たちの家畜を食べてしまうからだった。

　バスはタンボの街の三三個あるカーブを曲がって進んでいった。以前歩いていた場所が遠くに見えると——まるで刺青のように刻まれている——あのころの記憶がよみがえってきた。この周辺の土地で、ずいぶん長い時間を過ごした。ここへ戻ってくるとあたかもすべてがそのころのまま止まっているかのような錯覚に陥る。アタルティカでの長い長い夜のように、またはアンデス神話に伝わる、インカ帝国が自分たちの都市を築くために太陽を縄で縛った時のように。そんなふうに、時間は止まっていた。ついに権力に就くことはなかった。もう農村から街に行く必要もなかったし、委員会を組織したり、ＰＣＰの支援基盤を作ったりする必要もなかった。〈手つかずの土地《プルン》〉で、野生のジャガイモが成熟することはついになかったのだ。急に、とても長い時間が経ったよ

6　キツネ（ケチュア語でatuq）は、体長七〇センチメートル程で、長くフワフワしたしっぽを持つ。耳は先端がとがっており、褐色。さまざまな気候環境に生息し、ほ乳類、肉食。この動物は、暗闇の中でも見ることができる視力を持つ。しっぽを挨拶するように揺らしながら慎重に近づき、素早く獲物に飛び掛かる。犬や狼と同じイヌ科の動物で、洞穴に住み、家畜の鳥や小さな動物を食す。おおよその寿命は一二歳。http://animalesyplantasdeperu.blogspot.com/2007/04/el-zorro-andino.html参照。キツネに関する物語は数多く存在する。キツネと野生のカモ（Wachwa）の話に次のようなものがある。キツネは小さなピンク色の脚を持っている幼いカモをうらやましく思っていた。その母親にピンク色の脚の秘密を教えてほしいと頼むとカモの母親は日ごろの復讐をしてやろうと、こう答えた。「薪をかまどにくべて、かまどの中が火で真っ赤に熱くなったら、子どもたちをその中に入れるのさ。そして扉をしっかり閉めること！」そういうと、カモは泳いでどこかへ行ってしまい、キツ

うに思えた。家族と離れて、遠い土地にいたからかもしれない。時間が喉に詰まってしまったかのようだ。目を閉じるたびにこの思い出は私に深く突き刺さり、痛みさえ覚える。腕に、足に、そして心に痛みを感じる。毛沢東の本を読みながら散弾銃をわきに抱え隠れて歩き続けていたころ、私の血を吸っていたノミやシラミのように、この記憶は私を吸い続けるだろう。

ラ・マルの土地の入り江に青く透き通った空が光っていた。すでに三時間ほどバスに揺られていた。幹線道路にある三三個のカーブの最後を曲がって降りていく途中だった。私たち乗客の目の前には、家畜たちが草を食べている広大な牧場が広がっていた。タンボの市場にやってきた色とりどりの服をまとった女性たちが目に入った。市場で物を売ったり買ったりするためにこの街にやってきた、ケチュア語を話す美しい農民の女性たちだった。

リュックを背負い、カメラを手に持って、アッコの農村まで歩いた。ウチュラハイを訪れ、殺された八人のジャーナリストたちと同じように。谷側には深緑の葉を茂らせたユーカリの木が茂っていた。時間の経過に抵抗し、何度も何度も新しい芽を出している。寒く孤独な山もあのころのままに、いい種も悪い種も変わらずその身に受けている。八月から九月の〈短い農作期《ミチュカ》〉の間に栽培した新鮮なジャガイモを積んで、ラバと一緒に農民たちがやってきた。その後、ワクラプクス*のエコーがアッコの山に響いて聞こえてきた。たくさんの縄を角に巻き付け、そうして繋がれたまま、どう猛な雄牛たちがやってきた。それはまるで、五〇年代、六〇年代に「自国のために」連れていかれた召集兵たちのようで、またはヤワル・フィエスタ[7]にミシツ*が連れていかれる時のようだった。

ネはかまどに火をくべて、子どもたちを皆焼いてしまった。

7　作家・人類学者のホセ・マリア・アルゲダスが執筆した小説『ヤワル祭り』〔日本語訳『ヤワル・フィエスタ（血の祭り）』杉山晃訳、現代企画室、一九九八年〕のこと。アルゲダスは一九六九年に自殺。さまざまな作品を残し、代表作は以下のものがある。一九三五年の『水』、一九五四年の『ダイヤモンドと火打石』〔杉山晃訳、彩流社、二〇〇五年〕、一九五八年の『深い川』〔杉山晃訳、現代企画室、一九九三年〕、一九六一年の『セスト刑務所』、そして一九六四年発行の『すべての血』。この小説には、アヤクーチョのプキート村において闘牛（Toropukllay）は、農民が命を落とすこともあるため、血の祭りであると記されている。

Waqrapukus　家畜の祭りや、闘牛の催しの際の音楽のことで、雄牛の角でできた楽器を使用する。

Misitu　ホセ・マリア・アルゲダスの小説に登場する雄牛の名。

荒々しい雄牛たちは、そのまま公園へ連れていかれ、男たちはその強さや成育度、能力などを測り、女たちは、一番強い牛を選ぼうとじっくりと観察しているのかもしれない。または、ワマニ神への奉納物として公園へ連れていかれているだけなのかもしれない。彼らの流れる血で、大地の豊穣を祈願するのだ。

雄牛たちに追いつかれないように、急いで坂の上まで登った。牛を連れてきた男たちは「そこをどけ！」と叫びながら進んでいった。そこから、周囲を見渡すと、アッコの神々しい山が見えた。非常にたくさんの岩が、何の役にも立たない岩がそこら中に転がっていた。目をひくような光景は何一つない。アラン・ガルシアにとって、この土地は無駄で、不毛なものである。しかし、農民たちにとってはこれらの大きな岩こそが彼らの神であり、この岩のおかげで農作ができるのである。ここから水が湧き出て、喉を潤し、生活のための農作物に散水することができる。忘却の土地もまた、重要なのだ。

牛たちが全部通った後、再び歩き始めた。数匹のトカゲが道を横切り、まるで私を驚かそうとしたかのように、サーっと音を立てて素早く去っていった。トカゲは土色で、だれも目にとめたりしない。ユーカリの木の緑の梢の上に、チワクス*が飛んでいる。アンデス神話によると、この鳥たちはウィラコッチャ神から罰をあたえられ、そのため、何でも目に入るものを食すと言われている。いつもお腹を空かせており、サクランボもイチジクもその空腹を満たすことはないのだ。

しばらくすると、犬の鳴き声が聞こえてきた。その向こうには、トウモロコシを植えるために、小さな農園に水を撒いている女性が見えた。彼女は私に挨拶をして、「おはようございます。どちらまで?」と聞いてきた。「おはようございます、ちょっとそこの上までぶらぶらするだけです」と答えた。ラスウイルカから流れてくる冷たい風がよ

Chiwaku 薄暗い色の鳥。農民たちの信仰では、この鳥は神によって罰が与えられており、常に飢えに苦しんでいるといわれる。

うやく大地から芽を出したばかりの小さなエンドウ豆の苗を揺らした。今はまだ小さいが、これらが大きくなって、農家の生計を支えるのだ。

空腹と追跡に苦しんだこの場所にもう一度戻ってきた。ここで私の兄が亡くなった。今度は夢を見てはいなかった。実のところ、これまでに、ここで兄に会える夢を見たことがあった。しかし今、その場所の現実の中に立ち、なぜか目が覚めてしまった。あのころ、ＰＣＰの思想に賛同してこの周辺の農村を歩き回っていた。[8] そう、一九八二年までは私たちは武装せずに活動していて、貧しい者たちへ良い知らせを報告していただけに過ぎなかった。そして一九八三年に入ってから私たちは武装するようになり、散弾銃を手にしたのだ。戦争へ向けての準備をしていた。実際に戦争がはじまると、別の必要性が出てきた。風と岩、そして暗い深淵の中で生活をしなければならなかった。それは聖書が述べる愛に似ていた。一体だれが私たちを止めることができたというのだろうか。誰に恐怖を抱くことができたのか、沈黙が擲弾筒の嵐を止めることができただろうか。山の騒々しい稲妻を止めることができただろうか。一つの小さな火の粉が大きな焚火に向かっていくことができたというのだろうか。アンコや、チュンギ、サン・ミゲル、タンボそしてワンタで、共産党の赤旗をはためかせていたあの騒ぎを、どうやって沈黙をもって鎮めさせることができたというのだろうか。それがＰＣＰだったのだ。そして今、人類学者となり、農民たちの胸に秘めるもの、彼らの精神的領域にあるものを見つめる目をもって、これまでのことを顧みている。

ロサスパタに続く道を見つけた。一九八三年、ウニオン・ミナスの村へ向かった時に通った道である。

道すがらにあるアルグメド家の家に着いた。ユーカリの木はもうすっかり大きく育っ

8　何かをしなければならなった。しかし、いったい、幼い男児が何をわかっていたというのだろうか。学校の先生は、スペイン人が私たちの人生を台無しにして、チリ人はわれわれの土地を奪い、政権を握る政府は自分たちの利益のことしか考えていないと繰り返した。そのため、ペルーのために何かをする時が来たのだった。この地域が長いこと苦しんできた貧困を少しでも良くするために、声を上げる時だった。それが動機と言えるのだろうか。なぜか。私たち子どもが、共産党の政策や、ゴンサロの思想をわかっていたというのだろうか。ほとんどわかっていなかった。単にもっと公平な社会を求めていただけだった。自分たちが参加した戦争が意味することさえわかっていなかった。わかってなどいるはずなかったのだ！　一九八五年、ゴンサ

ていて、家は空っぽだった。ここで私たちは寝泊まりしていた。ホセ[9]がアヤクーチョの新聞記者たちと共に亡くなっていたことは知っていた。この家で、ＰＣＰの看護士に任命され、タニアの巡回に付き添うようになった。そして、任命された最初の週に、ワマンギージャの自警団がこの農村の住民たちを虐殺し、首を切り、家々を焼き払い、家畜や所有物を奪っていったことを思い出した。そのため、今はワマンギージャの農民たちを憎んでいる。なぜそんなことをしたのか。それは、そのころ、私たちがワマンギージャに入って彼らの家を燃やしたからである。そのために復讐をしたのだ。「目には目を、歯には歯を」。神がソドムとゴモラをその悪徳の数々のために罰したように。その後、小高い丘に登ると、そこにはいまだに意図的に配置された石があった。これらの大きな石はガルガスと呼ばれ、軍の歩兵たちが峡谷を通ったら転がして、敵に攻撃するために準備されたものだった。この辺りを軍隊が通ったことは一度もなかったのか、それとも私たちがいない間に通ったためなのか、まだ残されていた。

ウニオン・ミナスの村へ降りていった。行きかう人々は私のほうを見てきた。羊を放牧していたり、畑に水を撒いたりしていた。農民になるということは、足と手を畑に根のようにおろして生きるということだ。自分たちの土地に生まれ、そこで死んでいく。そこには先祖もいれば、彼らの喜び、誘惑、記憶がある。一人の農民が私にいろいろ尋ねてきた。私がどういう人間で、なぜそこを歩いていたのかを聞いてきたのである。身分証明書を見せるように言われたが、国民ＩＤは私のカバンの中にはなかった。ふいに、ウチュラハイの惨殺事件によって広まった偏見のことを思い出した。その事件の時は私は山の反対側にいたが、マリオ・バルガス・ジョサが描いた農民の習慣的正義と制御できない暴力性のことを思い出した。すぐには言葉が出なかった。向こうのほうに、

ロ大統領は、私たちが権力を握り、農民たちこそがペルーの運命を統治するのだと叫んだのだから。指導者についていったのは情熱があったからなのか。それとも、アルトゥーロ・ワルマンが言うように、単に「反論するため」だけだったのか（Warman, A. ...Y *venimos a contradecir: los campesinos de Morelos y el Estado nacional*, Ciudad de México: Centro de Investigaciones Superiores de INAH, 1976.）。

9　ホセは、アルグメド家の一員で、その他大勢と同じように、ＳＬの味方であった。

別の農民が二人現れた。急いでカバンの中をもう一度探すと、大学講師であることを証明する書類が見つかった。その後、ようやく少し信頼してもらうことができ、彼と会話を交わすことができた。

この土地で経験した暴力について話をしてくれた。ＳＬに騙されたのだ、と私に言った。しかし私は、沈黙して、犠牲者を探しているＮＧＯが彼らに教え込んだのだろう、と心の中で反論した。ようやく最近になって少しずつ回復していること、最近は家畜の売人と称して盗んでいく泥棒が何人もいること、ここの人々の真面目さを悪用して、住民をだましている輩がいることなどを私に語った。

一九八三年に共産党祭りを行った学校はすでに廃校になっていて、新しい学校が建てられていた。そのころに起こったことについてはあまり語らなかった。その記憶については口を閉ざしていた。

同じ一九八三年に兄に出会った場所に着いた。その家ももう抜け殻になっており、〈廃屋《ラカイ》〉だけが時間に抵抗するかのように建っていた。石に腰を下ろした。まさにここで、あの時、今の私のように石に座っていた兄、ルーベンに再会したのだ。私は悲しくなり、目には涙が溜まった。その時、一人の男が近づいてきたように感じた。私の目は涙でかすんでいたので誰だかわからず、私は、兄があのころと同じようにポンチョとイキチャ村で作られた〈耳当て付きの帽子《チュジュ》〉をかぶって私に近づいてきたかのように感じた。時々、アンデスの人々はあらゆるものに対して、自分が力を持ったように感じることがある。まるで、人間と一緒に歩く魂を見つける〈犬《アジク》〉のように。[10] しかし、また別の時には、宇宙のあらゆるものの中で自分が一番小さいものに感じ、仲間の助けなしでは何もできないと思う時もある。

10　アンデス人の信仰では、犬は農民の魂を「見る」ことができるとされている。

今、兄になんて声をかけようか。「こんなところで何してるんだよ、死んだんじゃなかったのかい？　俺たちの戦いは、正当なものだったのかな、それとも不当なものだったんだろうか。なぜ、この歴史が俺たちの身に降りかかる運命になってしまったんだろうか」。インカ帝国の時代に生まれるべきだったんだ。クラカと呼ばれた部族の長は私たちに何トゥプス*にもわたる広大な土地を授けたに違いない。私たちの農耕地は緑に茂り、子どもたちはトウモロコシや麦の栽培畑を走り回っていただろう。しかし、人影が近づいてくると、兄の面影は少しずつなくなり、その代わりに、ガラス玉のような目を持ち、白髪を蓄えた一人の老人が現れた。その男はきっと、あの当時はＳＬの支援部隊の民衆として私たちに食事をふるまってくれたに違いない。彼に挨拶をすると、向こうは私のことをつま先から頭までじっと見つめてきた。「あなたは、ＳＬと軍隊がここで犯した残虐行為を見たことがありますか」と聞いた。老人はしばらく黙ってから、「〈あるさ〉《リクラニム》」と一言答えた。

しばらくしてから丘陵を登っていった。一九八三年から八四年の時と同じように、山頂に向かって登っていった。頂きに着くと、少し休んで、そこから農村の風景を見渡した。一時間ほど座っていた。軍隊での訓練のように、あのころ、腕立て伏せやウサギ飛びなどをしていた広場がはっきりと見えた。当時はパンパ・エルモサの山中からウニオン・ミナスの村へ向かってマラソンもした。皆、やせ細った体で走っていた。戦時下ではしばしば食糧不足に苦しんだからだ。私たちの部隊が走り出す前に、将官たちがキヌア草原やフニンでペルー国軍兵士に「今日の努力に、アメリカ大陸の運命がかかっているんだ」と熱い励ましの言葉をかけたように、ＳＬの司令官たちは「子どもたちは字を読み始めた時、若者たちは記憶を留めるようになり始めた時、一つの歴史が生まれ、わ

*Tupus　インカ帝国時代の土地の面積の単位。

1983年、私の兄と再会した場所
写真：ルルヒオ・ガビラン、2007年

れわれの住民たちに、新しい道を見つけたのだと知らせるだろう。この国全土で権力を掌握するのは間違いないことだ。そうして最も純粋な光、輝かしい光が生まれるのだ」と言った。

思い出す記憶はまるで無限の時間を通り抜けていく旅のようだった。私が泣き、育ち、そして笑って過ごした土地を巡る旅は続いた。この辺りを歩き、タンボのあの山々を、徒歩で、時には裸足で登り、また別の時にはゴムの靴で、あちこち歩きまわった。今はここに残した自分の足跡を見つめている。私が亡くなる時には、この辺りに私の魂が来ることはないかもしれない。もうすでに、生きながらここに戻ってきたのだから。時間があっという間に過ぎてしまったように思える。そのため、過去を振り返り、まるで刺青のように体に刻まれたあのころの出来事を思い出したいと思うようになったのだ。農村や水平線、朝の風に揺られる〈藁《イチュ》〉を見ながら、こんなことを考えていた。

その後、草原を横切ってバルコンの村へ向かって歩いた。過去に歩いた道をたどって、ゲリラ集団だった時に寝起きし、遊んだ場所を探した。向こうに見える小屋で寝たこともあることを思い出した。そこでは、農民たちが毛布や食事を差し入れて助けてくれた。太陽が地平線に向かって落ち、遠くのほうで銃声や爆弾の音が響いている中、この大きな岩に隠れて遊んだこともあった。

バルコンの渓谷の底に向かって下り坂を進んだ。私はまるで機械のように足を運んだ。時々考えをめぐらすと、たくさんの記憶がよみがえってきた。社会的正義を信じて歩んだ自分の世界とそのころの生活が目の前を通り過ぎていくかのようだった。歩いている途中に、この瞬間に私の人生が終わってもまったく構わないとさえ思えた。司令官たちがよく私たちに言っていたように、ＰＣＰは立ち上がりそして歩みはじめていた。

この夢が壊されることはないはずだった。ＰＣＰは必ず勝利を収めるのだ、と。これが夢ならば、目を覚ましたかった。もし目を覚ましているのなら、それを確かめたくはなかった。狼が羊の横で眠ることができる世界に到着するのは、簡単なことでないことは確かだ。

バルコンの農村には、たくさんの廃屋が立ち並んでいた。一九八三年に私たちが寝泊まりしていた家はすでにもぬけの殻となっており、家の中には草花が茂っていた。それはまるで、Ａｎｆａｓｅｐ[11]の記憶の公園に描かれている、散弾銃から植物が息吹いているシンボルのようだった。

タンボへ帰る途中、少しの時間、カルワパンパに滞在した。一九八五年、暴力のさなかに設立された村である。ちょうど、村の守護聖人のお祭りの日だった。祭りの仕切り役たちは楽団の音楽とハープに合わせて踊っていた。私が到着した時には、三人の男が手綱を持っていたにもかかわらず、威勢のいい雄牛が人に襲い掛かろうとしていた。観客たちは驚きながらも笑い、私も鑑賞しようとそこに座った。周りにいた者たちの中には、子どもに母乳を上げている農民の女性がいたが、彼女もまた、この血のお祭り騒ぎを熱心に見ていた。

同じ年の一〇月にはサン・ミゲルに戻った。空の雲に届かんばかりにそそり立つコロニアル建築の教会がある中央公園に到着した。緑に茂ったイトスギが、ハサミで思い思いの形に剪定され公園の周囲を飾り、人々は忙しそうに公園を横切っていった。小学校の三年生の時に学んだ学校へ足を運んだ。子どもたちが校庭を走り回っているのが見えた。一九八五年に私たちも同じように遊んでいた。学校を再訪して、非常に強い郷愁の念に駆られた。休み時間には、カビートたちが警備をしていた階段の隅に座るのが好き

11　「誘拐・拘束被害者・行方不明者の家族の会」のこと。一九八三年九月二日設立。

だった。警備をする場所はいつも土嚢によって囲まれていた。学校は、軍事基地だったのだ。[12] 私たちが寝泊まりし、カビートたちがSLから捕虜として捕まえた女たちを性的に虐待していた、それらの教室が今でもそのまま使われていた。そのころ、時には私も一〇センターボした氷砂糖《マルシアノ》をなめたりもしたが、子どもたちの騒ぎの外に出て一人座っている時もあった。静かに一人でいることが好きだった。私の記憶がなくなることはないだろう。私自身の中にずっとあるものだ。時々私を痛めつけ、また別の時には単に思い出すだけのもの、そして大量の涙の中に沈んでいく時もある。

それが、私が今まで生きてきたすべてで、数少ない答えはそこにあった。沈黙こそが最良の答えだと思う。誰も理解することはないだろう。この出来事を経験したことのある者だけが、その体に息づいているのを感じられるのだ。私の身体はいつかほこりとなり、この宇宙のどこかに消えてなくなるだろう。それでも、この本の中に、また私を見つけることができるのだ。それはまるで、時間に抵抗する母なる岩たちのように。

翌日、コチャス行きの車に乗り込んだ。終着点のコチャスが私の目的地だった。以前は幹線道路はなかった。農民たちが徒歩で行き来するだけだった。野菜や砂糖、パン、塩、マッチ、チャプラス、しわのよったリンゴ、焼きトウモロコシと言った商品の上に、二〇人ほどの乗客がいた。私たちは後ろを見るようにして座り、車が曲がり角を曲がるたびに、隣の乗客とぶつかった。乗客たちは、コチャスにはテロリストたちが埋められていると話していた。そして今はもう戦略が変わって、殺したりせず、強姦者と泥棒だけに罰則を課していると言った。村に着くたびに、そこの住民たちは車を止めて、「パンをちょうだい」、「砂糖を二キロ売ってちょうだい」、「酒のボトルを一本」などと注文した。商売をしている間、私も時々車から降りて、たばこを吸いながら辺りを見たり、

12　アヤクーチョ地域の学校のほとんどは、戦争の時期にはペルー軍の兵舎として利用された。

写真を撮ったりした。

ジャチュアパンパの山を越え、ウラスの村へ向かって降りていった。

私はウラスにとどまった。その日の朝は、黄色っぽくそして水色の空に染められていた。一〇月のその日にあったほんの少しの雲は、山から下りてくる風に流されていった。そのため辺りの風景は刻一刻と変わっていった。農村の女性たち、老人たち、ペンテコステ派の服をまとった長いスカートの女たち、それぞれが歩いていった。子どもたちは私を見ていた。ホルヘという男と落ち合った。彼は私が軍事基地で一緒だったビセンテのいとこである。ビセンテはどうしてる、と尋ねると、アヤクーチョの街で暮らしている、と教えてくれた。少し離れたところに一人の若い女性が立っていた。白色の肌で、目は大きく深い色をしていた。太陽の光に反射して彼女の栗色の髪が光っていた。この辺りを、ロサウラと一緒に歩き、支援基盤である農民たちから食糧を集めていた。私にとってロサウラは死んでいなかった。彼女の家族は今、どこにいるだろうか。全員死んでしまっただろうか。それでも、叔父やいとこ、親戚の一人くらいはきっと生きているだろう。彼女の家族に一度でも会って、その人の瞳を確かめたいと願っている。ロサウラは、その時向こうのほうに見えた若い女性と同じくらい、美しく、とても親しみやすかった。私は、その反対に無口である。彼女はあまり多くの人間が持っていない能力を持っていたのだ。

太陽の光が少しの時間、雲に隠れて和らいだ。影ができ、若い女性は空を見つめながら道路を横切っていった。彼女は名もないこの兵士が見つめていることなど、気づく気配もない。自警団の集合場所[13]だった古い家の前を通って、あちこち見ながら進んでいくと、ウラスの低木に紛れて、その姿が見えなくなった。銃弾に撃たれ、彼女自身の血で

13　農村自警団が形成されると、村のすべての住民は、自分たちを防備するために戦略的な場所に集合した。

真っ赤に染まり見失ってしまったロサウラを思い出した。

この地域で私は一九八三年を過ごした。その当時、人々は話し好きで、愛情にあふれていた。今は皆無関心で、まるで敵や珍しい虫を見るかのように私を頭の先からつま先までじっと見てきた。あらゆることに疑い深くなっていた。そして、あのころと同じように、貧しいままである。経済的には何も変わらず、根菜やえんどう豆、トウモロコシを栽培している。平等について語っていたＰＣＰがあのころ描いていた世界がもし現実となっていたら、裕福な人も貧しい人もなく、全員に同じ機会が与えられ、エゴイズムも、人による人の搾取もない世界が現実となっていたら、そしてもし、国家が農民や彼らの農作業に関心を持ち、大統領選挙の際に広く公言するように、農民の子らの教育に力を注いだなら、きっとここに住む男たちはどうにか生きていくためだけにこの貧しい土地を細々と耕すような生活をしていないだろう。彼らと同じように、私も何とか生き抜いてきた。これまでに体験した事実をこうして語り紡ぐために。

エピローグ　それぞれのセンデロ・ルミノソ

カビートたち。軍隊の副司令官と共に撮影。後列右側がルルヒオ・ガビラン
写真：ルルヒオ・ガビラン個人アーカイブ、1986年

この手記を書き始めた時から、彼ら、つまり私たちのことについて考えていた。私たちは少年もしくは青年で、センデロ・ルミノソの戦隊から捕虜として捕らえられたり助けられたりした者たちだった。兵舎に暮らし、カビートと呼ばれていた。歩兵隊と司令官と共に、私たちはペルー国家の和平のために、幼くして戦いに加わった。しかしながら、その平定のための活動は、多くの場合、住民すなわち農村の絶滅という形で進められた。この中で多くの声が銃によって奪われたが、同時に最も貧しい者たちを助けてもいた。結局のところ、人生はそれほど悪くなく、私たちカビートは過去にいたその場所にとどまらずに、未来に向かって道を歩むことができたのだった。

私たちが過ごした軍隊の兵舎は、カビート連隊部隊第五一番と呼ばれ、中央兵舎ドミンゴ・アヤルサに宿営していた歩兵隊の第二曹長に所属していた。アヤクーチョの街では、カビート部隊として知られていた。この名前は、サン・フアンとミラフローレスの戦いの際にチリ軍の侵略に立ち向かった、子どもたちだけで編成されたカビート連隊に敬意を示してつけられたものである。

士官と副士官は毎年一月に入れ替わり、すでに武装闘争の中で命を落としていた私たちの肉親、つまり父親の代わりとなった。孤児という境遇において必要だった愛情を彼らが補ってくれたことに関しては疑いの余地はない。戦争の中のお守りのような、思い出の品のような感覚で私たちを捕まえていたのかもしれない。それでも、私たちに愛情を注いでくれた。

ある日のこと、少し雨足が和らいだころ、近づいてくる冬の気配を感じながら、私たちは家庭を作り、一般の男たちと同じように生活するために別の道を歩きだした。その道は新しい戦いにあふれていて、戦争の後のもう一つの戦争だった。どちらにしても、ある時、新しい道を探すことを決断したのだった。

先頭を切ってその新しい道を描いてくれたのは、カルロス・イバン・デグレゴリだった。エディルベルト、ロサ、ディニック、そしてレンソと一緒にペルー研究所の施設で顔を合わせ、記憶のための戦いについて話をした。ある日、たわいのない会話の後、カビートたちにもう一度会ってみたいこと、そしてセンデロ・ルミノソの兵士として歩いた場所を訪れたいと告げた。カルロス・イバンは、これまでに歩んできた道を再訪することがとても面白いと感じ、そして私にこういった。

「カビートたちを探しにいって、後でその話を聞かせておくれ」。

ロス・リベルタドーレス街道に沿って、アンデス山脈を横切り、自分が残した痕跡を探す目的で、以前生活していた場所を訪れた。また、戦闘中にその消息がわからなくなっていた他のカビートたちも探した。あのころ、私たちは兵舎で一緒に暮らし、毎朝毎晩、鳴り響くトランペットを聞き、そして将校の声に耳を傾けていた。

「走れ、カビート、走れ！」

それを聞くと私たちは軍事基地の中央広場に走っていき、閲兵を受けた。毎日、すべての人員が集まるために必ず行われる儀式だった。兵隊、副士官、士官そしてカビートたちが集まった。決められた時間に私たちはそこに立っていなければならなかった。一分遅くても、一分早くてもだめだった。時間厳守のしきたりは、軍人としての私たちの身体に刻み込まれていなければならなかった。そうでなければ、遅かれ早かれ、罰を課されて覚えていった。うさぎ跳びや、ジャンプ、腕立て伏せや逆立ちなどが課せられた。カビートのグループは、A部隊とB部隊があり、のちに支援部隊と交代部隊と呼ばれたが、反体制集団と戦うために訓練された部隊の右側に整列することになっていた。

その指定された場所にアイロンのかかった制服を着て、磨き上げたショートブーツを履いて、入隊した年度に従って一列に並ばなければならなかった。カルリートス、ビセンテ、アンドレス、ワルテル、ファニート、ベニート、ロベルト、チュクノリス、そしてろくでなしのポルフィリオが並んだ。

その日を担当する軍曹は、隊列の中庭に副士官が近づいてくるのを見ると、すぐに隊に命じるのだった。

「注目、気を付け！　動くな！　顔を上げろ！　ケツの穴を閉めろ！」

その日の副士官から六歩離れたところに起立の姿勢を保つために走って場所につき、全員、準備が完了していることを告げた。山から下りてくる冷たい風に吹かれながら、その日の閲兵が行われた。副士官はエネルギッシュで、右手をこめかみの高さまで上げ、決められた挨拶を受け、微動だにしない部下たちを見ながら、沈黙を保っていた。権力を前に、すべてのものの動きが奪われたかのようだった。そのつかの間の瞬間、副士官は、動きを奪われた何百という私たち兵隊の最高権力者として君臨するのだった。しかし、次の瞬間、さらに高位の者が隊列が組まれた広場に到着し、最高権力を手にするのだった。そして軍曹の言葉を繰り返し、担当の大尉から六歩離れたところに下がった。そうして順番に、軍事基地の長である司令官を迎えるまで、権力の交代の場面が繰り返された。彼もまた、別の訪問の機会には、将軍の袖章を見るなり走り出し、そしてその将軍はペルー大統領に走り寄っていく。この尊敬の行為は、軍事施設に足を踏み入れてすぐに私たちも学んだことで、権力者たちが携える袖章を区別しなければならなかった。

軍事基地の広場で行われる閲兵は、一日の日課の中でも最も重要なことの一つだった。国旗を掲揚し、国旗行進の歌と「われわれは今もこれからも自由である」を大きな声で歌った。閲兵は、町中を「テロリストたちめ、もし見つけたらお前たちの頭をぶったぎってやる」と叫びながら走った後に行われた。その後、体中の汗を冷たい水で洗い流し、パンとバターまたはオリーブの実とオートミールの食事をとった。

その儀式が終わると、さまざまな仕事にとりかかった。ほとんど毎日、私たちは広場の掃除をし、また見回り警備をするために武器のメンテナンスを行った。カビートであるわれわれも、掃除や調理、飲料の準備の手伝いといった当番を担当し、また学校の宿題なども行った。

何度か、基地の長であるカルロス司令官が、出欠を取った後に、あの軍隊口調で私たちに問いかけてきた。「カビートたち、調子はどうだ。勉強はしっかりやっているか。一二月にはちゃんと修了証を持ってくるんだぞ。こづかいをやるから、後で私の事務室に来なさい。明日はパトロールに出るぞ。わかったか」。

「はい、司令官！」と私たちは声をそろえて答えた。

司令官たちは、いつも私たちの最低限必要なものに気を配ってくれ、まるで私たちの父親のような存在だった。学校の始業式の時期には、必要な文房具や制服を買ってくれた。また、私たちを養子に取る軍事士官はいないかと探してもくれた。ワルテルは、高位の士官の養子となってリマへ行ってしまい、兵隊たちの記憶の中で忘れ去られてしまった。養子になれずに残った私たちは、兵舎で随分と長い間過ごした。昼過ぎに軍事基地からサン・フランシスコ・デ・アシス学校へ走って通った。学校で読み、歌い、走った後、兵舎に戻った。こうして毎日が過ぎ、何年も過ぎていった。

それからずいぶんの年月が経ち、軍事生活で青少年だった私たちは、二〇一六年の聖週間の休暇に合わせて集まることになった。しかし、たった三人しか集まらなかった。ほかの者はどこにいるのだろうか。死んでしまったのだろうか。貧窮した鳥の歌のように生きているのだろうか。それとももう忘れ去ってしまったのか。私たちは一人ひとりそれぞれの道を歩んできた。その未来へ続く道で紡いできた網の中でもうすでに暮らしているのだ。それぞれの道、それぞれの歴史は異なるものであるが、それでもまた、もう一度顔を合わせ話をし、お互いを助けるために集まることができた。私たちの子どもや国民のための新しい未来のことを考えていた。

集まったとたん、当時の生活のことをまるで稲妻に打たれたかのように一瞬で思い返した。そういうわけで、忘却の土地で風化させないためにも、そして何よりも、司令官たちやショウグン中尉、グリージョ兵士への謝意と敬意の証として、カビートたちの物語を本書に収める。戦争を生き抜いた一人の女性と私たち自身にも敬意を表して。

これらの話は、軍事基地でも聞かされたものである。私たちの寝室で、または登下校の間に、秘密裏に少しだけ聞かされていた話である。再びこれらの話を耳にすると、私の人生もそこに、私の友だち、仲間たちの中にあるような気がした。その尽きることのない仲間たちの話を少しだけ書き留めようと思う。

アンドレス——大統領、なぜ私の家を焼き払ったのですか！

アンドレスとは、ペルーの偉人の像が周囲に建立している公園で待ち合わせをした。そこはかつて、それぞれの偉人の記念日を祝して、私たちが音楽隊に合わせて軍隊の行進をしていたところだった。彼にはもう一五年以上も会っていなかった。それぞれに未来を探して違う道を歩んでいたのだった。まず私が到着して、まだ彼がいないことを確かめると、木のベンチに座って過去のことを思い返した。とても速いスピードでさまざまな思考が巡り、そして私たちがサン・フランシスコ・デ・アシス学校に通うために歩いていた道が目に留まった。学校では、ソニア・メネセス学長が私たちを待っていた。そこには、時間の経過に逆らっているような家や店が並んでいた。学長が住んでいた角の小さな藁ぶき家もほとんどそのままだった。その家にはいつも誕生日を祝うために集まり、また六年生に進級する時にも皆で集まった。

午後の柔らかい光とラスウィルカからの冷たい空気の中、ふいにアンドレスが現れた。再会の握手を交わすと、一緒にミゲル・ウンティベロス通りを歩いた。不安や緊張を和らげるあの冷たい飲み物を飲めるところを探した。その時、両親と離れ、地元を離れ、戦争の中ではぐくんだ友愛の情が二人にあふれ出ていた。沈黙とお互いの視線を感じる中、口を開いた。

「この長い間、どこにいたんだい?」

この問いかけはまるで死を宣告するハエのように彼の頭の中をぐるぐると回った。答えを探しながら、彼は一〇月の涼しい午後を楽しむかのように一口ビールを飲み込んだ。

「君が行ってしまってからも、軍隊で働いていたよ。副士官への昇級試験の募集がかかるその日までは、すべてが順調だった。僕を含めて、アヤクーチョの部隊からも何人も試験を受けるために書類をそろえて提出したんだ。何人かは試験に受かったが、正式な異動決議はまだだった。昇級のニュースを受けて、僕たちが所属する部隊の司令官は何百という兵士を従えて迎え入れてくれたんだ。試験に合格できた四人の軍曹は拍手で迎え入れられて、僕たちもとてもうれしくて、あちこちでお祝いされたのさ。とても幸せな気分でいたその時に、司令官からカセレスの基地に行けと命令されたんだ。

仕方ない。軍隊では、命令に従うしか方法はないからね。その基地では、経済長に任命されたよ。軍隊の食糧品や食事を管理する担当さ。ある日、あの出来事が起こるまではすべて順調だったんだ」

「何が起きたんだい?」飲食店では、四隅にある機械から、ポルフィリオ・アイバルのメランコリックな歌声が流れていた。私は何が起きたのか、早く知りたかった。

アンドレスは続けた。

「それまで兵舎の経済部門には一度もいたことがなかった。でも管理するのはそれほど難しいことじゃなかったよ。何人かの兵士を従えて、朝早く市場に行って、その日の食事に必要なものすべてを買うだけだ。少しずつ、市場の売り子たちとも仲良くなって、贔屓にしてくれた。おかげで、違う食料も買うことができるようになって、いつも同じ食事をしなくてもよくなった。

買い物や食料品の管理をしていたある日、メガホンで、街のお祭りであるトノにワンカ出身の音楽グループがやってくると宣伝していたんだ。それで、軍地基地の一番の上司にあたる将官が、お金を渡すように言ってきた。僕は黙って無視していたよ。でも、結局、「早く、私服に着替えろ」と言って命令してきたんだ。

上司の命令だからね。将官が言うことに、一兵卒は従うだけさ。一人の軍曹に基地の留守を頼んで、僕たちはトノに出かけた。楽しかったよ。一晩中ビールを飲んで、かわいい娘と踊って、夜が明けるころに酔っ払ったまま基地に戻った。とても眠たかった。入口の検問のところに到着すると、基地の中庭に、赤旗が、赤と白の旗ではなく、赤旗が翻っているのが見えたんだ。その瞬間、酔いがさめたよ。地面に倒れ込んで、匍匐して進んだ。慌てふためきながら兵隊たちを呼びつけると、寝室から走るように飛び出してきた。そして皆、赤旗がなびいているのを見たんだ。僕は夢じゃないとわかった。あちこち走り回って、空に向かって銃を撃ったが、テロリストたちはどこにもいなかった。奴らの旗が、旗竿の一番上でなびいていただけさ。だから、急いで兵隊たちに命令した。

「すぐに旗を降ろせ、ちくしょう！」

それで、皆急いで旗を降ろしたんだが。その後、散弾銃がいくつかなくなっていることに気づいた。テロリストたちが持っていたんだろうよ。僕たちはお互い顔を見合わせるだけだった。どうしたらいいのかわからなかったんだ。司令官は逃走しようとしたが、僕たちが阻止した。それで、中央基地にこの事件を知らせたんだ。

翌日、カセレスの基地にヘリコプターが到着した。ドミンゴ・アヤルサの兵舎から、諜報員たちがやってきたんだ。無駄な質問を何度も何度もして、僕たちを追い詰めたんだ。背の高い、色黒の男が、リボルバーを僕に突き付けて「銃はどこにあるんだ、馬鹿野郎」と脅した。知りません、と答えるのが精いっぱいだったよ。何度も何度もしつこく同じことを聞いてきて、しかも脅されていたから、結局本当のことを話した。街のお祭りに出かけていって、帰ってきたところに赤旗が掲揚されているのを見つけたんだってね。でも、信じてもらえなかった。引き金を握ったまま、僕のほうにずっと銃を向けていたんだ。

何時間も経って、彼らも質問するのに疲れたころ、結局司令官を連行していった。それで、僕が基地の指揮を執ることになった。二日後、代替の司令官がやってきた。彼はもっと頑固で厳格で、無くなった銃を返せと私たちを脅したんだ。なくなったものをどうやって返せばいいのかわからなかった。最終的に、僕を中央基地に連れていって、基地から抜け出した罰で一五日間の厳刑が課されたんだ。その罰は本当に厳しくて屈辱的なものだった。特に、前科として残ってしまったのがつらかった。

これが、君がいない間に起きた僕の悲惨な物語だよ。その後、アヤクーチョに副士官への昇級に関して聞きにいったが、カセレスで起きた一連の事件のせいで頓挫してしまっていた。事務室の一人が、「一五日間の厳刑に関する記録を消したいなら、二〇〇〇ヌエボ・ソル必要だ」と言ってきた。「一〇〇〇ソルを俺に、もう一〇〇〇ソルをリマで働いている俺の仲間に」ってね。その時は全然お金がなかったんだ。それで、僕の昇進の話はおしまいになった。やる気をなくして、軍隊を離脱したんだ。

ある日、同じようにカセレスの基地で武器をなくした兵士で、その罰で牢屋に入れられていた奴が、副士官が兵士から散弾銃を盗んでいたんだと教えてくれた。兵士たちは、自分たちの銃がないとわかった時に、テロリストのせいにするために赤旗を揚げたらしい。その後、街に出て、仕事を探したがあまりいい仕事には就けなかった。それよりも、家族に会いたいと思った。ある時、アヤクーチョのマグダレナの公園を歩いていた時、僕の村の伝統服を着ている何人かの女性を見たんだ。もしかしてと思って、その村に住んでいたこんな人を知りませんか、と聞いたら、すぐに知っていると答えたんだ。でもその村にはもう住んでいないとも教えてくれた。

——アンドレスは話し続けた——僕の友だちに、公園で会った女性たちが教えてくれたことを話して、二週間後に一緒に村に戻ることに決めたんだ。

オレハ・デ・ペロに向かう車に乗り込んで、村に向かったんだ。道は蛇のようにくねくね曲がって、崖や雲、辺りの植物が一気に僕たちに子どものころの記憶をよみがえらせてくれてね。そこからは、いろんな人に聞きながら、馬が通る道を歩いていった。一日中歩いたよ。パンパ川まで降りて、その後終わりがないかのような坂道を、山頂まで上った。そこで一晩過ごしたけど、暗闇に広がる大きな沼は恐ろしかったし、幽霊や半人半獣《クァルカチャス》たちが僕たちを食べに襲ってくるんじゃないかと怖かったよ。稲妻が光り、雷が鳴り響いていた。道端で横になって過ごすと、夜が明けるころには家を見つけられたんだ。小道から声をかけると、羊飼いの犬が吠えてその後に一人の女性が家から出てきた。こういう名前の人を探しているんですが、というと、なんと彼女は私の叔母だったことがわかった。抱き合って、それから、父と母がまだ生きていると教えてくれたんだ！」

「それは、おめでとう」。何とか彼の言葉をさえぎって、言うことができた。両親が生存していたこと、その語り尽くせない感情を言葉にして、彼の頬をうっすらと濡らす涙がこぼれ落ちていた。アンドレスはそれでも話し続けた。彼の両親が生きていることがわかった時の話を続けた。ビールを追加で注文し、ウェイターがすぐに持ってきた。

「その時は、ずいぶん泣いたよ。もうすぐにでも父と母に会いたかった。でも、どこにいるのか、正確には誰もわからなかった。僕の友だちも、すごく喜んでくれたんだ。というのも僕の叔母は彼の叔母のいとこにあたる人だってわかって、しかも彼の父親がすぐ近くに住んでいることがわかったから。だから、彼の家まで行ってみると、確かに彼の父親がいたんだ。とても貧しい地域で貧相な暮らしをしていたよ。ずっとずっと挨拶をかわして、それからたくさん話をした。

その再会を一緒に堪能した後、僕は両親を探しに出かけた。僕が生まれた土地まで行くと、別の地域に二人が住んでいることがわかった。戦争から逃げていったんだ。叔母と一緒に、その別の街まで旅をして、ようやく朝の四時ごろに到着できた。辺りは新鮮な木々に囲まれていて、新しい朝を告げる鳥たちが何百とそのまわりを飛んでいた。ジャガイモとトウモロコシの麻袋を背負って、両親の家と教えられたところまで歩いた。二ブロックぐらい歩くと、叔母が「あそこがあんたの両親の家だよ」と教えてくれた。

僕は大きな声で「マルセラ！　フアン！　ダニエル！」と呼びかけたんだ。でも誰も返事をしなかった。何度も何度も呼んでいると、一人の女の子が出てきて、懐中電灯で僕の目の辺りを照らして、どちら様ですか、と聞いてきた。すぐに「なんだ、この間抜け！お前の兄さんだよ！」と答えた。そうして二人で大泣きして、玄関で抱き合ったんだ。父も母も家にはいなくて、農場に出ていた。一時間くらい歩いたところにあったから、その土地で生まれていた僕の弟が、両親のいる農場まで連れていってくれた。木々と、コーヒー農園と果物農園の間を歩いていった。しばらく行くと、向こうの山に煙突から煙を出している小屋を見つけた。「あそこだよ」と弟が教えてくれた。彼は小屋まで走っていって、「お兄さんが帰ってきたよ」と叫んだ。

鶏がけたたましく鳴いて、母親が玄関から顔を出した。小屋の奥の隅では、男がマチェテを研いでいた。母親は取り乱しながら僕に近づいてきた。僕を抱きしめて、それから、何をすればいいのかわからずに、手を触ったり、足を触ったりして……。それからずっと泣いていた。あちこち見渡して、空を見上げた。夢を見ているんじゃないんだよ、あなたの息子が、戦争から帰ってきたんだよ、と言ったんだ。その後父親が出てきた。マチェテを手に、短い丈のズボン《チャビート》をはいて。僕を見るなり、マチェテを投げ捨て走ってきて、そして、僕を抱きしめた。この再会の場面を、いつも、いつも夢見ていた。でもその夢はもう目覚めることのない夢だったんだ！　ようやく、父と母と一緒に暮らせるんだ。

そこで一緒に暮らし始めた。今は農業を手伝って、それから両親の手伝いもしているよ。勉強も始めたんだ」。

「ゲリラ集団にいた年月はとても悲しい時間だった。たくさんのことがあって、どこから話し始めたらいいのか……」。そう断ってからアンドレスは続けた。

「たぶん三月か四月のころだったと思う。配属部隊が変わって高い山の山頂にいた時、一人の仲間に付き添って、彼の家族のところまで行って食糧を持ってくるように同志に命令されたんだ。そのころ、すでに党の仲間とは二年くらい一緒に過ごしていた。海軍に勤めていた伯父がリマから戻ってきてから、だったから。伯父とセルバへ移動して、コカやその他の作物の栽培のために働いていたんだ。でも、セルバでは戦いを放棄したってことで、後で僕の仲間になる奴らが伯父を捕まえてしまった。伯父は山の中へ連れていかれて、そこから叫び声が聞こえてきた。きっと、ナイフや斧でバラバラにされたんだ。僕は父の友人の家で身を隠していたが、そこで捕まえられてゲリラ集団に連れ去られたのさ。

ゲリラ集団で過ごしていくうちに少しずつ、人数が増えていった。川を筏で渡ったこともある。川の向こう岸にはコカがたくさん栽培されていた。山の中ではユッカを食べてしのいで、冷肉も作った。寒冷山脈に登った時に、初めて軍隊が放った銃の音を耳にしたんだ。仲間の一人が鍋を抱えて、僕たちは小さな川を渡ろうとしていた時、軍隊と自警団がやってくるのが見えた。指揮官が「銃だぞ、馬鹿野郎、走れ！」と叫んだのが聞こえた。

鍋を持った仲間は、茂みに足を取られて倒れ込み、銃弾がその体を貫通した。僕は、幸運なことにそのうえを飛び跳ねていったから、弾に当たらなかったんだ。山の中に隠れることができた。そこで少し休んで、その後、何時間も経った後にもう軍隊も退いただろうと計算して、身を出して、また歩き始めた。それが僕の最初の事件さ。その後、もう数えきれないくらい経験したけどね。

その後も歩き続けたよ。どの辺りを歩いていたのか、わからない。途中、野生の牛がたくさんいて、まるで原始人のように牛を崖のほうに追いやって狩ったりもしたよ。

一度、自警団の農村を襲撃した。彼らは手りゅう弾を持って抗戦してきて、こちら側にたくさんの負傷者が出たんだ。負傷者を背負ってなんとか帰路に就いたんだが、山に到着する前に夜が明けてしまうと、僕たちの後ろを自警団と軍隊が一緒についてきていたのがわかった。こっちが彼らを見つけるとすぐに銃声が鳴り始めて、驚いた僕たちは負傷者を放って逃げだしたんだ。彼らは全員殺されてしまったよ。グレネードランチャーが雨のように降りそそいできたからね。それでもたくさんの仲間が逃げ切ることができた。その夜は、緑の葉の中に隠れて眠りについて、煮詰めた馬の血を食べて飢えをしのいでいた。

また別の日のことだけど、雨季のある日、僕たちは党員を一人殺した。ただの子どもだったけど、大食漢だったんだ。食糧を取っておくっていうことを知らなくて次々にずっと食べ続けていたんだ。その日、僕たちの指揮官が、そいつががつがつ食べているのを見てイライラして、僕たちに言ったんだ。

「その下劣な奴を縛れ。党の仕事を全うするぞ」。

それで木に縛り付けた。指揮官がその仲間に向かってナイフを投げた。彼の名前を覚えてないけど、そこにはラウルとトリルセ、他にも仲間がいたよ。彼のお腹にナイフが刺さって、そのまま死んでいったんだ。

しばらく経った後、食糧を探して徘徊していたころ、監視担当として敵がいないかどうか注意深く見渡しながら歩いていると、小さな洞窟を見つけて、そこに近寄っていったんだ。するとそこで、古着を見つけたのさ。その時はいていたズボンはもうあちこち破れて穴が開いていたから、それを脱いで、見つけた古い服に着替えたんだ。すると翌日、指揮官たちが、僕の服が替わっていることに気づいて、大食漢を殺す時にそうしたように、僕も木に縛り付けたんだ。なんで僕を殺さなかったのかはわからない。ただ僕は服を見つけたんだと説明し続けた。

こんなふうに、生と死の間で時間を過ごしてきた。二年たった時、最初に言ったように、仲間の一人が、彼の家族に会いにいくのに付き合ってくれと頼んできた。山や岩、いばらの間を僕たちは歩いていった。夜が明けて、タンボの前にある、彼の母親の家に到着した。母親は動物たちと一緒に暮らしていた。彼女は僕らの到着に驚いて、新鮮なジャガイモのスープをふるまってくれた。それから、家の中で休んだ。次の日、一緒にいた仲間は僕に、「お前は党に戻っていいよ。僕はもう、戻らない」と言った。

僕も、もう戻りたくないと言った。そうすると彼は、僕をつま先から頭の先までじっと見つめてきて、それから手を挙げて、どこに向かえばいいか教えてくれた。タンボの街のほうを指した。僕たちが誰なのかがばれたら、自警団でも軍隊でも僕たちを殺すだろうことはわかっていた。それでも、その危険を冒すことにしたんだ。

母親の横に座ったままの仲間と別れの握手を交わして、びくびくしながら、タンボの街に向かう途中に通るワヤオの村まで歩いた。自警団に会ったら何と言おうか、ずっと考えながら。すぐに家畜を放牧に連れていく途中の男に出会った。村長はどこですかと尋ねると、彼は身分証明書を見せるように僕に言った。それで、党員だったけど、逃げてきたんだと話した。すると彼は「テロリストだ、テロリストだ！」と叫んだ。

たちまち村は騒然となって、笛が鳴り響いた。村人が銃や棒、ナイフを手にして一斉に僕に近づいてきたんだ。自警団たちは、「テロリストの小僧め、ここにいたのか。他の奴らはどこにいる？　武器はどこに隠しているんだ！」と次々に話した。

そのうちの一人がゴムブーツで僕を蹴り続けて、僕は床に倒れこんだ。血が流れているのが見えたけど、痛みは感じなくてただ泣いていた。何度も何度も党から逃げてきたんだと話したけど、信じてくれなかった。反対に何度も僕に聞いてきたんだ。

「ほかのテロリストたちはどこにいる？　誰と一緒にここまで来たんだ？」

繰り返し殴られて、結局僕は仲間と一緒に彼の家族に会いにきたが、党に戻らないと二人で決心したんだと話した。するとすぐに、

「そいつのところに俺たちを連れていけ！」と言われた。

何とか仲間の家の場所を説明するとすぐに彼らはその場所に走っていった。かわいそうに、母親の前でそいつは殺された。棒で殴られ、蹴られて。なぜ党に戻らないと決心したのかさえ聞いてもらえずに殺されたんだ。

僕はナイロンの紐で、古株に縛り付けられた。血は流れ続けて、何も口にすることができないまま、最初の夜を、自警団の野営で過ごした。遠くに犬が吠えているのを聞きながら、暗闇の中で目を閉じようとしていたが、できなかった。僕たちの仲間はどこにいるだろうか。家族はどうしているかな。夜が明けると、タンボから軍隊がやってきた。

自警団は「テロリストの子どもを捕まえました」と言いながら、軍隊に僕を差し出した。グリージョ*というあだ名がついた兵士が、僕の傷を洗ってくれた。その日の夜中、自警団に連れられて党員がいた場所まで戻った。配属が変わってあまり時間がたってなくて、その場所のことを僕はあまり知らなかったけど、キャンプ地を見つけ出すことはできたんだ。でも党員はもうそこにいなかった。鍋と食べ残しの食事が少しあるだけだった。その場所で一晩過ごしていると、朝方に党が攻撃してきた。山の上から散弾銃の銃声が聞こえてきて、軍隊が応戦した。その後に軍事基地に連れられていったんだ。グリージョ兵士のそばから離れないように歩いていたよ。

タンボの軍事基地では、牢屋に入れられたんだ。テントの一番奥にあった小さな牢屋だった。閉じられた部屋で明かりも入らなかった、その暗闇の中で僕の新しい人生が始まったというわけさ。ノミがいっぱいの古いベットの端切れがあるだけだった。僕の他にもう一人いたけど、スペイン語しか話さなかったから、彼とはほとんど会話をしなかったよ。ある日の午後、兵士が入ってきて、彼を連れていったっきり、そいつはも

*Grillo　日本語ではコオロギの意味。

う二度と戻ってこなかった。その牢屋にはトイレなんかもなくて、部屋の隅で用を足さなければならなかった。時々、思い出したように、豚に餌をあげるようなバケツにパスタのスープを持ってきた。ある時は、酔っぱらった兵士たちがたくさん牢屋に入ってきて、テロリストめとののしりながら僕を殴ったんだ。でも、誰に文句を言ったらよかったんだい？

　しかも、その小さな牢屋には、発電のための古いモーターが一つあって、ずっと信じられないくらいの音を立てていたんだ。それはもう、苦難としか言いようがなかった。でも、いったい誰に文句を言えたっていうんだ？　眠ることもできなかったんだ。それでも、日が経つにつれて慣れていったけどね。

　その牢屋でどれくらい過ごしたのか覚えてない。でも僕はまだ生きていた。ある日、食事担当の伍長がやってきて、僕を調理場に連れていって、ジャガイモの皮をむいたり平鍋のスープをかき混ぜたりする手伝いを命じられた。こうして、僕は牢屋から調理場に通うようになって、牢屋では兵士たちの古いブーツを繕うようになった。

　食事を作る係《ランチェロス》の隊員には気に入られたよ。毎日、ちゃんと朝早く起きて、朝食を準備したんだ。ある時、軍曹から兵舎の清掃をするように命じられた。兵舎では、兵士たちがベッドに横たわりながらポルノ映画を見ていた。僕は掃き掃除をしながら、横目で映画を盗み見ていたよ。グループセックスをしているところだった。そうやって僕たちも生まれたのさ。

　また別の日には、調理場で兵士たちが僕のことを話しているのを耳にしたんだ。「あの子は再召集されるぞ」と言っていたんだ。その「再召集」という言葉の意味がわからなくて、もしかしたら僕を殺すことを意味する隠語かとも考えた。ずっとその言葉が頭から離れなかった。

ある朝、僕が調理場で朝食の準備をしているところを軍事基地長である司令官が見つけたんだ。それで、兵士を全員集めて、「今後一切、この子には関わるな。これからは兵舎で寝泊まりをする」と発表したんだ。

グリージョ兵士は、古い網目の布で僕の体全部をごしごし洗ってくれて、それから、ズボンと運動靴、軍隊のブーツを贈ってくれた。こうして、僕はカビートに仲間入りしたというわけさ。僕をあんなに良く扱ってくれたあの人は今どこにいるだろうか。カニェテに住んでいると言っていたけど。色黒の男だったね。とてもいい人だったよ。もう一度会って、握手を交わしたいと思うよ。その後は、皆、僕をかわいがってくれた。兵舎で寝泊まりするようになって、君と出会ったんだ。その後のことは、一緒に過ごしたからもう君もよく知っているだろ」。

＊＊＊

語り尽くせないこれまでの出来事を何とか紡いで言葉にしているうちに辺りはすでに夕暮れ時を迎えていた。二人が話し始めてからもう何時間も経っていた。ビールでは酔えなかった。過去が私たちの身体の中でよみがえっていた。彼と別れる前に、二人の頭にはこんな疑問が浮かんでいた。僕たちの元大統領で、いまは牢屋にいるゴンサロ、あのころの彼に —— 今となっては思い出しもしないが —— 何を伝えたいだろうか。アンドレスはすぐに答えた。

「大統領様。あんたのことは山の中の生活で知った。眼鏡と赤本を手にした写真を見たんだ。僕たちとは反対側の山の中で、抑圧者と戦っているのだと思っていた。でも、たばこを吸いながら街の中で姿をくらましていた。きっと、恐怖におびえながら。なぜ、僕の家族を殺した？　なぜ、僕の村を、僕の家を焼き払ったんだ？　大統領！　きっと正しいことをしたと思って、今でも僕にこう言うだろう。この男は、右派だからそんなことを言うんだ、って。でも僕はどっちでもない。右派でも左派でもなく、子どもたちを養うことを日々探しているだけなんだ。だから、こういうことはやっちゃいけないことなんだ、大統領。そんな不気味な考えでは、僕たちを導くことはできないさ。最も憎む敵にさえも、大統領、あんたが僕に課した人生を味わえとは思わないよ」。

ビセンテ――兄の愛情だけが僕たちの救いだった

ビセンテは、ワンタの軍事基地に一九八六年にやってきた。まだ一三歳だった。そのころは、武装衝突がアヤクーチョ県よりも広い範囲に拡大していたころだった。軍隊は、ビセンテをサン・ミゲルの自警団から救い出した。何年か兵舎で一緒に暮らしたが、その後家族からの知らせを受け取って、一九八八年の年末に生まれ故郷に帰っていった。その後のことは何も知らない。それで、彼を探し出そうと思ったのだった。

二〇〇八年、彼を探しに旅に出た。彼の村の人々は、アヤクーチョ市内に住んでいるよ、と教えてくれた。すぐに街へ戻った。

何週間か経ったころ、彼を見つけた。奥さんと四人の子どもと一緒に借家に住んでいた。ほかの貧しい者と何ら変わらなかった。長い時間を経て、僕たちはもう一度抱き合って挨拶をかわすことができた。すぐにたくさんの質問が彼の口から出てきた。

「調子はどう？　一体どこで何をしていたんだい？　どこに住んでいるの？　どうやって僕を見つけたんだい？」

私は黙って、彼の年老いた顔を見つめた。とても詳しく、私が彼の村を訪ねたことを話した。次の日から、数日にわたって、幼いころ過ごした時間を取り戻し思い出すように言葉を交わした。私たちが学んだ日々のことを彼にも尋ねてみた。

「そうだ、僕たちの学校だよ！」ビセンテはすぐに懐かしそうに思い出した。「レナン先生のもとで、小学校三年生まで勉強したんだ。とてもいい先生だったね。根気強くて。その後は、畑で仕事をしなくてはいけなくて、学校には行かなかったよ。家族もいたしね。あの学校のことは忘れられない経験になった。あの時の教えがあって、今何とか生計を立てているっていうのもあるしね。サン・フランシスコ・デ・アシス学校の友だち、ロサ、セベリナ、エルリンダのことは今でも覚えてる。それから、もらった手紙のことも」。

いくつか、差しさわりのない質問と簡単な答えを交わした後、私たちは少し落ち着いて、センデロ・ルミノソで送った日々について、そしてすでに聞いたことがある彼の人生の出来事を振り返った。

「僕の母親が死んでから、親父は酒を飲むようになった。それでいつも僕たちを殴ったんだ。それはよく覚えている。その癖は僕にも遺伝していると思う。時々ひどく怒り散らすことがあるんだ。どんな些細なことでもイライラして、僕たちを怒鳴りつけて家事をやらせたんだ。ある時、頭を鞭で殴られて、僕は気を失って床に倒れ込んだ。目を覚ますと姉に抱えられていたよ。もう我慢の限界だった。子どもだって感情を持っている、動物だっておなじだろ？　殴れば傷つくし、家から逃げ出すこともある。僕も、その時はすぐにでも親父から離れたかったんだ。それで次の日、自分の服をカバンに詰めて、セルバに向かう道を歩いていったんだ。あちこち見渡しながら、遠くまで歩いた。ほかにも旅人がいたら、その人の後ろをついていこうと思って待っていたんだけど、結局誰も通らなかった。コウテンシが悲しげに鳴いていただけだった。山頂に着くころにはちょっと疲れて、それから近くに住む叔父の家のこと、姉と一緒に訪ねた日のことを思い出したんだ。それで、彼の家に向かった。叔父は僕が訪ねてきたことに喜んでくれて、オカ*の収穫に連れていってくれた。その日は一日中、収穫に精を出して夕方には根菜を背負って家に戻ったんだ。叔父の家に近づくと、そのドアの前で僕の親父が座っているのが見えたんだ。すぐにオカの入った〈大布《オイピ》〉をその場に捨てて、セルバのほうへ走って逃げた。親父は追いかけてきたけど、僕を捕まえることはできず、遠くから「戻ってこい！」と叫ぶだけだった。

僕は「いやだ。なんで僕を殴るんだい？」と答えて、走り続けた。親父は追いかけるのをやめて、戻っていった。僕も身を隠しながら家に戻ったんだけど、それからはもう僕を殴ることはしなくなった。

ある日、母さんを見た。青のブラウスと、母親が好きだったスカートを身にまとって、家のほうに近づいてきたんだ。その瞬間、僕は話しかけることも一歩近づくこともでき

* uqa　この地域原産の根菜の一種。アンデス地方で日常的に食される。uqaはケチュア語で、スペイン語ではoca。

なかった。彼女は僕を見つめていて、僕もただ見つめていただけだった。そうしてどれくらい時間が経ったのかわからないが、突然姿を消したんだ。慌てて家まで走って戻って、姉にその出来事を話した。そんなふうに毎日を過ごしていたんだ、危険が迫ってくるまでは。僕の家族を殺し、山の中で暮らさなきゃいけなくなった、あの恐ろしく憎い戦争がやってくるまでは。

一九八三年、その年、僕たちの親の世代は皆声を潜めて話していた。まるで内緒話をするように、党員の教えを話していて、それから召集される会合に出席していた。ある時、その同じ八三年のことだけど、党がコスコサの村でスポーツのイベントをしてバザーも企画したんだ。たくさんの人が、近所の村からも集まった。党員は、このお祭りにツナ缶やパスタ麵、砂糖を持ってきた商人たちを襲った。これらは、サッカーのトーナメントに勝ち抜いた若者たちへの賞品になったのさ。コスコサの村人は、砂糖の大袋を勝ち取った。その他の村も、ツナ缶や清涼飲料水を勝ち取っていったよ。

午後になって、監視担当の者たちが軍隊が近くまでやってきているぞと知らせにきたんだ。党員たちは彼らの武器を発砲し始めた。僕たちは銃声がバン、バン、バンと音をたてて渓谷に響くのを耳にしているだけだった。すぐにヘリコプターが頭上を巡廻し始めた。そこで、僕たちには村を離れて別の場所へ逃げろと党員が言ったんだ。言われた通りに、家族皆で山に向かって逃げ出した。翌日からしばらくは、ヘリコプターからも銃が撃ち込まれた。何の罪もない子どもたちや母親、若者、そして農民の老人たちが殺されていったよ。誰も死体を埋葬すらしなかった。神の前にただ腐っていくだけだった。こうして、僕たちの地獄の生活が始まったのさ。党員たちは僕たちに「もうここにいることはできない。セルバの端のほうまで行こう」と言ったんだ。

そうして、マリアカンチャのカジェ・ヌエバというところに到着して、皆で過ごした。その後、セルバまで歩いたけど、そこにはたくさんの危険が潜んでるって言われてセルバとシエラの中間辺りでとどまったんだ。

ある日、といってもよく覚えてないんだけど、何もせずに時間が過ぎていったからね。――少し間を取ってビセンテは続けた――その時、僕は一一歳だったんだけど、どうやって過ごしたのかよく覚えていないんだ。二月だったのか、三月だったのか……、でもたくさん雨が降っていた。そんな日々の中、ある時、僕たちのキャンプ地の近くで、私服の男たちが数人、僕たちを呼びにきたんだ。

「こっちへおいで、同志たちよ！　逃げたりしないで、私たちは仲間だよ！」

でも、僕たちの監視役たちは、その男たちが私服の下に、武器を持っていることに気づいて、隠れて武器の安全装置を外しているところも見たんだ。それで、監視役の男たちが「あれは俺たちの仲間じゃない、軍隊だ。山に向かって走れ！」と叫んだ。

すぐに作業の手を止めて、山に向かって走った。すると瞬く間に、僕たちの間を銃弾が通り抜けていったんだ。まだ山には程遠かった。狐が僕たちの目の前を横切っていって、でもそれには目もくれずに走り続けた。僕は兄さんの後を追って走った。兄さんと離れたくなかったんだ。どうにか無事に山に到着することができた。軍隊は森にまでは入ってこなかった。僕たちを見つけるのが難しいからね。何時間も後に、ようやく退いていったみたいだった。それで僕たちも少しずつ、隠れていた場所から抜け出して、集まった。でも親父がいなかった。僕たちは待っていたけど、仲間は皆山から出ていったんだ。

その日の夜が明けて、一日経って、二日が過ぎ、一週間が過ぎた。親父は現れなかった。自警団か、軍隊に捕まったんだと思った。でもその後、逃げ出したことがわかった。武装衝突を利用して一人逃げ出して、コスコサの村へ戻ったんだ。僕たちには何も言わなかった。もちろん党は、僕たちが疑問を持ったり文句を言ったりするのを許さなかったから、ただ、黙っているしかなかった。低木に隠れて、親父を思って泣いたことを思い出すよ。仲間の兵士たちの前では泣けなかったからね。泣いたりしたら、皆の前で殺されるだけだ。他の奴らは、布で口を押えながら、夜にすすり泣いていたよ。

一年経って、親父がコスコサ近くの、チョクセカンチャの自警団のキャンプに到着していたとわかった。

そこの自警団の指揮官は、僕の父親がスパイとして送り込まれたと思って、彼を拷問にかけたらしい。それから二日経って、父親を生きたまま埋めたんだ。土と石で蓋をして。そこに僕の親父がいるのさ。どこに埋められたのか、その具体的な場所は誰も教えてはくれなかったよ。たくさんの人が見ていたっていう話だよ。ウラスやコチャスの人がね。

山の中の生活はもはや生活とはいえるようなものじゃなかった。いつだって、軍隊や自警団から逃げるために準備をしていたし、食糧を探し歩いていた。ある日、僕たちが料理をしていると、二人の男が山の向こうに現れた。僕たちはとてもびっくりして、さらに山の中へ逃げようとしたんだけど、その後、その二人が中央部隊の僕らの仲間で、山を越えた向こうのほうで戦っている同志だとわかった。彼らは僕の村の知り合いだった。学校の友だちだったんだ。彼らは僕を中央部隊に連れていくためにやってきた。僕は行きたくなかったんだけど、党が指令したら、すぐにそれに従わなければならないだろう。だから何も言わずに、頭を縦に振って、同意したんだ。僕を待ち受けている危険はもちろん知っていたさ。村の人々と、兄に別れを告げた。兄さんは、行くな、と僕に言ったんだ。

血が流れるようなその言葉は、今でも僕の心に鮮明に響いている。この思い出は、ひどく僕をつらくさせるんだ。それが、僕が兄さんを見た最後だよ。自警団に殺されたんだ。姉さんだけが、山の中で生き残った。

どちらにしても、中央部隊に入隊せよという指令に従ったんだ。僕たちは夜に出発した。どの場所を通っているのか、見当もつかなかったけど、おそらく別の地域、別の県の領域に入っていたと思う。それでも僕の村の近くだったと思う。ぐるぐる遠回りさせられたんだ。

中央部隊の同志とは、僕の村の近くのパタパタというところで落ち合った。たくさんの武器を持っていて、軍隊や自警団から逃げたり、応戦したりする準備が整っていた。指揮官は、山の中で暮らす大衆について僕たちに聞いてきた。「すべて、順調です」、僕を連れ出しにきた党員がそう答えた。夜になると、党員たちはお酒を飲み始めた。夜中まで歌を歌って、踊っていたんだ。朝方になって、ヘリコプターの音が聞こえてくるとすぐに、岩に向かってたくさんの銃弾が撃ち込まれた。皆、あちこちに広がって逃げた。僕も狂ったように走り続けたよ。僕の前には、四〇歳くらいの女性の党員が走っていた。僕たちは、山の谷あいにある〈雪崩《ワイコ》〉でできた道を降りていった。その女性は、隠れる場所をよく知っていたんだ。岩の間で二人で静かに隠れていると、しばらくして僕たちのいる場所のすぐそばに、散弾銃の弾が雨のように撃ち込まれた。

ヘリコプターが去ると、再び僕たちはその隠れ場所から外へ出た。山がまるで僕たちの命を守る子宮のように思えたくらいさ。その後廃墟を見つけたから、そこでジャガイモとソラマメを調理して食べてから、また二人で歩き出した。山頂近くで洞窟を見つけて、そこで午後まで休んでから再び歩き出すと、僕たちと同じ党員の二人にようやく出会えた。彼らは僕たちを見かけなかったから、銃で撃ち抜かれて死んだのだと思っていたらしいよ。

ヘリコプターに追いかけられた後に、もう一度全員が集まると、ゲリラ集団の歌をギターと一緒に歌いながら祝った。

峡谷やアンデスを超えて、自由のゲリラ兵は行く
われら最高の戦士は村から来た、街から来た
痛みも困窮も、われらを衰えさせることはないだろう
前進あるのみ　引き返すことは許されない

こういうことがあったから、時々、中央部隊にいることはいいことだった。でもまた別の時は最悪だった。食べるものがある時はいいけど、何もなくて、僕らのお腹から悲しい空腹の音が聞こえる時もあったよ。午後にはよくボールを蹴って遊んでいた。指揮官たちはギターを弾いて僕らを躍らせたりもした。それから何度も繰り返しこう言ったんだ。

「俺たちの戦いを祝福するんだな。あとちょっとで、俺たちの勝利だぜ」。

だから、僕たちは街に近づいて、軍隊を追い払って、僕たちの血を吸う政治家たちをやっつけるところを想像していた。でも、そんな日は来なかった。逃げようと思ったことも何度もあった。僕たちが勝利する日は一向に近づいてこなかったんだからね。逃亡

に成功したやつもいたよ。でもその後に、自警団や軍隊のキャンプ地で殺されたと教えられた。党からどうやって逃げ出せばいいのかわからなかった。いつの間にか燃え上がる炎の真ん中にいたってわけだよ。

ある時、指揮官が、僕たちの仲間たちを殺すように命令してきた。ある武装衝突の時に、その仲間たち以外の三人が死んでしまったんだ。だから指揮官は生き残った者たちに、なぜきちんと協力しなかったんだと言って叱ったんだ。彼らは床に寝転がされた。泣いて許しを求めていたけど、同情されることもなく、その体に銃弾が撃ち込まれた。

批判と自己批判の時間もあった。僕は、「僕には何の価値もない。もっと積極的にならないといけないし、敵に向かって、何かしなければならない」とよく言った。別の仲間たちも同じようなことを繰り返していただけだったよな。

それから、基地から届くパンフレットの勉強もしたよ。僕は、残念なことに彼らの説明をまったく理解できなかったんだ。何にも僕の頭に入ってこなかった。一度、指揮官が僕らに試験をしたんだ。で、僕は何も答えられなかった。なぜ学習できないんだと叱られて、それから僕と同じ村の出身者の同志に僕を託して、こう言ったんだ。

「俺たちは何度も何度も、一言一言繰り返して教えているのに、こいつは何にもわかっていない！　お前が教えてやれ！」

それで、その同志は僕を小川のほうに連れていって、そこで二人で座り込んで、僕に党のことを教えてくれたんだ。でも僕は、兄のこと、父と母のこと、それからどうやってここから逃げようかとばかり考えていた。突然頭を本で殴られて、しばらくぼーっとしてしまった。今、その同志は僕の村にいるよ。どうやって逃げ出したのかはわからないけど。ある日の午後、一緒にビールを飲んでいる時に——武装衝突の後にね——僕は彼に向かって「俺の頭をお前の本で殴ってみろよ、馬鹿野郎」って言ってやったさ。今では、手紙や文書を書くこともできるぞ。

党の中では、ずっと寂しかった。マリオ兄さんが亡くなったのがずっと引っかかっていたんだ。彼はとても優しくて、兄の愛情だけが僕たちの生きる意味だったんだ。まだ〈赤ちゃん《ワワス》〉だったころ、僕たちの世話をして、抱っこもしてくれた。僕の仲間が彼の最期を全部教えてくれたよ、党が殺したんだって。党は、自警団の村を襲撃する計画を立てていて、兄はそれに参加しないように病気を装ったんだけど、それで殺されて、滝つぼに捨てられたんだ。

ある日、全員アコクロの村まで移動しなければならないと指揮官に命じられた。僕たちは月の光を頼りに、山中や渓谷を一晩中歩き続けた。夜が明けるころ、サン・ミゲルの街の近くで休んだ。

山間の細道に隠れてじっとしていた。警備係の者たちだけが、丘に登った。僕も交代制で警備係を担当して、丘に登ると、そこから僕の村が見えたんだ。生まれ故郷の近くにいるぞ、と思った。夜になってから、また歩き始めた。

翌日、指揮官の命令で僕を含めた三人が残された。そのうち二人が男で、一人が女だった。それ以外の党員は、増援部隊を探しに山の中へ入っていった。残った三人は、空き家になった家の中で仲間を待っていたけど、昼過ぎから調理を始めた。その女が水を汲んできて、僕たちは薪を探した。その小さなキャンプ地に戻ってくる時に、僕は同志に脱走しようと持ちかけた。彼もそう決心していた。

もう一人の女の同志に話を持ち掛けると、彼女は嫌だといった。

「党のために死ぬべきだから」と言ったんだ。

それで、他の党員たちと落ち合う場所と時間を彼女に教えて、僕たち二人はその場を去った。彼女には、自警団と応戦できるように銃も置いていった。何年後かに、党員たちが裏切り者として彼女を殺したと聞いたよ。

　僕たちの脱走劇はこうさ。その日の午後、ウラスへ向かって渓谷を歩き続けたんだけど、とても怖かった。その道中、僕は仲間に、軍隊の基地へ行こうと持ち掛けた。彼は嫌だと言って、その代わりに自警団の基地へ行こうと僕を説得した。父親が自警団に殺されたから僕は信用していなかったんだ。でも結局、自警団の基地へ向かって歩き出した。

　夜が明けたころ、僕たちは彼の母親のところに到着した。彼女は驚きながらも僕たちを受け入れてくれた。話さなければならないことはすべて彼女に話した。その仲間の母親は、何か食べるものでも、といって〈サボテンの実《ツナ》〉を取ってくると言った。パラナ*を準備して、それから耕作地へ向かって歩き出した。でも、ツナをそこに置いて、自警団のいるところへ走り出したんだ。彼らはすぐに家に来たよ、そして僕たちを捕まえた。その時、僕は「ほら、やっぱり殺されるんだ」と言った。でも、そんなに野蛮な奴らではなかった。たぶん、彼の母親が頼み込んだからだろうけど、僕たちを牢屋に入れただけだった。午後になって農作業が終わってから、皆で集まって僕たちにいろいろなことを聞いてきた。何を聞かれても「脱走してきたんだ」とだけ答えた。でも、自警団の奴らは、僕たちがずいぶんと長い間党に属していたという理由だけでも殺す必要がある、という内容の手紙を軍隊宛てに書いたんだ。

　次の日の朝、サン・ミゲルの基地に僕たちを連れていった。街に入ると、軍隊に僕が話をしようと少し先を急いだ。軍事基地まで急いで歩いていくと、扉のところの警備員

pallana　ツナを収穫するための道具。

に出会った。彼は、お前は誰だ、と聞いてきたから、僕はテロリストでした、と答えた。少し驚いてから、中尉を呼んできた。中尉は僕を見て、それから軍事基地の中へ通してくれた。そこで、中央出入り口の警備員のように僕に質問をしてきたから、もう一度僕はテロリストでしたが、脱走してきました、と答えた。僕の家族のこと、僕の仲間のこと、そして生まれた村のこと、すべて本当のことを話したよ。中尉が僕のことをつま先から頭のてっぺんまでじろじろ見ている間に、自警団の一団が、僕と一緒にセンデロから脱走した仲間と一緒にやってきた。彼はもう成人だった。中尉には、僕の仲間はセンデロにたったの一か月だけいたんだと説明した。本当のところは、たぶん武装衝突の一番最初からいたと思うけど。中尉は、自警団が書いた手紙に目を通すこともしなかったよ。彼らはしつこく僕を殺すように訴えていたけど、「インディオたちはあっちへ行け！」と言って、その場から追い出したんだ。

黙ったまま彼らは出ていって、僕たち二人が軍事基地に残された。調理場に連れていって、食事を取らしてくれると、アヤクーチョの司令部に連絡を入れた。数日後にドミンゴ・アヤルサの兵舎に連れていかれて、僕の仲間は諜報軍のガトたちと一緒に残って、僕はクルカパタまで連れていかれた。数週間経ってから、リンド大尉が僕を養子に入れると言ってくれたんだ。でも僕は怖かった。別の国に売られるんじゃないかと思ったんだ。その後、オスカル司令官が僕をワンタに連れていって、そこに君がいたんだよ、ルルヒオ、僕の友たち。君はテレビでインガルス家族を見ていたね。そこで、一九八八年の一二月に僕が出ていくまで、一緒にいたじゃないか。

軍隊で数年過ごしてから、僕の村に戻った時、一緒にセンデロから逃亡した時の仲間がいたんだ。でも時々僕の悪口を言っていた。自由にするように僕が司令官に頼んでやったこと、もう忘れたみたいだ。

数年後、ある朝、僕が当時住んでいたコスコサ村でトウモロコシの皮をはいでいると、僕の甥っ子のハビエルが突然現れたんだ。あの時、僕の兄エミリアーノが亡くなった悲しい出来事が起こった山の中で、僕の兄嫁だけが三人の子どもと生き延びたんだ。

そのころ僕たちは、食糧を探してはあちこち歩いて、苦しい生活を送っていた。ある時、セルバの自警団が僕たちを襲撃して、三人の子どもを連れていってしまったんだ。その後彼らがパルマパンパの自警団に連れていかれたらしいと耳にした。僕の甥っ子のうち二人は死んでしまったが、ハビエルは生き残った。ピチウイルカ出身の、クバ・キスペという男性が養子にもらったっていう話だった。セルバにいたころ、ピチウイルカにいるかもしれないと聞いたから、一度甥っ子を探しにいったんだ。幸運にも彼を見つけ出すことができたけど、僕のことを自分の伯父さんだとは認識してくれなかったんだ。

その日、トウモロコシを収穫していると、突然現れて、あちこち辺りを見回していたんだ。それで、ようやく僕に言ったんだ。「僕の伯父さんだよね」。

作業の手を止めて、彼に向かって走り出した。もう十分成人した男になっていて、一緒にいた女性は彼の奥さんだった。僕と一緒に暮らすようになって、それから子どもにも恵まれたよ。でもその奥さんとは別れた。今は新しい奥さんと暮らしている。子どもたちも一緒だ。アヤクーチョの僕の土地の横に住んでいるよ。甥っこの母親もそこに住んでいるんだ。ハビエルは、赤レンガの家を建てる職人になって、今ではもっと大きな建物を建てているよ」。

僕たちが再会を果たしてこの話をしていたころ、ビセンテは警備の仕事に就いていた。彼は職を転々として、ずいぶんと長い間、ジャガイモやトウモロコシを栽培する農作業や村で家畜業に従事していた。小学校には三年までしか行かなかったが、会社のスーパーバイザーまで昇進したし、彼の友人の法的な問題の相談役もしていた。彼とは何度か会って、その度にコーヒーやビールを飲んで、これまでの人生について語り合った。

***

アデラ――目に見えない命

同じ国民同士で殺し合うという暴力の痛みのすべてをアデラはその一身に受け、追い打ちをかけるように――生き延びるために――もう三〇年も前から、アヤクーチョの街の家々を訪ねて衣類を手洗いして生計をたてている。夫は武装衝突の中で死に、一番下の娘は父親に会ったことすらない。センデロ・ルミノソの軍隊で約一〇年間も生きた彼女は、戦争に父親、夫、子ども、兄弟、そして親類を奪われた。今、彼女には持ち家もなく、古い赤レンガでできた小さな部屋を借りるのが精いっぱいだ。だから、私だけでなく、私たちすべてのものが、その「深淵なるペルー」、「分断されたペルー」を知るために、彼女のことをここに書き記すべきだと考えた。人類として、われわれがしてきたことにもう一度目を向けるために、彼女の声を聴くことにしよう。[1]

「ここ（アヤクーチョの街）で、服の手洗いを仕事にして生活する前は、私は生まれた村で、トウモロコシや小麦を農作して、家畜を育てて生活していた。そのころ、私はまだ幼くて、父さんにはよく殴られていたよ。何でもないようなことでも、棒で強く叩かれていたわ。そのころ飼っていた二頭の牛を放牧しながら、私もよく泣いていた。それはとってもよく覚えてる。だからいつも私の息子たちには言うんだ。嫁さんをたたいたりしちゃいけないよ、って。それは本当に良くないこと。奥さんのことは愛して、大切にしないとね。

少しして、危険な時代になると、よく近所の人が、

「ゲリラたちがやってくるぞ！　あそこにほら、もういる！　下のほうにいるぞ！　赤旗を掲げて、あっちへ行ったぞ！　警察を殺したらしい！」と言っていた。

私たちは、「〈一体、何のことだろうね《イマクィチャイカ》〉」と言っていたけど、そのころにはもう党は秘密裏に私たちの村でも行動を起こしていて、隠れながらあちこち歩き回っていたんだ。誰もどこにいるのかは知らなかった。でも、私たちを監視しながら、あちこちにいたんだ。

ある時、村の中央広場で党員たちを見た。地域集会所の前に立っていたんだ。別に変な集団ではなかった。私たちと同じような人間で、でも心を無くした人間たちだった。だって、村人を六人捕まえて、何のためらいもなく一撃で殺したんだ。でも殺された村

1　二〇〇九年、アヤクーチョ市にて、アデラと話しをした。ケチュア語で会話を交わした。この物語の一部は、卒業論文「非常事態と戦争後のペルーの農村コミュニティにおける回復の状況」（修士論文、メキシコ市：イベロアメリカーナ大学、二〇一一年）にて発表。名前は、プライバシー保護のため、仮名である。

人は皆怒りっぽい人たちで、たくさんの村人が彼らのことを憎んでいたんだ。党はそういういざこざが嫌いだったからね、だから殺したんだ。

村人たちを殺した後、新しい国家を作るために、党員は私たちを「大衆」として組織に組み込んだんだよ。その瞬間から、私たちは彼らと共になり、人間による人間の搾取がない国を作る時がやってきたんだと教えられた。そういう言葉で私たちを活気づけて、夜にはいなくなった。そしてまた別の夜に現れる、という具合だった。

私たちは、彼らに毛布を貸したり、私たちの食糧を分けてあげたりしていた。その当時の党員はそんな感じだった。夜になると、悪い奴らを探して歩き回っていた。ある時私たちに、

「軍隊がそろそろ来るだろう、皆、山の中へ向かって逃げるんだ」と言った。

そこから軍隊がヘリコプターでやってくるまで、あまり時間はかからなかった。私たちの村の真上で、その翼が呪われたように大きな音を立てていた。上に逃げたり、下に逃げたりしたけど、どの方向からも軍隊がやってきた。夫は、小さな息子を連れて山のほうへ隠れた。私たちも弟と一緒に大きく育っていた麦畑の中に隠れた。静かにそのまま、夜になるまで隠れて、夫が待っているはずだった山へ向かって歩き始めたんだ。

山には確かに私の夫と、その他の兄弟、それに私の父がいた。党員たちは私たちに、軍隊は村に残っているだろうから、戻ることはできない、セルバに向かって旅立つしかないと言った。そして、もし敵がやってきたら、石やガルガスで応戦するのだ、と言った。

翌日、私の夫が家まで戻ってみると、もう誰もいなかったので、そう皆に伝えた。犬たちが吠えているだけだ、と。辺りはとてもさみしくなっていた。私たちと一緒にいた

党員たちは、

「どちらにしても、われわれは撤退しよう、ここにはもうだれもいることはできない」と言ったんだ。

撤退というのは私たちの家を捨てるということ、私たちの村を捨てて、党の命令に従って、洞窟や山の中で生活するってこと。私は胸の内で「一体私の家はどうなるんだろう、私の家畜はどうしたらいいんだろう」と、とても不安だったわ。

その高い山から、セルバに向かって歩き出した。アプリマク川の流域までね、そこに私たちの親戚が住んでいたから。でもすぐに自分の村に戻って家畜の様子を見にいったよ。放っておくわけにもいかないから。昼夜通して歩いて戻ってみると、置いてきた時と同じように、私の飼っていた豚が柱にくくられていたよ。私を待っていたんだよ。私を見つけると泣いて喜んでさ。他のクイたちはもうお腹を空かせて死んでしまっていた。

すぐにその豚を連れて、セルバに向けて出発した。小川や泉、湖や森がたくさんある石だらけの道を歩いていったわ。

そうやって山の中を歩いていると、かわいそうに、私の豚はもう疲れてしまって歩けなくなった。その辺りに住んでいた女性に預けておいたけど、次の週に戻ってみると、もういなかった。自警団たちが食べてしまっていたんだよ。

セルバでは、私の姉の農作地で三か月ほど生活した。私たちは農地で働き始めたけど、武装衝突はどんどん激しくなっていった。皆口々に、軍隊や自警団が私たち農民を探していると話していた。だから、農作業をやめて、家にいて見つかったりしないように、山の中で生活するようになった。太陽が沈むころになって、家に戻ってきた。ある時兄嫁が私に、「危険が迫っていると思うから、この家から出ていかないといけない」と言ったんだ。

それで、その夜は、別れの儀式をしたの。一匹だけ残ったヤギを殺して、ピーナッツと一緒に調理した。男たちは酒を飲み続け、もう再び会うことはないだろうと話していた。「なんで泣くのさ、〈縁起《チキ》〉が悪いね」って私は言ったんだけど、「ここにいたほうがいい、子どもを連れてどこへ逃げようっていうんだ！」と言われたり、ほかの人には「結婚したんだ。嫁は、夫がいるところにいるべきだ」と言われたりしたよ。その時、私は三人の子どもがいたんだ。

別れの後、夜中の一二時を過ぎてから、撤退をした。とても悲しくて、不安だった。目的地に着くかもしれないし、途中で殺されるかもしれないって考えながら。ようやく山の向こう側、私のいとこがいる場所に到着できた。そこで二週間くらい働いたけど、子どもたちは貧血になって、土を食べるようになったよ。党員も一緒に行動していて、私たちには「明日シエラに向かうぞ。もしここに残るというなら、そんな奴は殺す」と言ったんだ。

何日も何も食べずに歩き続けた。私の兄の長男、今は生きているけど、その歩いている時に気を失って、少しの間死んでいたんだ。ある一人の男性がいろいろな薬草で治療してくれて、生き返ったんだがね。その後、マライカンチャに到着すると、ちょうどその日は五月一六日のママチャ・カルメンのお祭りの日だった。そこで党員たちは酒を飲んでいた。私たちは、これまでの出来事を話すと、皆同情してくれて、〈乾燥ジャ《チュ》ガイモ《ニュ》〉やジャガイモ、カタバミなんかをふるまってくれたよ。私たちは豚を一匹買って、その寒い山の中で調理したんだ。

そこは本当に寒かった。だから私たちは自分たちの村へ戻ることも考えた。「今ごろ、どうなってるのかね」、なんて心配していたわ。男たちが様子を見にいったけど、あそこの村でもう一度生活するのは無理だって言いながら戻ってきたのよ。そうやって私たちは戦争の中で生き延びるようになった。自警団や軍隊から身を守るために、山でガルガスを作ったもんだよ。党員たちは私たちによくこう言ったんだ。

「こういうことさ。でも自分たちの身は守らないとね。必ず勝つさ。すぐにこんなことはしなくてよくなるさ！」

でも、また別の人は、

「この暴力の時間は終わらないよ。きっと長く続くだろうね。そんなに簡単じゃあないよ、勝つのは。一体どこで党員たちは食事するんだい。辛抱強く待って、村に戻るんだな」と言っていた。

もう村に戻れなくなっていたのは、自警団に殺されるか、軍隊に差し出される危険があったからだよ。だから、私たちは動物みたいに、洞窟や山の中で随分長い間生活した。私たちはシエラとセルバの境目のところにいたよ。自警団は私たちの村に来て、家を焼き払って、私たちが栽培したほんの少しの食糧もすべて焼き尽くしたんだ。

ある日の午後、自警団とやりあったよ。そこで私のもう一人の兄が殺されたんだ。私の夫は、銃の攻撃から逃げることができたけど、他の党員の何人かが殺された。兄さんはまだ息をしていて、死んではいなかったけど、自警団が短刀で刺して死んでいったと教えてくれた。

その衝突があった週、私は自警団に捕まったんだ。食事の支度をしようと洞窟に向かっていた時に、銃を発砲しながら突然現れたんだ。

「〈急いで逃げろ《ルプチイチック》〉！　皆、逃げろ！」と監視係が叫んだ。

まるで鹿のように皆一斉に山の中へ逃げ出したわ。山まではすごく遠く感じたけど、私は子どもたちと一緒に夢中になって走った。今でも息子はこの話をすると私に文句を言ってくるんだよ。近くには党員のロメロがいた。やせ細っていて、背の高い男だった。モーゼル銃を持っていたから、ロメロに「撃って、相手に向かって銃を撃って！」と言った。でも一度も撃たなかった。銃の薬室に弾が詰まったのか何なのか、それとも怖かったからなのか、一度も引き金を引かないで撃ちもしなかったんだ。だから、自警団たちに追いつかれて、私たちは捕まった。何も言わなかったし、何も感じなかった。これで死ぬんだとも思わなかったね。子どもたちも一緒だった。

自警団は怒り狂ったようにして私たちを連れていったよ。基地に着くと、私を殺すための会議が開かれた。「私は未亡人なんです」と言った。同情してくれる人もいて、「彼女はテロリストの命令に従っているだけなんだよ」とかばってくれる者も中にはいたわ。

それで、結局、翌日の朝三時に軍隊に引き渡すことになった。「あの山から、きっと誰か、仲間を見つけられるはずだ。そうしたら叫ぶか、軍隊に引き渡される前に走って逃げだそう」と考えた。その夜は、寝れなかった。いったい軍隊は私にどんな危害を与えるんだろうと考え続けた。子どもたちには、もし私を連れていって殺すんだと言ったら、スカートを強く引っ張るんだよ、と教えた。皆頭を縦に振って答えてくれた。自警団は私の横にぴったりついて歩いていた。私のことをとても憎んでいたけど、乱暴はされなかった。ただいろいろと脅迫はされた。

「〈メスぶため《チナクチ》、センデロたちの売春婦《テルクパ・アミガン》〉」

とか言ってた。他にもいろいろ言って脅迫してきたけど私にはよくわからなかった。何も言い返さずに黙って聞いていただけだったよ。別の男性は私を守ってくれた。

「彼女を軍隊に差し出したら、いったい誰が子どもたちの世話をするんだい？」と心配してくれたわ。

死ぬんだっていうことを考えずにはいられなかった。中には優しい女の人たちもいて、私を調理場に連れていって、手伝わさせてくれたの。その夜、兄が、フェリシアノおじさんが私を助けにいくよ、と言っている夢を見て、私はすぐに目を覚ました。ああ、なんてこと！　なぜそんなことを私に言うの、兄さん！　死のうかしら、それとも逃げようかしら、と悩んだわ。

その日の朝、まるで何もないところから現れたかのように、軍隊がもうプカマルカの自警団の野営地にいて、団員たちは、制服を着た男たちに駆け寄っていった。

「軍人様、テロリストを捕まえました！」と言ったのが聞こえたわ。

「どこで捕まえたんだ？　私たちに引き渡すんだ！」と軍人は答えた。

他の者も

「そのテロリストをわれらが上司に引き渡すんだな！」

と叫んでいたわ。

私の身体はその瞬間冷たくなって、泣けばいいのか、叫べばいいのかわからなかった。ただ私の子どもたちのことを考えたわ。私がいなくなったら、彼らはいったいどうなるのかしらって。でも選択の余地はなかった。命令に従って、恐怖で震えながら、隅のほうで部下を引き連れて立っている軍隊の長のほうへ向かって歩いていったの。顔を上げて、まるで獣のような軍人の顔を見ると、こちらをじっと見ている私の兄の目が見えたわ。そして本当にうれしかった。その後は私はもう馬鹿みたいにふるまっただけ。

「ここにテロリストを差し出します！」と言って、最終的に引き渡された。

何人かの女性は、「〈軍人様《ジェフィパク》へ、軍人様《ジェフィパク》へ〉」と言いながら、煮込んだ牛肉と湯通ししたジャガイモをふるまっていたわ。

実際のところは、軍隊じゃなくて党の仲間で、私を助けにきたってわけ。だから私は本当にうれしかった。それこそが本当の仲間だった。私に目で合図をしてから命令したわ。

「テロリストめ、そこへ座るんだ」。

制服を着たものたちの横に私は座った。上司たちはふるまってくれた料理を食べて、その間、他の仲間は自警団の団員を一人ひとり、学校の教室へ呼び出していた。時々、助けを求める叫び声が聞こえてきて、教室に行ってみると、もうすでに何人かを斧で殺していた。私に乱暴を振るったやつはいるかと、聞いてきたけど、大量の血があちこちに流れているのを見て、私はもう何も言えなかった。

自警団は、彼らが軍隊ではなくテロリストだってことに気づいて、慌てふためいてそれから泣き始めたけど、もう何もできなかった。キャンプ地すべてがもうテロリストの支配下にあったんだから。さらに何人かの自警団員が殺された。

私たちの基地だった山の中へ戻る前に、彼らの所有物をくまなく探すと、彼らの毛布や服の中に、私のもう一人の兄、私が捕まえられる前に殺された兄のセーターを見つけたわ。そのセーターには、彼のお腹に刺されたナイフの跡がまだ残っていて、私はそのセーターを持って帰ることにしたの。その後、彼らの家畜やそのほかの所有物も全部持って帰ったわ。

その後、数日が経ち、数週間経ち、そして数か月が経ったわ。私たちはずっと戦いの中だった。そして食糧を探す毎日だった。私の息子は病気にかかって、回復しそうもなかった。母乳を飲むたびに吐いていたの。ある日の朝、銃弾から逃げている途中に私の背中に負っていた〈布《オイピ》〉の中で息子は息を引き取った。彼の遺体は山の中へ埋めたわ。何度も、何度も息子を思って泣いた。私もありとあらゆる病気にかかったわ。党が、もう一度撤退をした時、私たちを山の中へ置いていったの。夫と子どもたちと、山の中にまるで動物のように放っておかれた。

数週間後に、ダニエル党員が、数名の党員を派遣して、私たちを別の場所へ連れていった。〈担架《チャカナ》〉に乗せられて遠くまで連れていかれた。そこでは一か月病気に苦しんだわ。もう馬鹿みたいに、何も食べれなかったし。それから、今でも頭と心臓の調子が悪いの。きちんと治ってないんだわ、きっと。

山の中へ撤退してからは調理ができたのは夜だけ。夜中の二時、三時に起きだして、スープを作った。そうすれば、そこに私たちがいることは誰にもわからないでしょう。日中に調理をすれば、煙でどこに私たちがいるかがすぐにばれてしまうから。

朝食の前に、身体をきれいにしていたわ。その後、中央部隊で戦っている党員たちのために、セーターや靴下を編んだわ。彼らは羊毛の糸を持っていたし、私たちは、鎌と金槌の模様とそれからＰＣＰの文字を編みこんで、きれいに編んでいたの。そうやって毎日働いていたわ。怠け者なんかじゃなかったから。男たちは薪を拾いにいって、野営地を作って、食糧を探しに出かけていた。あのころは誰もお金の心配はしていなかった。少しだけ持っていたから、それは保管してあったの。お金のことは心配しなくてよかった。今は違うわ。毎日お金の心配をしなきゃいけない。今日のご飯はどうしようかしら！　ノートを買うお金はどうしたらいいの！　五ソルで今日は足りるかしら？って。今この時、そうね、私はあのころに戻ることを選ぶかもしれない。そのころ、私たちはお金を持っていたから。二五〇ソルくらいあったわ。村で雄牛を売ったからね。それをベルトの中に保管しておいて、五〇センターボすら使わなかったわ。党内では、物々交換しかしなかったから。

村では、私はあまり勉強をしなかったの。でも、党内では子どもたちがパンフレットを読めるように、先生になって教えたの。彼らには、別の人たちが人生を楽しむために、私たちがこんなにも苦しんでいるんだってことや、ゴンサロ大統領が一八歳の時からこの戦いを計画していたこと、彼はワマンガ大学の人類学者だったことなんかを教えていたの。子どもたちはノートと鉛筆を持っていた。アルファベットを教えて、パンフレットの題名を書くことを教えたの。ゲリラ集団の歌を一緒に歌ったりもしたわ。いつも私たちはノートを持ち歩いていて、置いていくことは許されなかった。危険が迫った時には、そのノートを山の中で読んでいたの。

私たちのゴンサロ大統領のことは、写真で見ただけ。いつも眼鏡をかけていて、彼がどこにいるかは誰も知らなかった。リマにいる、アレキパにいるって言うだけだった。指揮官たちはいつも私たちにこう言っていたわ。

「おまえたちは小麦の粒のようなもので、つまり、芽を出す準備をしているということだ。この湖を乾かしてしまっていいのか？　われわれがお前たちを守っているんだ。党のためにわれらは死んでいこう」。

ある時、ある女性が、他の党員がアヤクーチョの近くのソコスに到着したと話していたのを聞いて、私は見たいと思ったの。まるで自分の家族のように思っていたんだわ。

フェリシアーノという奴とは、しばらく山の中で一緒に生活した。とても悪い奴だったわ。スペイン語のほうがよく話せて、ケチュア語はあんまり話せなかった。一度、そいつのせいで飢え死にしそうになったわ。三か月ほど、お腹いっぱい食べさせてくれなかったの。この戦闘員は本物かどうか、疑ったもんよ。大人の党員には、スープをお玉一杯だけ、子どもには一杯半しかもらえなかったのよ。本当、空腹で死ぬところだった。フェリシアーノに殺されるところだったのよ。

また別の日の朝、チュングイで戦闘していた中央部隊から、妊娠した党員がやってきたわ。彼女はこの民衆部隊で私たちと一緒に残るためにやってきたの。そのころ、フェリシアーノは、低木に生えている苔の水を私たちに飲ませていたのよ。少しでも喉の渇きを和らげるために何とか苔から水滴を吸い取っている時に、チュングイからやってきたその妊娠していた党員に話したのよ。「水滴を飲むよりも、私なら川へ行って、お腹いっぱい水を飲むわね」。それも、すでにフェリシアーノには話してあったの、いくつか言葉の端々は変えたけど。私はとても悲観的で、党を脱退することも考えていたし。

その年の六月のこと、父の日に党員が集まったのだけど、私たちは何も言われなかった。私の夫は「勉強会をしているぞ。なんで俺たちには何も言わないんだ。いつも参加しているのに」と言って、心配していたわ。

三日間の会議が終わって私たちを殺すことが決定されたの。それで、私たちを呼びつけた。党員が集まっているところに行くと、皆座っていて静かに黙っていたわ。「父の日、おめでとうございます、フェリシアーノ党員」と皆で言ったの。何の返答もなくて、その後私たちに命令したわ。

「そこへ座れ、みすぼらしい奴らめ！」

フェリシアーノは立ち上がって、強い口調で言った。冗談に聞こえないようにね。

「このみすぼらしい奴らは、もう死ぬことになっている。そして君たちが、彼らの子どもたちの世話をすることになるんだ」。

なぜ死ななきゃいけないんだい？ 恐れることなく言ってやったよ。「党員の皆さん！ もし私を殺すなら、私の子どもも一緒に殺してください。なぜってあなたたちも見てるでしょう？ 親を亡くした子らがシラミを頭いっぱいに抱えて苦しんでいるところも。ちゃんと世話をするって言えるの？ 私たちでさえも、父親や母親として、ちゃんと世話ができてないっていうのに。私たちの仲間は、覚悟をもって、生まれ故郷を捨ててきているんだ。党のためにね。だから、私を殺すなら家族も一緒に殺しておくれ」。

その言葉を聞いて、何も返さなかったよ。少ししてから、何を考えていたのかわからないけど、私の夫にも聞いたんだ。

「お前はどうなんだ？」

夫もこうやって答えたよ。「私は自分で決心して村を出てきたんだ。何も考えていないんだったら、他のものと同じように、もうすでに逃亡していたさ。私たちの頭の中では、同じように武装して戦っているんだ。だから、この飢えも寒さも風邪だって我慢できているんだ」。

でも、他の党員が「お前の家族は敵と一緒にいるじゃないか」と言って反論したんだ。「そうだ」って夫は答えた。「私の妹はヤナウマさ。でも彼女たちの夫の頭がおかしいだけだ。女たちは戦争には参加していないだろう？」

他のものは黙っていた。私はもっと言いたくなって、もう少し強く大きな声で言ってやったよ。「私の兄弟や私の家族はいつだって党のために戦ってきた。彼らは党のために戦って死んでいった。党のために血を流したんだ。私たちだって党のために活動しているのに、それでも殺そうっていうのかい？」

その後、少し口調を弱めて私たちに言ったのさ。「宣言書を書いて提出しなさい。この戦いに参加する決心があるかどうか」。それで、私たちは自分たちの小屋に戻って、その書類を書いた。でも、私たちは大衆に階級が落ちたんだ。もう戦闘員ではなかった。他の仲間には「あいつらが逃げようとしたら、銃で撃て」って指示をしていたみたいだよ。

時々、一体なんで反抗をしているんだろう、って疑問にも思ったよ。ご飯のためか、お金のためか。結局、私たちの貧乏に対抗するため、国から排除されていることに対してだって結論に達したんだ。村の生き血を吸うことしかしていない敵を倒すために。私たちの戦いは、すべての村の平等のためで、裕福も貧乏も存在しないためなのだって。きっとある日、コミュニズムの生活を手にすることができるはずだった。山の中で生活をしながら、それを実行していたのさ。食べる者がない時には、一つのお皿で皆で分けた。一人一つのスプーンを持ってね。今じゃ私たちの子どもたちは「私のスプーンはどこ？　僕のフォークは？」って言うわ。そのころは、病気に感染する心配もなかった。私のもう一人の息子は「本当にそこに僕たちはいたの？」って聞いてくるのよ。

私の娘の代理父は、ベンハミン戦闘員だった。彼は娘の頭を水で洗ってくれたの。ちょうど、ワンカベリカの辺りを通っているころだったわ。勉強会に行くんだって言ってた。こうして私たちはコンパードレの仲になったの。拒絶することはなかったわ。「わかったよ！」って言っただけだった。一緒にお酒も飲んだの。ベンハミンが娘の名付け親でもあるのよ。デボラっていうの。もう亡くなった戦闘員の名前よ。今はもうデボラではないの。別の名前を持ってる。私は時々、今でもデボラって呼ぶけど。

八〇年代の後半になると、ますます危険な状況になったわ。だから、全然知らない土地まで移動するようになった。そうしてアコクロの村に到着した。党員と一緒に、私たちはもうアヤクーチョ市の近くまでたどり着いていた。その移動は特別疲れるもので、足はマメだらけになったわ。その辺りの大衆はとても自覚がある人たちばかりで、私たちに食事をふるまってくれて、泊まるところも準備してくれた。党員たちは皆旅立って、私たちを村に残していった。その村の人々は私たちに農地を貸してくれた。その年はまだ、私たちの村のように、ジャガイモを植えてこれらを収穫できたわ。その後、その辺りの大衆が自警団に寝返って、私たちが建てた小さな家も焼き払われてしまった。こうして私たちはまたすべてを失って、そうしてチョンタカに逃げたの。もう仲間はそんなにたくさんいなかったわ。年配の女性が二人、私の夫、私の子ども。一緒に山という山を歩きまわった。その後、党員が何人か来てわたしの夫をある計画に連れていってしまった。それを最後に、彼はもう戻ってこなかった。

夫が行方不明になった時、私は妊娠していたの。その娘が今はもう二五歳になるわ。夫のことをあちこちで訪ねながら、山中を歩き回ったけど誰もどこにいるかは知らなかったの。後から、その計画の途中で殺されたって聞いたわ。生きたまま焼かれたって。その場所には行ったこともないし見たこともない。それが私たちの生活だったの。子どもたちは父親を知らずに育った。下の娘は山の中で生まれたの。一〇月二四日だった。その翌日武装攻撃があったから、私はそんな体のままで走らなければならなかったのを覚えている。だからかもしれないわ。今でも子どもたちはよく病気にかかるのよ。

羊を放牧していたある年配の女性は私たちに言ったわ。

「なんでそんなふうに歩き回っているの！　アヤクーチョに行きなさいよ。女までは殺しはしないわよ！」

でも、私たちはできなかった。自警団も軍隊も、とても怖かったから。アヤクーチョ市の近くのマユリナに到着した時、もうそれ以上歩くのは無理だってところまできていた。だから私はある女性に預けられたんだけど、彼女は

「テロリストの女を育ててる、って人に言われるからね。ここでは皆噂するのよ。だからアヤクーチョの街まであんたを連れていくよ、そこにもう一つ家があるから」と言ったわ。

それで、結局マグダレナまで行って、そこで八年間も生活したの。最初の数年間はずっと調子が悪くて、まるで狂っていたわ。でも彼女が薬草で治療してくれたの。山を見るたびに泣いていたわ。あそこにいるんだわ、あそこに私の仲間たちがいるんだわって思って泣いたの。その後、キリスト教徒の僧侶たちが私を教会へ連れ出してくれた。そこでは、コカの葉を噛むことも忘れたわ。洗濯してお金を稼ぐことを覚えて、あまり時間も無くなったから、すぐに教会にはいかなくなった。

そうやって、洗濯の仕事をしながら毎日が過ぎていくの。六ソルくらい稼ぐ時もあれば、一五ソルも稼げる時だってあるのよ。もう一度、党員たちに出会うことはなかったわ。街でいろんな人が「こんにちは」って言うわ。でも知らない人たちよ。時々、知り合いになることもあるけど。

いろんな家を訪ねて洗濯の仕事しているうちに、ある女性教師と友だちになったわ。ある日、彼女の家に着くと、一人の若者が掃除をしていたの。彼は三か月くらいその家にいたわ。女性教師の家には党員たちが集まっていた。これまでに捕まえられた党員に

ついていろいろ話をしたけど、「私も党員だったなんてどうやったって言うわけないわ。あんなに苦しんだんだもの。彼女たちよりも私のほうがずっと戦ってきたんだもの」って心の中で思っていた。その党員たちに、私の身分を明かしたら、もしかしたら経済的には助けてくれたかもしれないけど。でも何も言わなかった。

ある時、その女教師の家に軍隊がやってきたの。どういう経緯でそうなったかは知らないけど、マグダレナで捕まったとか、降伏したとか聞いたわ。たぶんそこに住んでいた男の子が銃に撃たれて降伏したんだと思う。女教師は、私もセンデロのことを知っていると軍隊に言ったみたいで、彼らが私を探しにきたわ。その日以来、私はずっと誰にも何も語らないことにしたの。私の物語は、私だけの心にしまっておくの。

一度、私の生まれ故郷の村に戻ったわ。人々はぼそぼそと「あいつらはまだ党の仲間だぞ。いつもなんか話しているんだ」って言うわ。戦争中、私には友だちも家族も同情もなかった。農民たちはあのころの自警団のような気がして。私を殺すかもしれないし。私の父親は自警団に殺されたのよ。生き埋めにされたの。きっと彼のポンチョを着たまま ね。あの村にいるのよ。何人か親戚が残っているけど、訪ねにいくこともないし、私を訪ねにきたりもしないわ。なんでかわからないけど、私は後悔してないわ。

私の物語について、党に何と言うかって？　山の中で経験したありとあらゆる苦しみを私は吐き出すわ。眠ることもできずにいたことや、生のまま口にしたもの、毛虫のこととか。本当のところ、あのころの話は尽きることがないのよ」。

＊＊＊

アデラが言うように、アビマエル・グスマン・レイノサ氏と当時の愛すべき統治者たちがわれわれに与えたあの生活について、すべてを語り尽くすことは到底無理なことだ。流れる血の川は、とどまることを知らない。夢に見た生活ではない。この歴史は、「狼と羊が一緒に眠ることのできる」新しい世界にたどり着くために作り上げられてきた道だ。互いに、アヤクーチョ生まれの人々の間で、そしてペルー国民の間で、殺戮を繰り返しながら作ってきた歴史なのだ。

解説　暴力の人類学——社会的苦痛の研究と平和の人類学に向けて

ジェルコ・カストロ・ネイラ

私は死んだお前たちの口を借りて語りに来た
地の果てまであらゆる零れ落ちた
沈黙の唇たちを集めるのだ
地の底からこの長い夜を通して語れ
この私を錨で繋ぎ留めたかのごとく
何もかも語るのだ　鎖を手繰り寄せ
鉄輪をひとつずつ　一歩また一歩
かつて収めたそのナイフを磨き
その刃で私の胸と手に触れよ
黄色い光の川のごとく
埋められたジャガーの川のごとく
私を泣かせてほしい　幾星霜もの歳月を
盲目の時代を　星の世紀を思い泣かせてほしい

我に沈黙と水と希望を与えよ

我に闘争と鉄と火山を与えよ
磁石となり我が体を引き寄せ
我が血管と我が口に集まれ
我が言葉と我が血で語れ

パブロ・ネルーダ「マチュピチュの高み」より*

本書出版の出発点。私の視点

大学の教授として、多岐にわたる仕事に毎日追われているが、その中で自身の仕事に大きな意義をもたらしてくれる刺激的な仕事が不意に現れることがある。私にとって、二年ほど前、ルルヒオが修士論文について話しに私のオフィスに訪ねてきた時がまさにそれだった。私は彼の指導教官で、彼の関心のある課題について、どのように研究を進めていくかを話し合っていた。その時は武力紛争以降のペルーにおいて、暴力がもつ影響に焦点を当てて分析をすることについて話し合った。

その会話が終わると、ルルヒオが私にこう言った。「先生、何年か前に、私のこれまでの人生についての本を書いたのです。読んでもらえますか。そして先生の意見が聞きたいです」。私はすぐに「もちろん」

と答えた。そうしてルルヒオは、自身の卒業論文のための研究に関するたくさんのアイデアを持って私のオフィスを後にし、私は彼の半生が詰まった手書き原稿を抱えて家路についた。

その夜、好奇心が休みたい気持ちに勝ってしまった。私は原稿を手に取り、丁寧に読み始めた。ページをめくるごとに、ルルヒオの人生と、その物語を通してペルーの近年の悲痛な歴史に入り込んでいった。文章はとても簡単に読めるもので、その意図は明白なものだった。そこに描かれている人物や状況に魅了され、読むことをやめることができなかった。数時間後には手書き原稿をすべて読み終え、たった一つの考えが頭に浮かんだ。「出版しなければ」――と。

数日後、ルルヒオに会った。彼には自伝を出版するように話し、そしてペルーでそれを計画したことはなかったのかと聞いた。本書に「緒言」を執筆したカルロス・イバン・デグレゴリだけがこの自伝のことを知っていると教えてくれた。デグレゴリは本の出版に向けて支援することにとても前向きだったが、きわめて残念なことに病に倒れ、ルルヒオに協力することができなくなってしまったのだった。

こういった経緯を経てルルヒオと私は何度か話し合い、本の出版に向けての計画を立てることにした。

まず初めに、私が彼の手記をすべて見直し、これを推敲するための提案を行った。もともとの原稿がとてもよく書かれていたことは明確にしておくべきだろう。ルルヒオは暗示に富んだ言葉づかいで自伝の文体と詩のリズムを合わせることに成功しており、また一読すればわかるように、本書は彼自身の経験と、農民の生活やアヤクーチョの風景の物語的な描写が絶妙に調和しながら話が進められていく。時には描かれた出来事に恐れおののくこともあり、一方で、読者は自分がまるで「そこ」に存在し、彼の人

「マチュピチュの高み」　パブロ・ネルーダ『大いなる歌』(Pablo Neruda, *Canto General*, 1950.) に所収。邦訳に『大いなる歌』松本健二訳、現代企画室、二〇一八年がある。引用は同書より。

生のさまざまな場面を共有しているかのような錯覚にさえ陥る。そういう意味においては、本書は、ギアーツがすでに定番となった彼の代表作で人類学の文体に関して提示した「証人としての私」の様式に非常に近いものがある。[1] もちろん、すべてを見て、すべてを知り、そしてそれぞれの出来事がどのように起こったのかを俯瞰で観察しているだけの全知の語り手となっているわけでは決してない。

原稿の推敲を手伝うことと本の出版に当たって理論的な序章を執筆すること、そしてカルロス・イバン・デグレゴリには、本のプロローグとして簡単な文章を書いてもらうように依頼することを決めた。これらと並行して、イベロアメリカーナ大学の教授としてその同僚、特に出版関連の学部代表を務めていたマリソル・ペレス教授に対して、本書を出版することの意義を説明した。二〇一〇年六月には、同僚たちからの要請に応じて、出版提案書を作成し、その中で本書の中心的な内容をいくつか述べるとともに、この自伝の重要性に関する疑問に答え、またなぜ私たちの大学がこの本を出版することが重要なのかということを論じた。以下に、なぜ私がこの物語が広く知られるべき作品であると考えるのかということを説明しようと思う。

自伝の重要性――著者が「そこにいた」という事実

手法的に、自伝はライフ・ヒストリーと類似した側面を持ち合わせている。ライフ・ヒストリーは、社会的事実のデータを取集するための資料であり、それと同じように、自伝はケース・スタディを行う際に用いられる主観的なドキュメンタリーである。[2] 自伝は、それぞれのアクター（行為者）たちが持つ文化的ロジックに入り込むことを目的としており、それによって、彼らがその一員として構成しているより大きな社会システムを理解することを目指している。ある一人の人間が過ごしてきた人生の一部を記録し、その時間軸を追うことで、非常に詳細で高いレベルの分析が可能となる。

しかしながら、本書の自伝を読めばわかるように、ライフ・ヒストリーと自伝には大きく異なる点がいくつかある。ライフ・ヒストリーは通常これらを含む、より大きいスケールの研究の枠組みの中で行われ、研究者自身が情報提供者の承諾を得て研究を遂行した成果であり、そのために研究者は、長い時間を費やして、決められたある一つのテーマおよび物語を追って、一人の人物のライフ・ヒストリーを記録していく。

こういったことは、ルルヒオの文書には一切ないことである。彼が書いたところによれば、何年も前に彼の学部の先生の推薦もあって、自身の物語を自らの意思で記したのである。完全なる自由と個人的な判断基準でこれを執筆し、小説的な文体と自らが体験した過程の個人的な描写が時系列に沿って記されている。この側面だけを考えても、本書はすでに重要な価値のあるものだと言える。

自伝的民族誌や民族自伝と呼ばれるようなジャンル[3]の中で描かれるいくつかの自伝との違いで言え

1　Geertz, C. *El antropólogo como autor*, Barcelona: Paidós, 1989.〔クリフォード・ギアーツ『文化の読み方／書き方』森泉弘次訳、岩波書店、一九九六年〕

2　社会科学における作品としてのライフ・ヒストリーおよび自伝に関する詳しい情報は以下の本を参照。Taylor, S. J. and R. Bogdan. *Introducción a los métodos cualitativos de investigación*, Barcelona: Paidós, 1986; Becker, H. *Sociological Work: Method and Substance*, Chicago: Adline, 1970; Bertaux, D. "Stories as Clues to Sociological Understanding", in Thompson, P. (Ed.) *Our Common History: The Transformation of Europe*, London: Pluto Press, 1982, pp. 93-108; Okely, J. and H. Callaway (Eds.) *Anthropology and Autobiography*, London / New York: Routledge, 1992; Reed-Danahay, D. E. (Eds.) *Auto/Ethnography: Rewriting the Self and the Social*, Oxford / New York: Berg, 1997.

3　このようなジャンルの作品を一覧にしようとすると、とても長いものになってしまう。ラテンアメリカで反響があったものだけでも、以下のようなものが挙げられる。Rodríguez, R. *Hunger of Memory: The Education of Richard Rodríguez. An Autobiography*, Boston: Godine, 1982; Behar, R. *Translated Women: Crossing the Border with Esperanza's Story*, Boston: Beacon Press, 1993; Burgos, E y R. Menchú. *Ma llamo Rigoberta Menchú y así me nació la conciencia*, México: Siglo XXI, 1984〔エリザベス・ブルゴス『私の名はリゴベルタ・メンチュウ――マヤ＝キチェ族インディオ

ば、ルルヒオのこれは、自身の話したいという欲求、そして体験したことを表現したいという欲求から自然と生まれた物語であり、またそれにより、この自伝のあらゆる場面で鍵となる二つの視点、記憶と忘却が、彼自身の存在の中で何とかバランスを取ろうとしている点にある。

私が彼の物語を読んだ時、何度も、いったいルルヒオの中の何が彼に自伝を書かせたのだろうかと考えを巡らした。もちろん、この点についてはその後、彼と直接話もした。本書の読者ならばわかるように、ルルヒオは説明するにも体験するにも非常に複雑な出来事を自然体で書き出している。倫理的な意図をもって、または歴史を肯定しようとして書いているわけではない。彼の目的はむしろ、すべてを出してしまうこと、話すこと、指摘すること、そうすることで自身をその感情から解放することにある。これは、自分自身を救い、そして自身の過去や体験した出来事と和解するために必要な作業なのだと理解できる。

内容に関しては、本書は四つの章から構成されており、それぞれルルヒオの人生の四つの時期もしくは時代が描かれている。その一つ目は、子どもながらにして兄の後を追ってゲリラ集団のセンデロ・ルミノソ（SL）に入隊した時期が記されている。ここでは親密さと感情にあふれた語りを通して、アヤクーチョ地域のたくさんの農村が、国家の根本的な変革を成し遂げるという希望に加担した後に、暴力や武装衝突が激しくなっていく中で次第にその光が薄れていき、失望していく様子が描かれている。

この最初の章で述べられる彼の物語では、紛争の初期段階に、農村の住民ではない者たちがどのように農民たちに受け入れられ、その参加を募ることができたのかがわかる。貧困という状況を背景に、拒絶や差別が当然のように存在する中で、ルルヒオのような子どもたちはその命を社会的正義、経済的正義に捧げることをいとわなかった。

第二章では、ルルヒオはペルー国軍に捕らえられ、国内のさまざまな場所で彼のもう一つの部分が作り上げられた過程を記している。ここで初めて彼は、ペルー国内を襲った武装衝突の二つの顔を知ることになる。軍隊では、もう一つの世界、矛盾しているようにも聞こえるが、センデロ・ルミノソで経験したものとあまり変わらない世界に身を置くことになり、幾人かの人物とは特別な関係を築くことができた場所でもある。ここで勉強を続けることができ、このことが彼の後の人生に重要な要素となった。ルルヒオのこの部分の話を注意深く読み込むと、ペルーの全体主義的な二つの組織（軍隊およびセンデロ・ルミノソ）が、考えもつかないような類似性を持っていることがわかる。双方の組織とも、共通した系譜図を持っており、似通った秩序、そして日常的・偶発的な暴力にあふれている。ここではさらに、これらの軍隊の性質だけでなく、その業務のメカニズムや作業ロジックについても述べられている。

この時期のペルーの歴史を体験したことのない私たちは、戦争の全体的な様相についての知識しかないが、この自伝は、語られていく内容に先立つ理論的枠組みにも触れており、このことによって今までは数値や統計でしか知らなかった人間を生身の男女として分析することが可能になっている。

本書は、ルルヒオのような最も下位の基盤にいた者たちを主人公にすることで、その武装衝突の内実により近づくことを可能とし、これによって戦争自体に人間味を持たしている。彼の物語は前線のゲリラ兵または下位兵の人間性を丸裸にしつつ、戦争を弁明するのではなく、学術的論争や倫理の問題以上のものを読者に投げかける。ルルヒオとも話したことだが、彼の物語は他の者たちが声を上げること、書くこと、その体験を思い出すことに役に立つべきものであると考える。そのような手段によってのみ、あのような衝突を再び繰り返さない可能性について考えることができるからである。

女性の記録』高橋早代訳、新潮社、一九八七年〕; Viezzer, M. y D. Barrios Chungara. *Si me permiten hablar: Testimonio de Domitila, una mujer de las minas de Bolivia*, México: Siglo XXI, 2004.〔モエマ・ヴィーゼル＋ドミティーラ『私にも話させて――アンデスの鉱山に生きる人々の物語』唐澤秀子訳、現代企画室、一九八四年〕

本書の第三章では、自身の意思で国軍を脱退した後、どのように宗教の道に入り、フランシスコ会修道士としての訓練が始まったのかが描かれている。これ以前の二つの組織とはまったく異なった環境でのルルヒオが描かれており、学習と友愛という体験を通して、自身の内面を見つめ続ける旅もここから始まる。

数年後、彼は神父になるという計画をやめ、彼を取り巻いていた複数の組織から離れて新しい人生を始めることを決心した。もちろん宗教的な環境はルルヒオがそれまでに必要としていた冷静さや免れることのできない自省、そして何よりもこの物語を書き始めることを可能にした平穏を取り戻すのに最適な場所ではあった。

第四章では、ルルヒオが二〇年の時を経て彼が最初の一歩を踏み出した土地に戻った時のことが描かれている。郷愁の念と興奮の中で、それまでに体験した一瞬一瞬が歩くたびに思い出された。この最後の章で描かれている時期には、ルルヒオはすでに人類学者となっていた。研究上の疑問や自身の世界を理解したいという欲求が彼を社会科学および人間科学の分野へと導いたのだった。このようにして、今度は読者を彼の故郷へと誘うが、より深い分析と責任感のある視点が浮き彫りとなる文体で記されている。

本書はペルーの近代史を深く掘り下げるのに唯一無二の作品となっている。紛争と仲間意識、暴力と破れ果てた夢の歴史である。緊迫した主観的な文体ではあるが、読者がこちら側からそこにいることを可能にする詳細な記述は一切省略されていない。

ライフ・ヒストリーとして、ルルヒオ・ガビランの自伝はこの民族誌のジャンルの最も重要な作品の一つだと考える。もちろん、彼の物語はペルーの農民や地方の歴史「すべて」を表すものではない。しかしながら、注意深く、詳細に一つの国の歴史の一部を見つめることのできる窓となっている。そして、この一つの国というのは、実際のところ、ラテンアメリカ諸国のその他の多くの国でもあるのだ。

さらにとても重要なことに、先に述べたような、それぞれにまったく異なり互いに争い反発しあう空間と状況現場に読者を誘うことで、物語は現代における民族誌の役割についても疑問を発するものとなっている。つまり、暴力に限らず、複雑でさまざまに異なる側面を持つ農村の現実について、整合的な視点を構築することは可能であるのか。善悪が明確に決められた物語のようには描くことのできない民族誌を、どのような手法で綴ることができるのか。この自伝は、現代の暴力の人類学や、感情に関する研究、そして共同体と紛争、ヘゲモニーと参加に関する分析について巻き起こっている最近の議論ともつながる。

同時に、ルルヒオの物語は、社会科学において扱う自伝という資料に関して投げかけられるさまざまな疑問について改めて考えさせるものとなっている。周知のとおり、研究手法として科学的なものを求める研究者たちの中には、口頭により収集する資料、特にライフ・ヒストリーや自伝などを基にする研究分野に対して疑問を持つ者もいる。こういった技法が信頼できる情報源となり得ることを疑い、小説や新聞エッセイなどと一緒にされることもある。

このような疑問は幾度となく投げかけられてきたが、ルルヒオの物語そのものは、非常に重要な内容や情報が含まれる上に、主観的な視点の資料としても価値を持っている。本書が読者に語る情報は膨大なもので、これによって事実をより深く理解し分析することを可能にし、さらに、さまざまな点を網羅しているために全体像を見ることも可能にしている。これは、一つの方法、一つの研究手法だけでは到底無理なことである。

一方で、人類学では民族誌と真実の関係性に問題があることはよく知られていることである。「真実ではなく表象が流布している」とはサイードが『オリエンタリズム』で述べたことである。[4] つまり、民

4　Said, E. *Orientalismo*, Barceloba: Debate, 2002.〔エドワード・サイード『オリエンタリズム』今沢紀子訳、平凡社、

族誌では、真実をめぐる議論とは、真実に到達しようとする非現実的な目標によってではなく、真実を問題視しようとする、批判的かつ思慮深い方法によってなされるべきものであることを示唆している。

この点において、ルルヒオの物語は、彼が主人公という手法で描かれているために、暴力を分析の対象として研究する人類学で問題となる根本的な側面について、もう一度考える機会を読者に与えてくれているということは強調されるべきである。

実際に、暴力の人類学あるいは社会的苦痛の人類学は、研究者たちにとってはその内容そのものの性質から生じるさまざまな困難が存在する。イバン・デグレゴリは、多くの人類学者がペルーの紛争プロセスを研究する際に、「草むらに隠れながらの民族誌」という手法で行わなければならなかったと述べている。すなわち、この研究を行うにあたっての自身の身の危険性というものを認知したうえで進めなければならなかったのである。恐怖と死の現場に身を置くことは簡単なことではない。それゆえに、このテーマ特有の性質は研究者にとっては格別に不都合なものとなる。

フェランディスとフェイサがこの点を以下のように明確に説明している。[5]

暴力は、容易な研究対象ではない。ましてや、その主な研究手法が、マリノフスキーの時代から、参与的観察である学問においては。一つの研究現場と別の現場に根本的な違いがあることは明白である。しかし、基本的な法則として、暴力の度合いが激しくなるにつれ〔……〕研究を行う際の不安定さや危険性の度合いも同じように増していく。それは人類学者にとっても、情報提供者にとっても、また研究対象となっている共同体に対しても同じであり、短期間でも長期間で見ても同じである。

ルルヒオの作品を読んで、暴力を研究対象とする人類学のための独自の分野をつくり上げる必要性を主張しなければならないと確信した。暴力そのものを研究対象として物象化するのではなく、その反対に、これを注意深くそして体系的に観察することで、われわれの社会の現状についてより詳しく研究できることを社会科学は目指している。通常、私たちは暴力を一つの統計が示す数字として、特定の社会関係の結果として観察する。この解説で私は、暴力が社会について語ることのできる特質と、それゆえにこれを研究することの重要性について説明したい。

これまでに述べてきたことで、暴力の人類学、または社会的苦痛の人類学について議論する正当性が示された。これは人類学の二次的学問分野であり、政治人類学と類似している。

また、このテーマがラテンアメリカ社会においては特に重要であることを考えると、私たちの社会の近年の歴史を学び、考え得る未来を分析するために、この分野に知識的資料および物的資料を提供するのが適切だろうと考える。

本書では、描かれている出来事だけではなく、それ以上の思考へと読者の考えが飛ばされる場面がいくつもある。例えば、SLの兵士だった時に、食糧を探した苦しい経験を描く際には「……食べることを夢見ていた。共産主義（コミュニズム）とは食べることで、満腹になることだった」とルルヒオは述べている。[6] これを読んだ時私は、農民が持ちうる革命的な言説の限界について考えずにはいられなかった。コミュニズムが食べられることと同じだとすれば、ゲリラ集団の少年兵の目的が非常に限られたも

一九八六年。現在は平凡社ライブラリー〕

5　Ferrándiz, F. y C. Feixa "Una mirada antropológica sobre las violencias" in *Revista Alteridades*, vol. 14, núm. 27, 2004, pp. 149-163.

6　ルルヒオがセンデロ・ルミノソ内で経験する第二期のことで、戦争を続けるために食糧やその他の資材を提供していた農民の非常に価値のある支援や協力が、時間が経つにつれ次第に減少していき、センデロ・ルミノソの存在自体を拒否し始めた時のことを指す。

のだったことを意味する。食べることは、ペルーの農村に住む少年だけでなく、この世界に存在する子どもたち皆にとって当たり前のことであるべきで、そうであることが望まれている。しかしながら、この悲惨で欠乏にあふれた現実には、食べることが戦う意義と同じ意味を持つのである。[7]

さらに、ルルヒオの物語には、その正体こそ隠れているものの、間違いなく、一つの重要なアクターが存在しており、私はそのアクターが担っている役割について疑問を抱いた。すなわち、国家が果たす役割である。本書には明瞭でもなく透明でもないが、国家というアクターはそこかしこに、さまざまな形で現れている。例えば、国軍がルルヒオを捕らえ、その後教育を施すが、これは国の貧困層にとっての一つの就職口ではないのだろうか。ルルヒオの経験から考えれば国軍は農村の貧困層の一部を養う組織として現れており、また、農民たちにとっては給料を得られる労働の選択肢の一つになっているとも考えられる。しかもこの職はある程度社会的可動性も持ったキャリアであり、社会保障や福利厚生などにもアクセスできるのである。

また別の疑問として、ルルヒオの人生はまったく異なった世界を渡り歩いてきたことがわかるが、それらの経験に統一した要素はいったい何なのであろうか、と考える。言語の面だけで考えても、武装集団での彼の物語は、彼の母語であるケチュア語の世界であり、国軍の物語は、その反対にスペイン語の世界の話である。[8] そして、フランシスコ会では、ラテン語が本や祈りの中で中心的な言語となるのである。これは彼の文化、外部との関係性についても考える必要を示唆している。もちろん、ルルヒオの故郷であるアンデス地域は、外部との接触が絶たれていたわけでも、社会文化的変化がなかったわけでもない。それゆえに彼の物語にはある一定の継続された時間の流れを見ることができるのである。これらの異なった空間のそれぞれに、規律と仲間意識が共通して存在している。与えられた課題に対する真摯な姿勢と彼が持っていた情熱も同じである。それぞれの与えられた義務に対してルルヒオが徐々に真剣に向かい合っていく姿がはっきりと描かれている。夢と恐怖も共通している要素であり、これらの感情は彼の物語が自省と主観を偽りなく示しているがために、読者にも非常によく伝わっている。多くの場面で、一人の子ども、そしてその後成長した若者を目の前で観察しているかのように錯覚させる。これによって、彼が生きてきた人生が非常に多岐にわたるものであるにもかかわらず、一つのまとまった物語となっているのだ。

ケチュア語、スペイン語、そしてラテン語は彼の亀裂した人生をつなぐ三つの言語である。物語を読み終えた私は不思議に思った。ルルヒオも彼の仲間も、ケチュア語を通して物事を理解しているのに、いったいどうやってマルクス主義や毛沢東主義を学習できたのか、と。そこでルルヒオに尋ねた。すると、SLのメンバーだった間、その中でアヤクーチョの小さな村で中学の先生や生徒だったことのある兵士たちが、スペイン語を話さない者たちにマルクス主義を翻訳していたと教えてくれた。

SLメンバーの先住民たちは皆、マルクス主義の講義に熱心に耳を傾けていた。「あまりよくわから

7　この部分を読んだ時、私自身が行ったアメリカ合衆国へ移民するメキシコの先住民の研究のことを思い出した。そこでは、多くの人が「アメリカン・ドリームをつかむ」ために生まれ故郷であるオアハカを捨て旅立ったと話した。これは何度も耳にするフレーズだった。しかしながら、徐々に、これが意味するところを理解するようになった。アメリカン・ドリームとは結局、彼らにとって、仕事に就くこと、そして子どもたちに食べさせてやれることで、もし可能ならば、親世代が生きたメキシコよりもより良い未来を次の世代が享受することであった。この意味において、アメリカン・ドリームとは、アメリカのテレビ番組やマスメディア等で紹介されるような、短期間で自身の努力のみによって、夢にも見ないような財や資力を手に入れられる場所、アメリカこそがチャンスの土地であるということを意味するものではなかった。Castro Neira, Y. *En la orilla de la justicia: Migración y justicia en los márgenes del Estado*, Mexico: Juan Pablos, 2009.

8　この点の重要性を強調しておきたい。ルルヒオはその時まで、スペイン語ではいくつかの単語を話せるだけだった。何年もの間、勉強を重ね、この言語を習得した後に、自伝を書き始めたのである。

なかったんです」とルルヒオは白状した。「でも、私たちの先生もよくわかっていなかったですよ」とも言った。彼の兄から毛沢東の赤本を譲り受けた経緯も本書では語られている。ルルヒオは読むことはついにできないまま、ずっとこの本を持ち歩いていた。

本書を読み終わった後、私たちは、まったく違った、そして互いに相反する世界を渡り歩いたといって、ルルヒオを裁くことができるだろうか。もちろん答えは否、である。ここに、本書のもう一つの重要な価値がある。すなわち、彼は、私たち一人ひとりと同じように、人間の曖昧さというものを経験し、それを表現しているからである。人間というものを鉄のように固く、一枚岩的な存在として考えるならば、そのような個人は存在しない。アントニオ・グラムシの言葉を借りれば、私たちはそれぞれの個人の中に存在する無数の欠片からできているのである。おそらくペルーの近年における悲しい歴史の中に生きた他の多くの子どもたちと同じように、彼の人生は分裂し一つ一つの体験は散乱している。それが規則であり条件でもあったのだ。他の者たちとの違いと言えば、彼がそれについてわれわれに語ることを決心したことであろう。

ペルー内戦——読者の理解のためのいくつかの覚書

徳と恐怖は常に同じ道を行く。恐怖なき徳は惨憺たるものであり、徳なき恐怖は無力なものである。恐怖とは、手っ取り早く、厳格でそして融通の利かない正義以外の何物でもない。それゆえに、美徳の発散である。

マクシミリアン・ロベスピエール

一読すればわかるように、ルルヒオ・ガビランの物語は一五年以上の時間経過を網羅するもので、一九八三年にセンデロ・ルミノソに入隊した時から始まる。ペルー内戦はアヤクーチョのさまざまな場所で展開されたが、自伝の背景として、この過程について説明することが、読者のさらなる理解のためにも重要であろうと考えた。

このセクションでは、したがって、ペルーが経験した歴史のすべてを詳細に見直すのではなく、この歴史について、あまり知識のない読者のために最低限の基本的な事項を紹介する。

二〇〇三年、ペルーでは、真実和解委員会が設立され、同委員会によって最終報告書が作成された。その冒頭には以下のように書かれている。[9]

われわれは、ペルーにおいて政治的要因に端を発して一九八〇年に始まり、以後二〇年間にもわたった暴力についての真実を調査し公にする命を受けた。われわれはその命を遂行し、真実を明かすのであるが、その事実たるや打ちのめされるばかりで、同時に十分なものではないと言わなければならない。すなわち、真実和解委員会は、二〇年間にわたる反体制組織もしくは軍の組織の手による犠牲者が、死者・行方不明者合わせておよそ六万九〇〇〇以上に上ると結論づける。

9　法律第二七八〇六号及び法律第二七九二七号に規定されていることに則り、ペルーでは二〇〇三年に真実和解委員会の最終報告書が作成された。この委員会は、二〇〇〇年一一月にペルーからアルベルト・フジモリが逃亡した後、民主移行期の政府のバレンティン・パニアグアによって、その設置が推し進められた。その次に大統領に当選したアレハンドロ・トレドが上記の法律によって同委員会の存在を正当なものとした。一方で、真実和解委員会は八〇年代から世界規模で見られるものであることは特筆すべきことであろう。中でもチリ、アルゼンチン、エクアドル、ウルグアイ、グアテマラなどのラテンアメリカ諸国の例は重要なものである。

続けて、その特徴をより詳しく理解できるような情報も記されている。

犠牲者の四人に三人はケチュア語を母語とする農民の男女である。つまり、ペルー国民ならばすでにわかるように、彼らは歴史的に見て、国家ならびに政治共同体の一員として恩恵を受けてきた都市部市民から見放されてきた住民たちである。これまで何度か言われてきたが、委員会としてはこれが民族間紛争であったと確証できるような要因は発見できなかった。しかしながら、破壊と死が蔓延したこの二〇年間は、国家の中で最も持たざる住民を徹底して蔑むという態度がなかったならば、存在しなかったであろうと断言できるだけの根拠は存在している。それをなしたのは、共産党センデロ・ルミノソ（ＰＣＰ-ＳＬ）の党員、および国家機関の者たちであることは証明されているのだが、この蔑みこそは、ペルー人の日常生活のあらゆる場面に織り交ぜられているものである。

最終報告書は、このような胸が張り裂けそうな結論から書き始められている。農村に住む何千もの人々の生活が徐々に支配されていく劇的な過程の記述とともに、非常に多くの者の胸を打たずにはおかない、恐怖の物語がこの報告書には記録されている。ここで重要なことは、ルルヒオの物語は、こうした社会的背景――すなわち、ケチュア語を話す先住民と農民たちの存在が、彼らだけではないにしても、圧倒的に色濃く刻印されている山あいや谷間で展開された歴史であるということである。

これと同じような状況を研究したことのある人類学者や研究者たちは、このような現場には忌まわしくも暴力的な状況が存在するという点において一致した意見を持っている。タウシグが、ベルトルト・ブレヒトの言葉から発想を得て、「無秩序な秩序」と定義したものである。[10]

実際に、報告書を読むと、痛みや恐怖のイメージが湧き上がってくる。これらのイメージは、カオスや極端な状況に特徴的なものであると考えられるものの、より当たり前で普通のこととして捉えることも可能で、私たちの倫理規範がこれを受け入れることさえも可能となり得る。こうして、無秩序な秩序、すなわち暴力が物事の最も自然な規律の一部となって、その日常化について議論することが可能になる。
そしてこれこそが、ペルーが長年経験してきたことである。その時間の中では、ヴァルター・ベンヤミンが唱えた前提がより明らかにされていくようだ。つまり、彼は抑圧された者たちの伝統を研究し、「われわれが生きている緊急事態という状況は、例外ではなく法則である」と述べたのである。[11]
タウシグは、コロンビアのケースを研究し同じ疑問を抱いた。さらに、コロンビアが無秩序な状況にあると定義するだけの条件があるのかどうかということまで問いかけている。なぜならば、その反対に、無秩序こそが普通で日常であるからだった。彼のコロンビアの研究を、八〇年代のペルーに照らし合わせることもできる。タウシグは、消失寸前または崩壊寸前にあるその社会自体を、社会的性質そのものの結末の兆候として見るべきだと唱えた。

国家、多国籍企業、および市場が、計画と恣意性の新しい構造の中でそれぞれのポジションを決めているポストモダンの世界においては、社会的というコンセプトそのものが、比較的近代的な概念ではあるが、安定と組織に則っているという前提において、すでに有効ではなくなっているのでは

10　Taussig, M. *Un gigante en convulsiones: El mundo humano como sistema nervioso en emergencia permanente*, Barcelona: Gedisa, 1995, pp. 31-32.
11　この引用の出典は以下。Benjamin, W. "Tesis sobre la filosofía de la historia", cap. VIII, *Para una crítica de la violencia*, Mexico: Premiá Editora, 1977.〔ヴァルター・ベンヤミン「歴史の概念について」第Ⅷテーゼ。『ベンヤミン・コレクションⅠ（近代の意味）』浅井健二郎編訳、筑摩書房、一九九五年などに所収〕

ないだろうか。その意味においては、秩序について語る時、一体われわれは何のことを示唆しているのであろうか。[12]

ボアベントゥーラ・デゥ・ソウサ・サントスは、同じコロンビアのケースを研究し、同社会が脱近代化または脱社会契約（社会的契約の崩壊という意味において）のプロセスにあると述べている。そして、感覚の過多や意味の過剰負荷が横行してるために、犠牲者と敵、危険と安定を識別することが困難になっていると示唆する。[13]

この視点から見ると、読者の目の前に現れるペルーは、痛みと苦しみの象徴に支配されている国として理解される。この序章を書いている間、ふとインターネットで見かけた写真のことを思い出した。その写真はリマの国立博物館のもので、例えば、セレスティーノ・センテとしてよく知られている、クカナマルカの虐殺の際の生存者であるエドムンド・カマラなどが撮影されていた。[14]

ルルヒオの物語の中で綴られている出来事は、これらと同じような状況の中で起こったことである。ペルーの歴史の中でも最も悲惨な事件の一つとして記録される内戦によって、最大級の被害を受けたアヤクーチョのさまざまな地域での体験である。イバン・デグレゴリは、この戦争の苦い経験を分析し、次のように記している。

> 一三年間（一九八〇～一九九三）の暴力の後、この地域は壊滅的状態にある。もともと不足していたインフラは破壊され、住民のほとんどは最貧困層にいる。近代の歴史の中でも最悪とされるこの危機の間、ＰＢＩは倒壊し、住民たちは虐殺された。一九八三年から一九八四年の間、そこではほかならぬ大量虐殺が行われたのである。何万人というアヤクーチョ県民が他県へと逃走した。農村が経験した変化は非常に根深くかつ暴虐を尽くしたものであった。[15]

しかし、すぐにある一つの疑問が湧いてくる。このような状況は、一体どのようにして可能となったのだろうか。これらの農民たちが極貧状態に放置されていた状況があったとしても、一体どのようにして、今度は日常化した恐怖という環境の中にその身を投じることになったのだろうか。考え得るすべての回答とまではいかないが、これらの疑問に答えるいくつかの可能性を考えてみよう。

一九六〇年、哲学教授であるアビマエル・グスマンがセンデロ・ルミノソを設立した。ペルー共産党の設立者であるホセ・カルロス・マリアテギの「マルクス主義とレーニン主義が、革命へ向けた輝ける道（センデロ・ルミノソ）を開くだろう」という有名な一節からその名を採った。[16]

12　Taussig, M. *op. cit.*, p. 33.

13　De Sousa Santos, B. y M. García Villegas. *El caleidoscopio de las justicias en Colombia*, Colombia: Siglo del Hombre Editores, 2004.

14　一九八三年四月に起きた、センデロ・ルミノソによるある農村の虐殺事件を指している。村の住民たちが政府に加担しているとして、襲撃を受けた。センデロ・ルミノソの兵士は斧で攻撃し、カナマを殺害したと信じこみ、おかげで彼は逃げ切ることができた。負傷したまま診療所に到着し、ここで写真が撮影されたが、その写真がのちに意味をもつことになった。その日、実質的にその村のすべての住民が殺された。写真家によってセレスティーノ・センテと名付けられた彼はその後、二度と村へ戻ることはなかった。二〇〇八年、同じ写真家がカナマと再会しようと探したところ、洞窟で、およそ人間らしいとは言えない生活をしている彼を見つけた。二〇〇九年に死去。

15　Degregori, C.I. et al. *Las rondas campesinas y la derrota de Sendero Luminoso*, Peru: Instituto de Estudios Peruanos / Ediciones Lima, 1996, p. 16.

16　グスマンは、アヤクーチョ県の国立サン・クリストバル・デ・ワマンガ大学の教授であったが、この大学は原則として過激な環境をその理想として勧めていた。実際、この時代に関して研究している者は、同大学の学長で人類学者だったエフライン・モロテが、ＳＬ創設期の活動の創案者の一人だったと主張している。毛沢東主義への傾その創設期から、ＳＬはマルクス・レーニン主義と毛沢東主義の教義を混合させた急進的な思想をもつ教授や学生を基盤とする運動だった。時間が経つにつれ、特に一九八〇年以降、その活動プロセスの指揮すべてがグスマンに集中するようになり、信奉者からは「ゴンサロ大統領」と呼ばれたり、マルクス主義、レーニン主義、毛沢東主義、ゴンサロ思想から成る四重奏を暗示する「共産主義の四番目の剣」などと呼ばれるようになった。

こうして、グスマンとその信奉者は、マルクスによって唱えられた規範を最も極端な形で実行したのだった。マルクスは、社会は諸階級によって構成されており、階級間の関係は闘争にほかならないと述べた。これは、グスマンにとっては、ペルー革命において農民が非常に重要な役割を担うことを示唆しているものであり、その意味において、毛沢東が実際に体現した理想の翻訳をしなければならなかったのである。[17] ポルトカレロが表現したように、

毛沢東にとって、暴力は自然にして無慈悲な現象である。戦いとは、敵対する完全で絶対的な力を内包しており、どちらか一方の死または無条件な降伏によってのみ解決できる。したがって、闘争はイデオロギーによって隠微されたり、指導者たちの背徳的な和解によって抑えられたりしても、長期的に見ればその本質は生き残る。なぜなら、死をかけた戦いこそが社会階級間の関係の特徴だからである。[18]

ゴンサロ大統領は徐々に、この思想の絶対的指導者へと変化していった。その思想の信奉者が言ったように、彼は「世界革命の標識灯」だったのである。こうして、組織化されたツールとしての暴力が、彼の思考と活動の中心に据えられていたのである。

グスマンは一九七〇年代半ばに大学を去り、一九八〇年にＳＬは初めて公となる活動を起こした。そ

の年の五月一七日、大統領選挙の前日に、チュスチと呼ばれるアヤクーチョ県の村で、投票箱と選挙人名簿を燃やしたのである。この事件は、さまざまな研究で報告されているように、それほど中央政府の注意をひかなかった。ある意味、それ故に、SLはこの地域でその勢力を拡大していくことになった。

一九八〇年代初期には、SLはアヤクーチョの山岳地域に位置する農村の間で成長していった。この成長に関して、まず、専門家の間でおそらく最も意見の割れる論争が起きた。すなわち、初期段階では学生および大学関係者の運動として特徴づけられたものが、なぜペルーの農村地帯の広い範囲に波及していったのか。いまだに意見がまとまっていないこの点については、この先で再び考察しよう。

SLの活動の初期が都市部にあったこと、大学運動にあったことを明確にしておくことは大事であろう。教授や学生の共同運動に、一九八〇年代以降、農民たち大衆がその兵士として活動に参加したことになる。先にも述べたように、この活動はそのほとんどが毛沢東主義を基盤としていたため、SLの言説にもよく表れているように、農民が活動の基盤になるということは論理的であるようにも思える。

毛沢東主義に則って、グスマンはさらに、最も貧しい農民こそが真っ先にこの活動に参加するべきだと考えた。研究者たちは、SLがその初期に非常に速いスピードで成長していった事実については合意している。しかし同時に、その基盤を支えたのは最貧困層の農民たちではなかったということも示され

倒のために、グスマンは何度か中国を訪れているが、最初の訪問は一九六五年だった。

17 革命における農民の役割については、マルクス主義の研究者の中でも重要な論点となっている。よく知られているように、マルクスはパリで起こった革命の過程を分析し、農民が中心的な役割を担うという理論を否定している。この点に関して彼の有名な本では、「彼らは、自分たち自身を代表することはできない、別のものに代表される存在である」という考えを示した。以下を参照、Marx, K. *El 18 brumario de Luis Bonaparte (1852)*, Madrid: Sarpe editores, 1985.〔カール・マルクス『ルイ・ボナパルトのブリュメール18日』植村邦彦訳、平凡社、二〇〇八年〕

18 Portocarrero, G. *Razones de sangre*, Perú: Editorial Pontificia de la Universidad Católica del Perú, 1998, p. 24.

てきた。

……センデロへの支持が寄せられたのは、とりわけ渓谷部の村々からであった。つまり、農村地帯の中でも比較的に伝統的ではない村で、市場にも組み込まれており、さらに学校からの影響も強い場所であった。その中でも、特に高校または中学の学生であった若者が主で、概してそれなりの資産を持つ農民の子どもたちであった。[19]

初期段階では、農民がＳＬを支援していたが、これにはさまざまな要因が存在する。アヤクーチョの教職および学生の運動としてすでに地盤を固めていたところに、一九八〇年代前半には、中等教育を受けた地方の若者たちが数多くこれに参加した。この若者たちは、デグレゴリが述べるように、将来への希望をまったく持てずにいた。彼はまた、一九八二年の下半期には、「絶対的なアイデンティティ」を若者の間で芽生えさせる戦略が功を奏し、ＳＬはそれまでに見たことのないような勢力を持つようになったと主張している。この「絶対的アイデンティティ」は戦闘を進めていく機械として今度は党の戦略の一つとして据えられた。

一九八〇年五月に武力紛争が開始された際には、センデロ・ルミノソはその大半が学校の教師や大学教員および学生で構成されていた。同地域の農村地帯における彼らの影響力というものはいまだ弱小なものであった。しかしながら、一九八二年のクリスマス以降、武装勢力はアヤクーチョの政治的・軍事的支配を掌握した。センデロ・ルミノソは同県北部に広がる農村地帯から容易に警察部隊を追い払うことに成功し、アヤクーチョ県の首都に迫る準備を始めたのだった。[20]

オリン・スターンによると、ＳＬはその当初は共感を集め、農民蜂起または先住民運動として認知されることになったが、「北アメリカの人類学者であるエリック・ウルフが示唆したような二〇世紀の農民戦争の一つになることは決してなかった」という。[21]

一九八二年には世間からある一定の受容を得られるまでに至ったＳＬだが、この物語でも重要となる二番目の主役がこの地方全体に衝撃を走らせた。ペルー国軍である。ほとんどＳＬと同じ手口を使って、あらゆる反対勢力に対して手加減のない暴力をふるった国軍は、農民に対して同じ扱いを繰り返した。アヤクーチョ県のさまざまな地域で繰り広げられた恐怖の情景は拡大していくばかりで、今や抗争中の二つの組織によってさらに激化していった。アビリオ・ベルガラはこの状況を以下のように表現している。

このように、敵対する二つの組織は非常に類似しており、センデロも軍事戦略に重きを置くようになった。支配のためのツールとして、理想的言説を詰め込むことでその組織メカニズムのネジを締め付けた。その言説には、たった一つの法則——つまり、矛盾の法則——のもとに、理念や社会、宇宙、そして物体の本質を説明する図式論が用いられた。一方で、ペルー国軍の歩兵隊——およびその中等指揮官たち——は、敵を殺し、村々を強奪し、その時彼らが置かれていた——自らその身を置いた——犯罪的な環境を楽しむ以上の「哲学的な」見解は持っておらず、そのもとに行動し

19 *Ibidem*, p.118.

20 Degregori C.I. et.al. *op. cit.*, pp. 189-190.

21 Starn, O. “Senderos inesperados. Las rondas campesinas de la sierra sur-central”, in Degregori, C.I. et. al. et.al. *op. cit.*, p. 235.

ていた。持ち得た視点と言えばせいぜい自分たちの命を守ることと、手にすることのできた限りない権力のすべてを「享受」することだった。したがって、双方の場合において、農村との関わり合いは指導および／または沈黙、侮辱、脅迫、そして怒号によって行われた。同様に、最も致命的な形のコミュニケーション、殺人という行為が互いを団結させた。これは手段であり、また目的でもあった。[22]

アヤクーチョ全土の風景は、不意に、暴力と恐怖の色に塗り替えられた。メディアが作り上げたペルーのこの辺り一帯のイメージそのものによっても、その色は増長していく一方だった。[23] このテーマを専門的に研究する「センデロ学」は、当初、この様相は、開発され発展の頂にあるリマと、前植民地時代から取り残された時代遅れの幻想的なアンデス世界を守り続けているアヤクーチョの間にある、当然の距離によってもたらされたものだと描こうとしていた。こうすることで、この暴力的な活動が、民族間闘争であり、生まれつき犯罪的行動を身につけた野蛮なインディオによるものだと容易に特徴づけることができたからだ。[24]

しかしながら、当初は、多くの観察者にとってもセンデロの蜂起は単なる覆すことのできない地方出身者の〈別人性〉、すなわちリマの住民とアンデス世界の住民の違いを確証するだけのものに過ぎないと思われていた。……初期に書かれた多くの論文では……先住民またはアンデス世界の背景とのつながりがないことから、センデロがマルクス主義の党であることが無視されており、さらにその指導者が自身のあの有名な数々の論文の中でカントやシェイクスピア、ワシントン・アービングなどを多々引用する白人種の知識人であることにも触れていなかった。逆に、毛沢東主義者は非西洋世界を出自とする〈素朴な反逆者たち〉だと考えられていた。[25]

この時代に起きた最も残虐な出来事の多くは上記の理論になぞって記録された。キューバの人類学者であるフェルナンド・オルティスの論文での言い方を真似すれば、ペルーでは、農民であること、ケチュア人であることが、犯罪者で潜在的テロリストであることと同義語になったのである。[26]

ポルトカレロはペルーのこの問題に関する学術的書物を研究し、二つの相反する議論の軸があると提案した。また彼は、農民たちがある一定期間ＳＬに参加した理由については最終的な答えはないと述べ

22　Vergara, A. “La memoria de la barbarie en imágenes, una introducción”, in Jiménez, E. *Chungui: Violencia y trozos de memoria*, Perú: Instituto de Estudios Peruanos, 2009, p. 19.

23　逆説的に、この恐怖に囲まれた状況は徐々に農民たちにとって日常的なものとなっていった。暴力は、さまざまな意味において、毎日の出来事となり、実質的にそれが当然のルールとなった。住民間の暴力的行為も通常のものとなったのである。以下の研究を参照、Alvarez, S. *Frontera sur chiapaneca: el muro humano de la violencia. Análisis de la normalización de la violencia hacia la migración indocumentada en tránsito en el espacio fronterizo Tecún Umán-Ciudad Hidalgo-Tapachula-Huixtla-Arriaga*, tesis de Maestría en Antropología Social, México: Universidad Iberoamericana, 2010.

24　ルルヒオは、アヤクーチョ出身者に対するペルー国民全体の拒絶のために、多くの者がその名前を変えたり、出身地を変更したりしたと私に話したことがある。長い間、この地域出身のケチュア人であることは、拒絶と差別の対象となる烙印であった。

25　Starn, O. *op. cit.*, p. 239.

26　フェルナンド・オルティスはキューバの最も重要な人類学者として認知されており、彼の作品は無数にあるが、ここでは、キューバでは黒人でありサンテリアを実践することは、犯罪を想像させるカテゴリーになったと結論付けている彼の作品を指している。以下を参照、*Apuntes para un estudio criminal los negros brujos*, 1906; *Los negros esclavos*, 1916.

ている。

ポルトカレロによると、ＳＬが農民に受け入れられなかった理由に焦点を当てて研究しているデグレゴリを筆頭とした研究者たちは、その要因としてアンデスの農村社会とのつながりが欠如していたことを挙げているという。研究者の中には、ＳＬがアンデスのコスモビジョン（宇宙観）や社会的構造と相容れない運動であったと述べる学者もいる。そのために、遅かれ早かれ、ＳＬは失敗に終わることになったと結論付けている、と同氏は述べる。

（デグレゴリが）打ち出した結論とは、センデロを「新しいミスティス」[27]の運動として特徴づけ、それ故に農民の間では歓迎されず、長期間にわたってセンデロを孤立化させこれを衰退させた、というものである。これはアンデス文化との衝突や、ケチュア世界の社会的組織や文化的表現をセンデロたちが軽視したことによる、となっている。[28]

別の視点からは、初期の段階ではＳＬがアンデスの農民文化の思想や目的に合致していたとし、その理由が強調されている。例えば、アルベルト・フローレス・ガリンドの作品では、センデロ思想はアンデス世界にその基盤を持っていたという主張がなされている。ポルトカレロの分析によると、フローレス・ガリンドは、ＳＬが掲げた理論はアンデスの文化やアイデンティティ、特にアンデスのユートピア思想にかかる素質と大いに関係していたために農民に受け入れられたと述べている。

アンデスのユートピア思想では、正義と豊穣の体制にこそアンデス的な表象があると見ており、地下で生き続けているあの栄光ある過去の時代がいつか再び君臨すると考えられていた。

フローレス・ガリンドは、センデロによる言説がこうした宗教的・神話的背景から生まれたと指摘している。そこから、農民世界を解釈する彼らの能力が育った。指揮官クラスの者たちや基地の兵士たちは敵対構造に基盤を置いた社会秩序というもの、そして革命またはパチャクティ[29]といった変化に関して同じ信念を共有していた。すなわち、正当で全く新しい社会を生みだすことのできる根源的な変革に対する確信を持っていたのだ。アビマエル・グスマンのメシア的な教説は農民文化の何千年にもわたる概念の中に豊穣な土壌を見つけ、一方でキリスト教の教えならびに何世紀にもわたる支配の中で積み重ねられてきた農民の憎しみと怒りという滋養分を得ていた。[30]

全体的に見て、センデロとアンデス世界の二つの視点はあらゆる点において相反したものと理解される。しかしながら、いくつかの点においては合致する。ポルトカレロは、センデロ思想はアンデス世界とマルクス主義の要素の混合によって生まれたと主張し、[31]また、長期的に見れば結局その農民たちこそがSLを破滅へと追いやった者たちであり、そのプロセスを研究することが重要であると述べる。[32]

同様に、デグレゴリは、農民たちに対して不釣り合いなまでの暴力を働いたことで、センデロ兵たち

27　ミスティスとはペルーで、権力と資力を持った先住民を指すコンセプトで、メキシコでいう先住民のカシーケと同様の意味を持つ。
28　Portocarrero, G. *op. cit.*, p. 108.
29　パチャクティ（Pachacuti）は、ケチュア語でPacha（空間と時間）およびCuti（戻ってくるもの）の複合した形で、「循環的な時間」と訳すことができる。人類学者たちはこれを「変換」と定義した。すなわち、時間は循環するもので、良い時と悪い時、秩序と無秩序が繰り返されるという考えとつながっている。
30　Portocarrero, G. *op. cit.*, p. 116.
31　*Ibidem*, p. 126.
32　*Ibidem*, p. 34.

が自らパンドラの箱を開けてしまったと分析する。一度開かれたその箱は、それ以降、制御することができなくなってしまった。[33] さらに、彼らの行動が次第に暴力的になる一方で、ペルー国軍がその戦略を転換していったことで、徐々に軍のほうがましだと見なされるようになった。

なぜ農民たちがセンデロを破滅に追いやったのか。農民社会の視点から見れば、センデロ・ルミノソとペルー国軍は正反対の軌跡をたどった。前者が離れていけばいくほど、後者が近づき、センデロがよりいっそう外部のものとなっていく間に、ペルー国軍は農民の最も内部に入り込んだ。[34]

こうして、農民たちは自らの名のもとに始まった革命に対して、次第に、武器をもって立ち上がるようになった。これは、スターンが示すように、さまざまな要因が重なりあってこのような結果を招くに至ったと理解すべきである。その要因の一つとしては、軍隊の戦略転換[35]が挙げられるが、これは「攻撃的なよそ者からより近くの協力者へ」の立場の変更を指している。[36]

SLによってもたらされた状況に対して不満を持つようになった農民たちは、農村自警団と呼ばれた組織に集まった。[37] デグレゴリは、他の多くの研究者と同じように、以下のように述べている。

絶望と活力の間の違いを示す出来事は、農村自警団とも呼ばれた「民間自己防衛委員会」の設立にあった。……これは、（八〇年代の）終わりごろには、すべての地域で倍増していった。[38]

この組織の地盤が固まっていくにつれ、SLは反社会的運動として認識されていった。その野蛮さと暴力が農民に対して行使されると、農民はこれに対し多勢で根本的な態度で対抗するようになった。オリン・スターンは農民がSLへの支援を取りやめ、アヤクーチョのさまざまな地域でSLを追放する環境をつくり上げていくようになった理由を列挙している。

すでに述べたように、まず初めに、ＳＬが犯した不気味なほどに繰り返された殺人行為から生まれたセンデロへの失望が挙げられる。それに加え、権力主義的性格や、ＳＬが自身の戦いの敵と見なした同地域のペンテコステ教のいくつもの教会を攻撃したこともその理由である。さらに、力の相関関係の変化を見ようとしなかったＳＬの幹部の柔軟性のなさと傲慢さ、そして最終的にはペルー国軍の介入と軍戦略の転換が農民と兵士間の関係性を徐々に改善していったことが挙げられる。[39]

こうして、ＳＬは次第にアヤクーチョのさまざまな地域において農民の支援を失っていき、ついに一

33　Degregori C.I. et. al. *op. cit*., p. 200.

34　*Ibidem*, p. 210.

35　この「軍隊の戦略変換」は、非常に複雑なテーマであり、このような説明では大幅に簡潔化してしまっているようにも見えるだろう。おそらく、軍事的戦略において極端な変更というのはなく、実際に起きた事実はもっとシンプルなものだったに違いない。つまり、二つの敵対グループの紛争の真ん中に据えられた農民たちが、軍隊のほうが「少しはまし」だと考え始め、その存在を認めることでＳＬからの解放が保証され、紛争に終止符が打たれることを望んだのだ。読者は、ケチュアの農民たちの最大の望みがたった一つだったことをはっきりと理解しなければならない。つまり、紛争が終わることだけを望んでいたのだ。

36　Starn, O. *op. cit*., pp. 230-236.

37　農村自警団に関しては数多くの資料が存在する。一般的にこれらの資料は、それぞれの地域で農民たちが体験した暴力に対していかに反応したかという観点から、その特徴を描いている。同時にコロンビアやグアテマラなどに存在したラテンアメリカのその他の組織との違いも示唆している。コロンビアやグアテマラではその組織は国軍とのつながりがより近く、軍に依存していたが、ペルーの場合はそのほとんどが独立し、自治を保っていた。

38　Degregori, C.I. et. al. *op. cit*., pp. 24-25.

39　Starn, O. *op. cit*., p. 243.

九九二年にアビマエル・グスマンがリマで逮捕された。これは後に大きな論争を巻き起こすことになったが、当時のアルベルト・フジモリ大統領によって設立された機関である「国家テロリズム対策本部」の作戦によるものである。それ以降、SLは国民の間でもその存在感を失っていき、活動も散発的なものとなっていった。

距離を置いて考えてみると、ペルーの近年の歴史は悲しくも痛ましい出来事の連続である。エリック・ウルフは、彼の最後の作品の中の一つで、極端な社会、つまり、暴力や残虐行為が極端なレベルに達した社会のシステムを研究することを提案した。なぜならば、彼の言うところによれば、その時になって初めて、文化の真の限界というものを知ることができるからである。おそらくこの提案は、その実現に非常な努力を必要とするものである。[40] しかし、少しでも、ほんの一部だけでもペルーというものを理解するために、われわれはこれらの極端な状況を認識し、分析しなければならない。

本書の内容を振り返れば、これはアメリカ大陸の南に位置する一国に限った物語なのか、その反対に、その国と同じ言語を扱い、同じ地理的状況にある国々に少しでも共通する物語でもあるのだろうかという疑問を抱く。私としてはやはり後者であろうと考える。

これまで見てきたように、ペルーが体験したこの戦争はおそらく多岐にわたる影響を持っているだろう。中でも、最も目に見えない影響こそが、最も長く存在し続ける。記憶と精神に包まれるようにして残る影響は、間違いなく、最も逃れがたいものである。スターンは、強い確信をもって、われわれに以下のように主張する。「直近の過去の記憶、暴力の記憶は薄れていない。……教室や街角に、軍隊によって拷問された、または行方不明になった、愛する者たちとの思い出が浮遊している。テロルの行使という事実をわれわれの集団的な記憶から抹消しようとする政府の目論見に従うことを断固として拒否する」。[41]

ルルヒオは、自身の半生を描き出すことで、これまでに体験したことを表現することをかなえただけでなく、同時にそのパンドラの箱を開け、彼がこれまでに自分の中にため込んできた重荷の一部、もしかしたらほんの一部かもしれないが、それを解放することができたのではないかと思う。

おそらく、私たち一人ひとりがそういった重荷を抱えている。自身の人生を振り返ると、私もチリの歴史の一部を生きてきて、約二〇年に渡る暴力の時代を過ごしてきた。間違いなく、あの国においても記憶と忘却の間にある緊張がすべて解決されたわけではなく、時に、現在という時間軸が歴史を持たない、まったくの空白の空間として現れ、われわれを圧倒することがある。その空間は、これまでにほとんど振り返られてこなかった過去、もしくは間違った形で構築されてきた過去を踏まえて、再び読み解いていかなければならない。

何年か前に読んだメキシコの雑誌『レトラス・リブレス』に掲載された論文のことを思い出している。それは、ラファエル・グムチオがヘルマン・マリンの小説『カルタゴ』について述べているものだった。この小説は、主人公である政治亡命者がチリに戻ってきて、独裁政権期に拷問場があったビージャ・グリマルディの近くで、女性の腕を見つけるという物語である。おそらく行方不明となった被拘束者の一部であろうその腕に、彼は愛情を抱いた。その時から、この主人公は、病的な愛の奇妙なやり方でその腕の世話をしながら生きていくようになる。グムチオは「マリンの小説に出てくる人物のように、われわれチリ人は、われわれの過去を恥じつつも、部分的にではあるが、これを愛している。おそらく平穏の中で眠っているだろう、残りの身体を沈黙の中に置くことを選び、腕だけを愛でているのだ」と述べて、分析を締めくくっている。[42]

40　Wolf, E. *Figurar el poder*, México: Fondo de Cultura Económica, 2000.
41　Starn, O. *op. cit.*, p. 228.
42　Gumucio, R. "La transición: una reacción en cadena", en *Letras Libres*, año IX, núm.105, 2007, pp. 34-38.

暴力の人類学へ向けての教訓

破壊的性格はたった一つだけの命令を受け入れる、すなわち道を拓くこと。そして、一つだけの行動を実行する、すなわちすべてを取り除くこと。新しい空気と自由の空間を、すべての憎しみよりも強く必要とするのである。破壊的性格は若々しく喜びに満ちている。なぜなら、破壊はわれわれが重ねてきた年齢の跡を取り除き、常に若返らせてくれるからである。そして喜びに満ちているのは、破壊者にとっては、すべてを取り除くことは完全なる削減または消滅を意味し、自身が存在する場所さえも消滅することができるからである。この破壊者のアポロ的なイメージによって、世界の消滅がどれほどの価値を持つだろうかと考えると世界が素晴らしく単純化されることがよくわかる。[43]

ルルヒオ・ガビランの本書に寄せるこの解説を、人類学の副分野ともいえる「暴力の人類学」に関するいくつかの考察を述べて終わりたいと思う。周知のとおり、暴力は、その起源から、社会学の研究者にとっては社会の現実の一部であり続けている。もちろん、暴力は人類学に限ったことではなく、むしろさまざまな学問の視点や分野に共通しているテーマである。

しかしながら、リンダ・グリーンが執筆したグアテマラの内戦で被害を受けた女性に関する作品でも非常によく定義されているように、人類学者はこの現実を体系化された分析および観察の対象として捉えることがほとんどない。[44] 理論的な視点を欠いているためか、人類学者の安全上の問題があるのか、はたまた特定の政治的あるいは倫理的な立ち位置のゆえにか、われわれは研究の重要なテーマとして暴力をしかるべき真剣さをもって扱ってこなかった。

これは、現在のメキシコで私たちが体験している暴力の状況を考えれば、実に重要な点である。例えば、二〇一〇年、国立人類学・歴史学大学のチワワ校が、学生たちに対して、治安の問題から同州内でフィールドワークを行わないよう提言したというニュースが人類学者たちの間で話題となった。社会人類学高等研究院のモンテレイ校で働く、私の友人であり同僚でもある人物は、ヌエボ・レオン州で民族誌的研究を行うことの現実的な困難さについて説明してくれた。そして私が指導にあたっている生徒の何名かも、治安の問題を配慮してその研究テーマを部分的に再構築しなければならなかった。人類学の学問上の実践において、こういった不都合というのはこれから増えていく一方のように思われる。

第一回全国人類学会議の組織委員会の委員を担っていた時、シンポジウムの応募の中に、暴力をテーマとしたものが一つもない、ということが起きた。この事実についてはその他の委員と話し合い、何名かの研究者にこのテーマについてのシンポジウムを計画するよう、頼むことにした。しかし、その返答は肯定的なものばかりではなかった。おそらく、これらの研究課題がどれほど重要なものであったとしても、まったく当然のことながら、すべてを危険にさらす前に自身と家族の安全をまず第一に考える必要性があり、それ故にこの状況が生まれたのだと思う。

メキシコでは、暴力が私たちの生活の中心的存在へと日ごとに成長しつつある。そして、人類学の全体論的視点からは当然のことではあるが、いかなる理由でも、重要な社会的出来事を分析する際に、そこに暴力が存在しない、または重要ではないとする研究分野はほぼ皆無であることが示されてきた。

43　Benjamin, W. *op. cit.*, p.157.〔ヴァルター・ベンヤミン「破壊的性格」。『ベンヤミン・コレクションV（思考のスペクトル）』浅井健二郎編訳、筑摩書房、二〇一〇年などに所収〕

44　Green, L. "Lived lives and social suffering: problems and concerns in medical anthropology", in *Medical Anthropological Quarterly*, nueva serie, vol. 12, núm. 1, 1998, EE. UU.

フェランディスとフェイサは、暴力の研究における不可欠で総合的な視点に関して、暴力の人類学は平和の人類学を行うことだという考えを提案している。[45] 確かに、暴力または社会的苦痛を分析の対象として捉えることは、研究者による倫理的責務が重要になってくる。周知の目的としては、テーマに関する体系化された知識を構築することにあるが、それに加え、もう一つの中心的な目的として、これらの被害者となった人々の環境と社会の在り方の改善に貢献するということも挙げられる。

このようなテーマを取り扱う際には、研究に必要とされる客観性と中立性を区別すべきであるというボアベントゥーラ・デゥ・ソウサ・サントスの提言を受け入れるのが妥当であろう。彼によれば、同テーマに係る社会的光景を再構築し、客観的にそれらを説明する分析は可能だという。そして、分析から仮定できること以上の結論へと導いてしまう可能性を持つ研究者自身の偏見や前提概念を取り除いた状況で、その研究は行われるべきとしている。しかしながら、それはわれわれが中立でなければならないことを意味するわけではない。というのも、暴力や社会的恐怖、苦痛といった現象はその性質そのものによって、あらゆる観点から見ても、不当で望ましくないと思われ、さらにそういった事柄に関して加担したいという立場が許されることはめったにないからだ。

暴力は、これまでに述べてきたペルーの場合のように、八〇年代から九〇年代にかけて大きな社会的影響力を持つレベルにまで成長した。この期間、世界中がこの問題を取り上げ強調してきた。特に、マスメディアがその役割を担ったが、事実の過剰報道がまるで彼らの本来の職務かと思われるほどに過熱していき、恐怖のイメージが作り上げられていった。このことが、暴力の起源やその可能な解決策を考察することをより困難にさせることにならなければ、これほどまでに大きな問題とはならなかっただろう。

タウシグは、コロンビアのケースを研究し、ホッブスの「世界の熱帯」のイメージ、すなわちそこに居合わせたすべての者の不潔さや野蛮的なイメージが、メディアを中心として作り上げられていったと主張している。このようにして、ベンヤミンにより提言された緊急事態の状況が「毎日のパン」となり、それ故に、誰も信じることのできない状況があったという考えに至ったと述べる。[46]

テロルを社会的な風景として創り上げてしまう、ソウサ・サントスの言うところの〈感情過多〉が、コロンビアの状況をますます不透明なものにしていった。敵と犠牲者の境界を見極めることが難しく、いかなる形であれすべての人々が暴力に関与していたかのように思われた。タウシグはその著書の中で、国家とメディアが、どのようにして社会から、社会性そのものを抹消していく「必要不可欠な清掃員」の役割を担っていたかを述べている。その「浄化機能」とは、汚染されたものを見つけ出しこれを「普通」から排除することで、これによって、推測できる限りの犯罪性がつくり上げられていった。問題はもちろん、その汚染されたものというレッテルを張られたカテゴリーの中には、数えきれないほど多くの人間が含まれていたことにある。

売春婦、ホモセクシュアルの人々、共産主義者、左派のゲリラ兵士、物乞い、そして権利すら持たず貧しさにあえぐ、険悪で陰に埋もれた大衆とでも呼ぶことのできるような集団などが挙げられ、すなわち、よく考えればわかるように、実際のところ上層世界にはあまり多くの人間が残らない。[47]

しかしながら、暴力の人類学を専攻するということは、不気味で並外れた事件や、明らかな犯罪というケースの研究を意味するだけではなく、その反対に、多くの場合、暴力は私たちが望む以上に日常にありふれたものであるということを念頭に置かなければならない。この意味において、暴力とは人間で

45 Ferrándiz, F. y C. Feixa. *op. cit.*, p. 167.
46 Taussig, M. *op. cit.*, p. 43.
47 *Ibidem*, p. 47.

あるということと不可分のものとなり、非日常的な物語の中に存在するのと同時に、私たちの日常生活にも常に存在するものである。重要なことは、その分析こそが社会の情報や研究の重要な源になり得るという考えである。

私たちは、テロルについて話すことで、私たちに身近な空間、われわれの大学や仕事場、街、「ショッピング」、そして仕事場と同じように私たちの家庭においてもテロルが日常のものとして存在している空間から暴力を隠し、これを飲み込もうとしてはいないだろうか。[48]

このような理由で、暴力の研究がなされるべき分野は実に多様である。[49] フェランディスおよびフェイサはこれまでの先行研究に触れて、次に挙げるような人類学者がいることを強調している。すなわち、難民キャンプ、軍事基地、病院の集中治療室、刑務所、行方不明者を持つ家族、ゲリラ集団、麻薬中毒者または麻薬売人、戦争レポーター、戦死した夫を持つ未亡人、植民地時代の文書などを研究してきた人類学者である。[50]

このような研究のおかげで、われわれは、暴力の広汎な領域が、社会分析のためのまたとない観察対象になり得ることを理解できるようになった。社会的苦痛は、まさに主観とその苦痛を可能にする物理的条件を関連させて考察するため、研究者たちの視点にとって非常に特別な研究分野となっている。ベン・ペングラスは、ブラジルにおいて社会生活の広範囲にわたる分野が犯罪によって連結している様を研究した。そして、犯罪こそが象徴的・物理的領域に影響をおよぼして、文化や伝統、ならびに法律を変遷、構築していると結論づけている。[51]

すなわち、暴力という研究課題が、いかに社会の広範囲にわたる一つ一つの部門と関連するものであるのか、そして、それ故に、均衡と機能といったデュルケーム的思考にとらわれない社会考察について、再考を促すものであるということを、われわれは認めざるを得ない。これはさらに、人類学がこのような研究に対してできる特別な貢献が何であるのかという重要な問いにも答えていくことを意味する。

別の言い方をすれば、ソウサ・サントスの表現を借りて表現するが、この「社会の万華鏡」を、ある特定の人物像を無視せずに描き出し、そうすることで社会的、文化的なものの一貫した表象を構築する手段とは何であろうか。それこそが、個人的な見解で言えば、人類学である。この学問こそが暴力や苦痛を生み出す行為に潜在的に存在する文化的論理を理解することに貢献できるのではないか。フェランディスとフェイサが先に引用した著作でも述べているように、「人類学者にとっては、暴力そのものを研究することは非常に重要で、それは暴力の行為者が持つ視点を理解することでもある」[52]。

したがって、社会的苦痛の人類学は暴力という現象の文化的理解に対してなんらかの貢献を果たすことは間違いない。もちろんこれは、他の文化に比べてより暴力的な文化があるということを示唆しているわけではない。そうではなく、すでに引用したウルフの複数の文化の極限状態についての研究で彼が

48 *Ibidem*, pp. 26-27.

49 人類学では、暴力に関する研究を集めた作品が数多く存在し、この分野での研究がどのように発展してきたのかを認識することができる。例えば、以下の文献を参照できる。Rylko-Bauer, B., Whiteford y Farmer. *Global Health in Times of Violence*, Santa Fe: School for Advanced Research Press, 2009; Scheper-Hughes, N. y P. Bourgois. *Violence in War and Peace: A Reader*, Oxford: Blackwell, 2004; Schmidt, B. e I. Schroder. *Anthropology of Violence and Conflict*, London: Routledge, 2003.

50 Ferrándiz, F. y C. Feixa. op. cit., p. 155.

51 Penglase, B. *Final Justice: Police and Death Squad Homicides of Adolescent in Brazil*, Human Rights Watch / Americas, 1994.

52 Ferrándiz, F. y C. Feixa. *op. cit.*, p. 152.

述べているように、すべての文化は極端な側面を持っているのだ。暴力のない、我々の望むより良い人間関係に必要な倫理の発展に貢献することを目指し、社会的苦痛の分析を通してそれを可能とさせる鍵を見つけなければならない。

私たち読者がルルヒオ・ガビランから学習できる点がここにあると思う。彼の物語は、個人的な行為と、そこに巻き込まれた彼らの苦しみの軌跡との間に明確な線引きをすることが難しいということを教えてくれる。ルルヒオは、彼の故郷ペルーで経験した〈極端な〉歴史的プロセスの一員であった。彼と同年代で同じような状況にあった多くの子どもたちのように、この社会運動の中に彼と彼の家族の人生を変えることのできる希望の光を見出したのである。

彼の物語の価値というものは広範囲にわたる。社会的苦痛の悲しく苦い夜を一人歩いてきたものの、彼のケースはその人生の果実が実り始めた希望として理解できるからである。メキシコで人類学を学ぶケチュアの学生として、人類学修士課程では、彼の故郷の緊迫したテーマについて論文を書いた。私は彼の二つの異なった文章体系に付き添うことができた。これは幸運なことだった。一つは私に多くの学びを与えてくれた彼の自伝で、もう一つは彼の修士論文である。彼はこの課題に厳格な姿勢で、大いなる決意をもって取り組んでくれた。

ルルヒオが自身の本と共にペルーに帰国することに携われたことを私は誇りに思う。同時にその他大勢のペルー人が自身の記憶を世界に向けて発信することに資するものだと確信している。国々の、そして多くの国民たちの歴史は、その記憶、そして忘却との恒常的な対話を通して繰り返し研究することによって、尊厳と価値をもって構築することが可能となる。

二度と起こらないように。

メキシコにて

訳者あとがき

ルルヒオに出会ったのはたしか二〇一二年のことだったと思う。私はメキシコシティに住んでいて、イベロアメリカーナ大学社会人類学科で博士課程を始めたところで、彼は同じ学科の修士課程にいた。ここでは修士の学生も博士の学生も同じ授業を選択することができるので、確か一度か二度は一緒に授業を受けていたと記憶している。実際のところ、私は自分の研究とすでに二歳になっていた娘の育児に忙しい毎日で、大学には授業を受けるためだけに足を運び、修士の時のように授業の後も学校に残って他の学生と話しをしたり、夜にパーティーをしたりすることはもうなくて、ルルヒオとじっくり話したことは一度もなかった。

それでも、ルルヒオが本を出したというニュースを聞いて彼から本をプレゼントしてもらった時、私はその日のうちにすべて読んでしまった。そして、その文章のすばらしさと、それまで全く知らなかった彼の生い立ちに驚き、感銘を受けた。その一方で、これまでの彼の授業中の発言や質問の内容とリンクして、彼がこういった歴史をたどってきたことに妙に納得した。

大学院の授業では課題となった本に関連して、その中で分析される事例や社会理論など、五人から一〇人くらいのクラスメート同士で討論を行うのが通常だったが、その中でもルルヒオから提起される質問や討論テーマはいつもだいたい突き詰めれば「なぜ私たちは生きているのか、何のために生きているのか、そして人類学が何の役に立つというのか」という、学生が授業中に討論するには少し難解なテーマだった。卒論を提出して、博士号を取ることがとりあえずの目的だったそのころの私には、自分が、そしてすべての人々が生きていく上で、人類学が一体どういった役割を果たすのかということには思考が追い付いていなかった。今回、この本を訳しながら、そして専門的に人類学研究の経験を積んだことで、ルルヒオのあのころの質問の意味が私にも少しわかったように思えるが、それについてはもう少し先で論じたい。

こういった経緯で、ルルヒオとは学生仲間として少しの時間ではあったが、一緒に過ごした。それからしばらくたって、さまざまな縁に恵まれて、本書の翻訳というプロジェクトに取り掛かることができた。本書では「ある無名戦士の変遷」の第一版と第二版を合体させた。第一版にはイバン・デグレゴリの緒言をはじめ、ルルヒオが執筆した序章から第四章までに加え、彼の卒論指導教官であったジェルコ・カストロの解説が収録されていた。第一版はイベロアメリカーナ大学とペルー研究所の共同出版であった。第二版には、さらなる序文が加筆され、またその序文で著書が言うように地域名など第一版では伏せられていた固有名詞が書き直されて、ところどころ表現が推敲された。またエピローグ「それぞれのセンデロ・ルミノソ」が追加されたが、その一方でカストロ氏の解説文は収録されなかった。この第二版はペルー研究所のみから出版された。

ルルヒオが執筆したものに関してはすべて第二版を基に和訳し、これに第一版のカストロ氏の解説の和訳を組み入れたのが今回の訳本である。第二版に解説が収録されなかったのはさまざまな事情があったのだと思うが、私はカストロ氏の解説は入れるべきだと考え、編集者の方もこれに同意してくれた。それはこの解説によって、ルルヒオの半自伝記が単なるセンセーショナルな告白本といった類のものではなく、一つの民族誌学的、学術的文書としても素晴らしい価値をもっていることが明確となるからである。この点に関しては、解説で詳しく述べられている点であるのでここでは詳述しないが、本書はあらゆる形の暴力の日常化という理論を浮き彫りにしており、オーラルヒストリーという手法を用いた一つの社会科学の研究論文として評価することも可能となっている。

翻訳は長い時間がかかった。まず、ケチュア語は読みやすさを考慮してカタカナ書きにしたが、地方によっても発音は異なるうえに、すべての単語に関して発音の仕方の確認はとれなかったため、正しい発音の表記になっていない部分もあることは明記しておきたい。そしてペルーは専門外であったために、地理的状況や歴史的文脈にそれほど詳しくなかったこともあるが、なにより、ルルヒオの独特な文体を壊さずに日本語に翻訳することに苦心した。カストロ氏の解説にもあるように、母語のケチュア語を織り交ぜて、独特の韻のような、リズムを生む書き方をしており、これを損なわないように、しかし日本語としての読み物とするにはどうしたらいいのか、繰り返し考えながら作業を進めた。例えば、一つ驚きをもって気づいたことがあるが、彼の文章には接続詞がほとんど使われていなかった。「しかし」、「それから」、「それでも」、などの文脈を生み出す接続詞がなく、日本語の文として「しかし」という接続詞を使うのがとても自然な文の運びの中でも、原文でこれが使われていないところは、できるだけ尊重した。意味が唐突に変わったり、脈絡がなかったりするので、読みづらさが残ってしまうとも思ったが、接続詞がないというのは一方で、彼が経験したあらゆることに、一貫したまたは整然した理論が存在しないことが浮き彫りになる文体で、尊重すべきと判断した。つまり、彼は本書で、自身の人生の道のりを振り返ってその一つ一つの行動に理由をつけたり、その変遷を時系列に整理したりしようとしたわけではないのである。ただ、その時、自分の身に起こったことや自ら感じたこと、究極の理不尽さの中で起きたさまざまなことを記述しているだけである。それは振り返ってみても支離滅裂に見えるもので、人生は整合性を持つ一本の道で表されるようなものではないのだと気づかせてくれる。

私たち読者は、こうした彼の半生を、その詳細な自然描写と心情描写を通して知ることができる。極限的な貧困と暴力、そして圧倒的な権力構造がそれらを正当化してしまう様を描くこの物語は、おそらく日本の読者にとっては全く別世界の話に映るだろう。それでも本書を日本語に訳す価値があると考えたのは、気づかないうちに当たり前になっていった暴力的な世界が、必ずしも今の日本とかけ離れた場所にあるものではないと思ったからである。少なくとももう一五年以上も「外」から日本を見ている私には、暴力の種類は違うものの、日常化した暴力というあやうさは日本と無関係の世界のこととは思えなかった。本書を通して、そうした暴力の性質に目を向け、それを内包する社会が実は自分たちの日常にもあふれているのかもしれないという視点が生まれることを願う。

第三章で描かれているように、修道士として活動していた間、ルルヒオは安らかな時間を過ごすことができ、また内省する機会も得た。彼を知っている人間としては、修道士としてのイメージがとてもしっくりくる。それでも彼は人類学を学び、これこそが自分の天職だとすぐに確信し、現在も人類学者として研究を続けている。では、なぜ人類学だったのだろう、と考えた。それはまさに、ルルヒオが授業中に投げかけた疑問とリンクする。

私も、人類学者として、本書を翻訳しながら自分自身に問い続けた。なぜ、彼は人類学に生きる意味を見出したのか。そして私もなぜこの学問に魅了されているのだろうか。私は、メキシコ南部の国境にあるチアパス州タパチュラ市をフィールドにしている。その街で、特にグアテマラ、ホンジュラス出身の移民の人々や彼らとそれほど変わらない生活環境に暮らすメキシコ人と接しながら、民族誌学的手法を使って、それぞれが個々の社会的・経済的環境においてどのような日常生活を作り上げているのかを記録し、各々が市民権を構築するプロセスや、「市民」の既存概念を批判的に研究している。こうしたフィールドワークでは、研究者としてではなく個人として彼らと向き合うことが必要になり、とても近しい関係性に発展することもある。それは時に危険で、また困難な場面に出会うこともあり、そして、心を痛める話を聞いたり、そういった状況の人に出会ったりする時もある。

社会人類学という学問では、こういう状況下にある人々を単に社会的弱者または権力の被害者というイメージに落とし込めるのではなく、その「生きづらさ」に寄り添って、対話を通して向かい合うことができる。それが研究手法であり、そうすることによって、これまでは当たり前のものとして見過ごされてきた社会の側面や、彼らの主観にスポットライトを当てることができる。それは数値で表せられるようなデータではないが、一つ一つのケースを深く研究することで、社会構造や文化的価値観の分析を可能にしてくれる。私にとって、それが最大の魅力だと思っている。そう考えたとき、きっとルルヒオも、社会人類学という学問を通して、それまでの人生を肯定するでも否定するでもなく、一つの社会的現象として見返すことが可能となって、そして当時の彼を取り巻いた社会構造、権力構造を分析することができたのだろう。そうすることで、過去に向き合い、そして新しい未来や社会の可能性を考えることができたのではないだろうか。

そういう人類学に出会えたことを私も幸せに思うし、この学問を通して、彼のような人物、そしてこの本に携われたことは非常にうれしく思う。最後に、本書の翻訳を後押ししていただいた小林致広先生、細谷広美先生、そして拙い翻訳を根気よく指導していただき、またさまざまな角度から助言、推敲していただいた編集者の方に心より感謝申し上げる。

黒宮亜紀

チアパス州サン・クリストバル・デ・ラス・カサスにて

著者紹介
ルルヒオ・ガビラン（Lurgio Gavilán）
ペルー、アヤクーチョ生まれ。国立サン・クリストバル・ワマンガ大学社会科学部社会人類学科卒業。フォード財団の奨学金を得て、メキシコのイベロアメリカーナ大学社会人類学科修士課程へ入学。同大学にて社会人類学修士号および博士号を取得。現在は国立サン・クリストバル・ワマンガ大学同学科にて教師を務める。研究テーマは、先住民アイデンティティ、政治人類学、暴力、移民および都市の変遷など。2019年に、少年兵として軍隊に入隊していたころの経験をさらに詳細にまとめた「ショウグン中尉への手紙」を出版。

［緒言］
カルロス・イバン・デグレゴリ（Carlos Iván Degregori）
ペルーのサンマルコス大学で人類学の教授を勤めた。アヤクーチョ県のワマンガ大学で学んだことから、センデロ・ルミノソが登場した歴史的・社会的背景への理解が深い。邦訳書にデグレゴリほか著『センデロ・ルミノソ ― ペルーの〈輝ける道〉』（現代企画室、一九九三年）がある。

［解説］
ジェルコ・カストロ・ネイラ（Yerco Castro Neira）
チリ出身。アウストラル・デ・チリ大学卒業後、メキシコへ留学。メトロポリタン自治大学にて社会人類学修士号、博士号取得。現在、イベロアメリカーナ大学社会科学部社会人類学科教授。研究テーマはアメリカ合衆国への移民現象、法と暴力、国家分析、など。2019年に「暴力の人類学（*Antropología de Violencia*）」(編著、プエブラ栄誉州立自治大学) を出版。

訳者略歴
黒宮亜紀（くろみや　あき）
2003年よりメキシコ在住。2016年、イベロアメリカーナ大学にて社会人類学博士号取得。現在、社会人類学高等研究院（チアパス州）のポスドク研究員。チアパス州のグアテマラとの国境地域にて移民に関する都市の権利、人権、地方自治体政策等の研究を行う。

インディアス群書 15

ある無名兵士の変遷　インディアス群書第十五巻

発行日――二〇二一年四月三〇日　初版第一刷　一〇〇〇部
定価――三〇〇〇円＋税
著者――ルルヒオ・ガビラン
訳者――黒宮亜紀
装幀者――粟津潔
装幀協力―本永惠子
発行者――北川フラム
発行所――現代企画室
住所――東京都渋谷区猿楽町二九―一八―A8
電話――〇三―三四六一―五〇八二
ファクス―〇三―三四六一―五〇八三
E-mail: gendai@jca.apc.org
http://www.jca.apc.org/gendai/
振替――〇〇一二〇―一―一一六〇一七
印刷・製本―中央精版印刷株式会社
Printed in Japan
ISBN978-4-7738-2101-7 C0036 Y3000E

⑯ インディアスと西洋の狭間で　マリアテギ政治・文化論集

ホセ・カルロス・マリアテギ著　辻豊治／小林致広編訳　1999年刊　定価3800円

20世紀ペルーが生んだ独創的なマルクス主義思想家マリアテギの、文化と政治の双方に関わる重要な論文を独自の視点で編集。カーニバル論、チャップリン論なども収録。

⑰ チェ・ゲバラの影の下で　孫・カネックのキューバ革命論

カネック・サンチェス・ゲバラ著　棚橋加奈江訳　2018年刊　定価3000円

覆いかぶさる祖父の名声の重圧、幼児期からの世界放浪、革命キューバの混沌などに翻弄されつつも、次第に形成されゆく「詩と反逆の魂」。40歳で急逝した著者の文学的遺稿集。

⑱ 神の下僕かインディオの主人か　アマゾニアのカプチン宣教会

ビクトル・ダニエル・ボニーヤ著　太田昌国訳　1987年刊　定価2600円

20世紀に入ってなお行われたカトリック教会による先住民への抑圧。その驚くべき実態を描いて、征服の意味の再確認から、解放神学誕生の根拠にまで迫る歴史物語。

⑲ 禁じられた歴史の証言　中米に映る世界の影

ロケ・ダルトンほか著　飯島みどり編訳　1996年刊　定価3300円

頽廃をきわめる既成の政治体制と大国の身勝手な干渉に翻弄されてきたかに見える20世紀の中央アメリカ地域。そこの民衆の主体的な歴史創造の歩みを明らかにする。

⑳ 記憶と近代　ラテンアメリカの民衆文化

ウィリアム・ロウ／ヴィヴィアン・シェリング著　澤田眞治／向山恭一訳　1999年刊　定価3900円

ラテンアメリカの文化的な豊穣と目を蔽う物質的な貧困の対照性。サンバ、カーニバル、サッカー考などを通して、記憶と近代の狭間でしぶとく生きる民衆文化を分析。

⑩ メキシコ万歳！　未完の映画シンフォニー

セルゲイ・エイゼンシュテイン著　中本信幸訳　1986年刊　定価2400円

ロシア・ナロードの姿と精神を輝く映像に収めたエイゼンシュテインは、異郷メキシコをいかに捉えたか。スターリン治世下、不幸、未完に終わった作品の命運を開示。

⓫ ワロチリの神々と人びと　アンデスの神話と伝説

ホセ・アリア・アルゲダス著　唐澤秀子訳　2021年刊行予定

アンデスのワロチリ地方における神々と人びとの交感の在り方を描いて、人間の黄金時代を思わせる大らかにして猥雑、ユーモアに満ちたその世界の鼓動を伝えるフォークロア。

⓬ キャリバン　ラテンアメリカ文化論

ロベルト・フェルナンデス・レタマル著　古屋哲訳　2021年刊行予定

現代キューバ屈指の思想家レタマルが、シェイクスピア作『あらし』に登場するキャリバンを媒介に、インディアスとヨーロッパの相克・葛藤を論じた、広い視野の文化論。

⑬ グアヤキ年代記　遊動狩人アチェの世界

ピエール・クラストル著　毬藻充訳　2007年刊　定価4800円

パラグアイのグアヤキ先住民と1年間生活を共にし、その社会をつぶさに記録した文化人類学の大著。やがて「国家に抗する社会」論へと飛躍するクラストルの第1作。

⑭ 子どもと共に生きる　ペルーの「解放の神学」者が歩んだ道

アレハンドロ・クシアノビッチ著　五十川大輔編訳　2016年刊　定価2800円

ペルーの神父が出会った、強固な意志をもつ働く子どもたち。大人の付属物であることを拒否し、自らが人生と労働の主役であると考えて自律的な運動を先駆的に展開していく。

⑮ ある無名兵士の変遷　ゲリラ兵、軍人、修道士、そして人類学者へ

ルルヒオ・ガビラン著　黒宮亜紀訳　2021年刊　定価3000円

ペルー・アヤクーチョに生まれ、ゲリラ兵、軍人、修道士を経て社会人類学者となった著者が、1980、90年代の暴力と喪失、混沌の時代を静かに振りかえったライフ・ヒストリー。

④ **白い平和**　少数民族絶滅に関する序論

ロベール・ジョラン著　和田信明訳　1985年刊　定価2400円

コロンビアの先住民族バリ。永らく対立を続けていた白人と停戦協定を結んで、彼らが「滅び」への道を歩み始めたのはなぜか。自らを閉ざし他を滅ぼす白人文明を批判。

⑤ **サパティスタの夢**　たくさんの世界から成る世界を求めて

マルコス／イボン・ル・ボ著　佐々木真一訳　2005年刊　定価3500円

その活動と言語で従来の社会運動のイメージを一新したサパティスタ民族解放軍。ゲリラの根拠地で、フランスの社会学者がマルコス副司令に迫る長時間インタビュー。

⑥ **インディアス破壊を弾劾する簡略なる陳述**

ラス・カサス著　石原保徳訳　1987年刊　定価2800円

コロンブス航海から半世紀後、破壊されゆく大地と殺されゆくインディオの現実を報告して、後世に永遠の課題を残した古典。エンツェンスベルガー論文も収録。

❼ **ナンビクワラ**　その家族・社会生活

クロード・レヴィ・ストロース著　山崎カヲル訳　2022年刊行予定

著者は、惨めな貧しさにさえ生気を与えずにはおかない、人間のやさしさの原基を、ナンビクワラの生き方に見いだす。著者の世界把握の方法の原点が凝縮した民族学論考。

⑧ **人生よありがとう**　十行詩による自伝

ビオレッタ・パラ著　水野るり子訳　1987年刊　定価3000円

世界じゅうの人々の心にしみいる歌声と歌詞を残したフォルクローレの第一人者が、十行詩に託した愛と孤独の人生。著者の手になる刺繍（カラー図版）、五曲の楽譜付。

⑨ **奇跡の犠牲者たち**　ブラジルの開発とインディオ

シェルトン・デーヴィス著　関西ラテンアメリカ研究会訳　1985年刊　定価2600円

70年代ブラジルの「奇跡の経済成長」の下で行われたインディオ虐殺への加担者は誰か。鉱山開発、アグリビジネスの隆盛、森林伐採などに見られる「北」の責任を問う。